LA QUICHE FATALE

M.C. BEATON

Agatha Raisin
ENQUÊTE

LA QUICHE FATALE

roman

Traduit de l'anglais
par Esther Ménévis

ALBIN MICHEL

Édition originale anglaise parue sous le titre :
THE QUICHE OF DEATH

Chez St. Martin's Press, New York

Initialement publié sous le titre :
AGATHA RAISIN AND THE QUICHE OF DEATH

Pour Patrick Heininger
et sa femme, Caroline,
ainsi que leur fils, Benjamin
de Bourton-on-the-Water,
affectueusement.

I

Mrs. Agatha Raisin était assise à son bureau désormais vide de South Molton Street, dans le quartier de Mayfair, à Londres. De la réception lui parvenaient le bourdonnement des conversations et le tintement des verres du personnel qui s'apprêtait à lui faire ses adieux.

Car Agatha prenait une retraite anticipée. Elle avait bâti son agence de relations publiques au prix de longues années de dur labeur, laissant loin derrière elle la petite fille d'ouvriers de Birmingham qu'elle était autrefois. Elle avait survécu à un mariage malheureux dont elle était sortie meurtrie, certes, mais aussi déterminée à réussir dans la vie. Les efforts qu'elle avait déployés dans son travail tendaient tous à la réalisation d'un rêve : un cottage dans les Cotswolds.

Les Cotswolds, dans les Midlands de l'Angleterre, sont sans nul doute l'une des rares merveilles du monde issues de la main de l'homme, avec leurs pittoresques villages de maisons en pierre dorée, leurs jolis jardins, leurs petites routes sinueuses et verdoyantes et leurs églises anciennes. Agatha y avait effectué un bref séjour enchanteur lorsqu'elle était enfant. Et même si ses parents avaient détesté l'endroit et déclaré qu'ils auraient mieux fait de partir comme d'habitude dans un camp de vacances Butlin, les Cotswolds représentaient à ses yeux tout ce qu'elle avait toujours désiré : la beauté, la tranquillité et la sécurité. Ainsi, dès son enfance, elle avait pris la résolution qu'un jour elle habiterait l'un des jolis cottages d'un paisible et calme village, loin des bruits et des odeurs de la grande ville.

Durant toutes les années où elle avait vécu à Londres, elle n'était jamais, jusque récemment, retournée dans les Cotswolds, préférant garder le rêve intact. Et voilà qu'elle avait fait l'acquisition du cottage idéal dans le village de Carsely. Un nom regrettablement banal comparé à tous ces noms intrigants qu'étaient Chipping Campden, Aston Magna ou Lower Slaughter, mais le cottage était parfait, et le village ne se trouvant pas sur les circuits touristiques, il était épargné par les boutiques d'artisanat, les salons de thé et les groupes en excursion pour la journée.

Âgée de cinquante-trois ans, Agatha avait des cheveux châtains quelconques, un visage carré tout aussi quelconque et une silhouette trapue. Elle s'exprimait avec l'accent le plus distingué qui soit, sauf dans les moments de détresse ou d'excitation où les intonations nasillardes héritées de sa jeunesse à Birmingham perçaient sous le vernis Mayfair de sa diction. En outre, bien que posséder une certaine dose de charme représente un atout dans le domaine des relations publiques, Agatha en était totalement dépourvue. Elle parvenait à ses fins en incarnant à elle seule les deux personnages du numéro « gentil flic-méchant flic », usant tantôt d'intimidation, tantôt de cajolerie avec ses interlocuteurs. Les journalistes n'accordaient souvent de la place à ses clients dans leurs colonnes que pour se débarrasser d'elle. Elle était, aussi, experte dans l'art du chantage affectif, et quiconque commettait l'erreur d'accepter un cadeau ou une invitation à déjeuner de sa part se voyait ensuite poursuivi sans vergogne jusqu'à s'être acquitté de sa dette.

Elle jouissait d'une grande popularité auprès de ses employés pour la seule raison que c'était une bande d'êtres faibles et inconsistants, qui auréolaient de légendes quiconque leur inspirait de la crainte. On décrivait Agatha comme une « originale », et, comme tous les originaux qui n'hésitent pas à dire le fond de leur pensée, elle n'avait pas de vrais amis. Son travail lui avait tenu lieu de vie sociale.

Alors qu'elle se levait pour rejoindre la fête, un petit nuage assombrit temporairement l'horizon habituellement dégagé de son esprit. Devant elle s'étendaient des jours et des jours vides : pas de travail du matin au soir, pas d'agitation, pas de bruit. Comment allait-elle le supporter ?

Chassant cette pensée, elle franchit le Rubicon et se rendit dans le hall pour faire ses adieux.

« La voilà ! hurla Roy, l'un de ses assistants. J'ai préparé un cocktail spécial au champagne, Aggie. Un truc qui déchire. »

Agatha accepta un verre. Sa secrétaire, Lulu, lui remit un paquet emballé dans du papier cadeau, puis tous les autres employés se massèrent autour d'elle avec leurs offrandes. Une boule se formait dans la gorge d'Agatha. Une petite voix insistante répétait à n'en plus finir dans sa tête : « Qu'est-ce que tu as fait ? Mais qu'est-ce que tu as *fait* ? » Lulu lui offrit un flacon de parfum, et Roy, sans grande surprise, une culotte fendue ; puis il y eut un livre sur le jardinage, un vase, et ainsi de suite.

« Un discours, un discours ! cria Roy.

– Merci à tous, fit-elle d'un ton bourru. Je ne pars pas pour la Chine, vous savez. Vous pourrez tous venir me voir. Vos nouveaux patrons, la société Pedmans, ont promis de ne rien changer, alors j'imagine que votre vie à tous continuera comme avant. Merci pour vos cadeaux. Je les garderai précieusement. Sauf le tien, Roy. Je doute qu'à mon âge je lui trouve une quelconque utilité.

– Tu ne sais pas ce que l'avenir te réserve, répondit Roy. Tu verras, il y aura bien un fermier pour te pourchasser dans les fourrés. »

Agatha but encore un peu de cocktail, mangea quelques sandwichs au saumon fumé puis, munie des deux sacs à provisions dans lesquels Lulu avait rassemblé ses cadeaux, descendit pour la dernière fois l'escalier qui menait à Communication Raisin.

Arrivée dans Bond Street, elle écarta d'un coup de coude l'homme d'affaires maigre et nerveux qui venait de faire signe à un taxi, lui déclara sans l'ombre d'un remords : « Je l'ai vu avant vous », et ordonna au chauffeur de la conduire à la gare de Paddington.

Elle monta dans le train de 15 h 20 pour Oxford et s'enfonça dans un siège, dans le coin d'un compartiment de première classe. Tout était prêt pour son arrivée dans les Cotswolds. Un décorateur d'intérieur avait « refait » le cottage, sa voiture l'attendait à la gare de Moreton-in-Marsh, à quelques kilomètres de Carsely, une entreprise de déménagement avait enlevé toutes ses possessions de son appartement londonien, désormais vendu. Elle était libre. Elle pouvait se détendre. Plus de pop stars caractérielles à gérer, plus de sociétés de haute couture capricieuses à lancer. À partir de maintenant, elle n'avait plus qu'une chose à faire : ce qu'elle voulait.

Agatha se laissa gagner par le sommeil et se réveilla en sursaut à l'annonce du contrôleur : « Oxford, Oxford. Terminus ! Tout le monde descend. »

Elle s'interrogea, et ce n'était pas la première fois, sur la formule « Terminus ! Tout le monde descend ». Terminus, cela avait un côté définitif, vaguement menaçant. Pourquoi ne pas dire simplement : « Dernier arrêt desservi par ce train » ? Au-dessus du quai numéro 2, un écran ressemblant à un poste de télévision miteux l'informa que le train à destination de Charlbury, Kingham, Moreton-in-Marsh et toutes les autres gares jusqu'à Hereford partirait du quai numéro 3 ; croulant sous le poids de ses sacs, elle emprunta donc la passerelle. Il faisait froid et gris. L'euphorie engendrée par sa toute nouvelle liberté et le cocktail de Roy commençait à se dissiper.

Le train quitta lentement la gare. Des péniches entrevues d'un côté, des jardins ouvriers broussailleux de l'autre, puis des champs inondés par les récentes pluies défilèrent lugubrement sous son regard de plus en plus désabusé.

C'est ridicule, se dit-elle. *J'ai ce que j'ai toujours désiré. Je suis fatiguée, voilà tout.*

À proximité de Charlbury, le train s'arrêta en douceur puis resta placidement et inexplicablement immobile, comme cela arrive souvent sur les lignes de la British Rail. Les passagers patientèrent, stoïques, en écoutant la plainte stridente du vent qui se levait sur les champs désolés. *Pourquoi nous conduisons-nous comme des brebis errantes ?* se demanda Agatha. *Pourquoi les Britanniques sont-ils si peureux, soumis et placides ? Pourquoi est-ce que personne ne crie, ne demande à voir le contrôleur pour exiger une explication ? D'autres peuples, plus expansifs, ne se laisseraient pas faire ainsi.* Elle hésita un instant à se rendre elle-même auprès du contrôleur. Puis elle se rappela qu'elle n'était plus pressée d'arriver nulle part. Alors elle sortit le numéro de l'*Evening Standard* qu'elle avait acheté à Paddington et en entama la lecture, confortablement installée.

Au bout de vingt minutes, le train s'ébranla lentement en grinçant. Vingt autres minutes après Charlbury, il entrait dans la petite gare de Moreton-in-Marsh. Agatha descendit. Sa voiture était toujours à l'endroit où elle l'avait laissée. Durant les dernières minutes du trajet, elle avait commencé à craindre qu'elle n'ait été volée.

C'était jour de marché à Moreton-in-Marsh, et le moral d'Agatha remonta tandis qu'elle roulait au pas devant des étals proposant toutes les marchandises imaginables, depuis les sous-vêtements jusqu'au poisson. Mardi. Le marché se tenait le mardi. Il fallait qu'elle s'en souvienne. Au volant de sa Saab neuve ronronnante, elle sortit de Moreton et roula jusqu'à Bourton-on-the-Hill, qu'elle traversa sans s'arrêter. Bientôt chez elle. Chez elle ! Enfin !

Après avoir quitté l'A44, elle s'engagea dans la lente descente menant au village de Carsely, qui était niché dans un repli des collines des Cotswolds.

C'était un très joli village, même à l'aune des critères exigeants de la région. Deux longues rangées de maisons ponctuées de boutiques se faisaient face, certaines basses et couvertes de chaume, d'autres en brique d'un blond doré, surmontées de toits d'ardoise. Un pub baptisé le Red Lion se dressait à une extrémité, une église à l'autre. Autour de cette grand-rue s'étalaient quelques ruelles désordonnées où les cottages étaient blottis les uns contre les autres comme pour se soutenir dans la vieillesse. Les jardins resplendissaient de cerisiers en fleur, de forsythias et de jonquilles. Le village comptait une mercerie vieillotte, une épicerie-bureau de poste, une boucherie, ainsi qu'une boutique qui semblait ne vendre que des fleurs séchées et être rarement ouverte. Un peu à l'écart, dissimulé à la vue par une éminence, il y avait un lotissement de logements sociaux et, entre ledit lotissement et le bourg, on trouvait le poste de police, une école élémentaire et une bibliothèque.

Le cottage d'Agatha se dressait, isolé, tout au bout de l'une des rues secondaires. Il ressemblait à ceux que l'on voyait dans les calendriers qu'elle conservait précieusement lorsqu'elle était petite. C'était une maison basse dont le toit de chaume avait été refait – en chaume du Norfolk, s'il vous plaît –, munie de fenêtres à battants et construite dans la pierre dorée typique des Cotswolds. Il y avait deux jardins : un petit à l'avant et un autre, long et étroit, à l'arrière. Contrairement à la quasi-totalité des habitants de la région, le propriétaire précédent ne s'adonnait pas au jardinage. Les deux bouts de terrain n'abritaient donc guère plus que de la pelouse et quelques buissons déprimants, de ces variétés résistantes que l'on trouve dans les parcs publics.

À l'intérieur, une sorte de petit cagibi obscur faisait office d'entrée. À droite se trouvait le séjour, à gauche, la salle à manger, et à l'arrière, la cuisine, grande et carrée, qui faisait partie d'une extension récente. Un escalier menait à deux chambres basses de plafond et une salle de bains. Tous les plafonds avaient des poutres apparentes.

Agatha avait laissé carte blanche au décorateur. Tout était parfait, et pourtant… Elle s'arrêta sur le seuil du séjour. Rien ne manquait : canapé et fauteuils assortis recouverts de tissu de chez Sanderson, lampes, table basse avec plateau en verre, faux berceau à bois médiéval dans l'âtre, médaillons de harnais en cuivre cloués au manteau de cheminée, chopes en étain et pichets Toby suspendus aux poutres, pièces de machines agricoles astiquées accrochées aux murs… Et pourtant, on aurait dit un décor de théâtre. Elle alla dans la cuisine et alluma le chauffage. La société de déménagement super-géniale à laquelle elle avait eu recours était allée jusqu'à ranger ses vêtements dans sa chambre et ses livres sur les étagères : il ne lui restait donc plus grand-chose à faire. Elle passa à la salle à manger. Longue table rutilante sous son vernis résistant à la chaleur, chaises victoriennes, tableau d'époque Edouard VII représentant un petit enfant en robe dans un jardin éclatant, vaisselier contenant des assiettes bleu et blanc, cheminée électrique avec fausses bûches, et chariot à boissons. À l'étage, les chambres étaient dans le plus pur style Laura Ashley. Elle avait l'impression d'être chez quelqu'un d'autre, dans la maison d'un inconnu dépourvu d'originalité, ou alors dans un luxueux cottage de vacances.

Toujours est-il qu'elle n'avait rien à manger pour ce soir. Après une vie de repas pris au restaurant et de plats à emporter, elle projetait d'apprendre à cuisiner, et une rangée étincelante de livres de recettes tout neufs l'attendait sur une étagère de la cuisine.

Elle prit son sac à main et sortit. L'heure était venue de partir à la découverte des rares magasins du village. Beaucoup de commerces, lui avait expliqué l'agent immobilier, avaient fermé pour être reconvertis en « propriétés de caractère ». Les gens du cru avaient beau rejeter la faute de cette désertification sur les nouveaux venus, c'était l'automobile qui était en cause, les villageois eux-mêmes préférant aller faire leurs courses dans les supermarchés de Stratford ou d'Evesham plutôt que d'acheter ce dont ils avaient besoin sur place au prix fort. La plupart possédaient une voiture.

Agatha approchait de la grand-rue quand un vieil homme arriva en sens inverse. Il porta la main à sa casquette et la gratifia d'un jovial « Bien l'bonsoir ! ». Toutes les personnes qu'elle croisa par la suite la saluèrent de quelques mots, « Bonsoir » décontracté ou « Sale temps ». Elle se sentit revivre. Après Londres, où elle ne connaissait même pas ses voisins, toutes ces démonstrations d'amabilité apportaient un changement rafraîchissant.

Elle examina la vitrine de la boucherie, puis décida que la cuisine pouvait attendre quelques jours et se dirigea vers l'épicerie, où elle acheta une barquette de curry vindaloo « très épicé » à réchauffer au micro-ondes et une boîte de riz. Là encore, tout le monde ne fut que gentillesse avec elle. Dans un carton de livres d'occasion, près de la porte, elle tomba sur un exemplaire abîmé d'*Autant en emporte le vent*. Elle n'avait jamais lu que des livres « édifiants », principalement des essais. Mais, cédant à une impulsion, elle acheta le roman.

De retour dans son cottage, elle trouva un panier de pseudo-bûches, des petits machins arrondis en sciure compactée, à côté de la cheminée du salon. Elle en empila quelques-unes, y mit le feu, et bientôt, une belle flambée grondait dans l'âtre. Ensuite elle ôta la têtière en dentelle dont le décorateur avait coquettement drapé l'écran de télé et alluma le poste. Une guerre faisait rage quelque part, comme d'habitude, et recevait le même traitement journalistique que d'habitude ; autrement dit, le présentateur et le reporter faisaient un brin de causette. « John, vous m'entendez ? Comment la situation a-t-elle évolué ? – Eh bien, Peter… » Quand ils passèrent enfin la parole à l'inévitable « expert » invité sur le plateau, Agatha en était arrivée à se demander pourquoi diable les médias se donnaient la peine d'envoyer quelqu'un sur place. Tout recommençait comme pendant la guerre du Golfe, où la plupart des images qu'on avait pu voir montraient un reporter planté devant un palmier à côté d'un quelconque hôtel de Riyad. Que de dépenses inutiles ! L'envoyé spécial n'avait jamais grand-chose à apporter, et ce serait revenu bien moins cher de le filmer devant un palmier dans un studio londonien.

Elle éteignit la télé et prit *Autant en emporte le vent*. Elle s'était fait une joie à la perspective d'une lecture vaguement honteuse pour fêter sa nouvelle vie de loisirs, mais elle fut stupéfaite par l'excellente qualité du roman. Il se lisait si facilement que c'en était presque indécent, pensa-t-elle, elle qui n'avait jusque-là jamais lu que le genre de livres qu'on lit pour impressionner les autres. Et ainsi, avec le crépitement du feu de cheminée en fond sonore, Agatha poursuivit sa lecture jusqu'à ce que les gargouillis de son estomac la poussent à aller réchauffer son curry. La vie était belle.

Une semaine s'était écoulée, au cours de laquelle Agatha s'était lancée à corps perdu, conformément à son habitude, dans la visite de tous les sites du pays. Elle s'était rendue au château de

Warwick, à la maison natale de Shakespeare, au palais de Blenheim, elle avait sillonné les villages des Cotswolds malgré le vent et la pluie qui tombait sans discontinuer d'un ciel gris, retournant chaque soir dans son cottage silencieux où seule la récente découverte d'Agatha Christie lui permettait de venir à bout des longues soirées. Elle avait essayé d'aller au pub, le Red Lion, un établissement rustique à l'atmosphère joyeuse et au patron jovial. Les gens du coin l'avaient accueillie, comme toujours, avec cette singulière sorte d'amabilité qui n'allait jamais plus loin. Agatha aurait su affronter une malveillance soupçonneuse, mais pas cet accueil enjoué qui la maintenait à l'écart. Non qu'elle ait jamais su comment se faire des amis, mais les gens du village avaient une façon imperceptible, découvrit-elle, de repousser les nouveaux venus. Ils ne les rejetaient pas. En surface, ils les accueillaient. Pourtant, elle savait que sa présence ne faisait pas une ride sur la surface lisse de la vie villageoise. Personne ne l'invita à prendre le thé. Personne ne montra la moindre curiosité à son égard. Le pasteur ne lui rendit même pas visite. Dans un roman d'Agatha Christie, elle aurait non seulement reçu la visite du pasteur, mais aussi celle de quelque colonel à la retraite et de son épouse. Tandis que là, toute conversation se limitait à « 'jour », « 'soir » et quelques mots sur la météo.

Pour la première fois de sa vie, elle connaissait la solitude, et cela l'effrayait.

Depuis les fenêtres de sa cuisine, à l'arrière de sa maison, elle avait vue sur les collines des Cotswolds qui se dressaient comme un rempart entre elle et le monde tourbillonnant des affaires ; telle une créature venue d'ailleurs, désorientée, elle se sentait prise au piège sous le chaume de son cottage, exclue de la vie. La petite voix qui avait crié dans sa tête : « Qu'est-ce que tu as fait ? » était devenue assourdissante.

Puis, un beau jour, elle éclata de rire. Londres ne se trouvait qu'à une heure et demie de train, non à des milliers de kilomètres ! Elle y monterait dès le lendemain, irait voir ses anciens employés, déjeunerait au Caprice, avant, pourquoi pas, d'effectuer une descente dans les librairies en quête de lectures plus intéressantes. Elle avait manqué le marché à Moreton, mais il avait lieu toutes les semaines.

Comme pour s'accorder avec sa bonne humeur, le lendemain, le soleil dardait ses rayons sur une journée de printemps idéale. Le cerisier au bout du jardin, unique concession que l'ancien propriétaire avait jugé bon de faire à la beauté, dressait ses branches lourdes de fleurs vers un ciel d'azur tandis qu'Agatha prenait son habituel petit déjeuner composé d'une tasse de café noir, instantané, et de deux cigarettes à bout filtre.

Avec le sentiment d'être en vacances, elle monta en voiture, sortit du village par la route sinueuse grimpant sur la colline, traversa Bourton-on-the-Hill et gagna Moreton-in-Marsh.

Arrivée à la gare de Paddington, elle aspira à pleins poumons l'air pollué de la capitale et se sentit revenir à la vie. Dans le taxi qui la menait à South Molton Street, elle se rendit compte qu'elle n'avait pas vraiment d'anecdotes croustillantes à partager avec ses anciens employés. « Notre Aggie va devenir la reine de ce patelin en un rien de temps », avait déclaré Roy. Alors comment expliquer que Carsely continuait d'ignorer la sensationnelle Agatha Raisin ?

Elle descendit du taxi dans Oxford Street et s'engagea dans South Molton Street, se demandant quel effet cela ferait de voir PEDMANS écrit à la place de son propre nom.

Elle s'arrêta au pied de l'escalier qui menait à son ancienne agence, au-dessus de la boutique de mode parisienne. Il n'y avait pas de nouvelle enseigne, seulement un rectangle de peinture propre à l'endroit où la plaque COMMUNICATION RAISIN était autrefois accrochée.

Elle monta à l'étage. Il régnait un silence de mort. Elle essaya d'ouvrir la porte. Elle était verrouillée. Déconcertée, Agatha battit en retraite dans la rue et leva les yeux. Et là, sur l'une des fenêtres, elle découvrit une grande pancarte où il était écrit À VENDRE en énormes lettres rouges, ainsi que le nom d'une prestigieuse agence immobilière.

La mine sombre, elle se rendit en taxi au siège

de Pedmans, sur Cheapside, à la City, et exigea d'être reçue par Mr. Wilson, le directeur général. La réceptionniste, qui paraissait s'ennuyer copieusement et avait les ongles les plus longs qu'Agatha ait jamais vus, décrocha langoureusement le téléphone et appela la direction. Elle annonça : « Mr. Wilson est occupé », reprit le magazine féminin dont Agatha avait interrompu la lecture et s'absorba dans l'étude de son horoscope.

Agatha lui arracha la revue des mains. Elle se pencha par-dessus son bureau : « Bouge ton petit cul maigrichon de ta chaise et va dire à ton escroc de patron de me recevoir. »

La réceptionniste plongea ses yeux dans le regard furibond d'Agatha, émit un couinement et détala à l'étage. Au bout de quelques instants qu'Agatha mit à profit pour lire son horoscope – « Aujourd'hui sera peut-être le jour le plus important de votre vie. Mais veillez à garder votre calme » –, la pimbêche revint en titubant sur ses talons télescopiques et chuchota : « Mr. Wilson va vous recevoir immédiatement. Si vous voulez bien me suivre…

– Je connais le chemin », grogna Agatha.

Elle monta l'escalier d'un pas rageur, martelant chaque marche de ses confortables chaussures plates supportant sa silhouette trapue.

Mr. Wilson se leva pour l'accueillir. Petit, très propre, le crâne dégarni, les mains douces et le sourire onctueux, il portait des lunettes à monture dorée et faisait davantage penser à un médecin de Harley Street qu'au directeur d'une société de communication.

« Pourquoi est-ce que vous avez mis mes bureaux en vente ? demanda Agatha.

– Mrs. Raisin, il ne s'agit pas de *vos* bureaux, répondit-il en lissant les cheveux sur le sommet de son crâne. Vous nous avez vendu votre entreprise.

– Mais vous m'aviez donné votre parole que vous garderiez mes employés.

– Et c'est ce que nous avons fait. La plupart ont opté pour l'indemnité de licenciement. Nous n'avons pas besoin de locaux supplémentaires. Toutes nos activités peuvent être traitées ici.

– Permettez-moi de vous dire que vous ne pouvez pas faire ça !

– Permettez-moi de vous dire, Mrs. Raisin, que je peux faire ce que je veux. Vous nous avez vendu votre affaire en bloc. Maintenant, si ça ne vous dérange pas, je dois m'y remettre. »

Après quoi, il se renfonça dans son fauteuil tandis qu'Agatha lui criait à plein gosier, dans les termes les plus crus, ce qu'il pouvait se mettre et où.

Dans la rue, elle resta plantée sur le trottoir, les larmes aux yeux.

« Mrs. Raisin… Aggie ? »

Elle fit volte-face. Roy se tenait devant elle. Il avait troqué son jean, son tee-shirt psychédélique et ses boucles d'oreilles en or contre un sobre complet-veston.

« Ce salaud de Wilson, je le tuerai, fit Agatha. Je viens de lui dire qu'il pouvait aller se faire foutre. »

Roy poussa un cri aigu et recula d'un pas.

« Il vaudrait mieux qu'on ne me voie pas avec toi, mon chou, si tu n'es pas dans les petits papiers de la direction. En plus, tu lui as vendu la boîte, non ?

– Où est Lulu ?

– Elle a pris la prime de licenciement et elle est allée faire bronzette sur la Costa Brava.

– Et Jane ?

– Elle s'occupe des relations publiques chez Friends Scotch. Tu imagines ? Embaucher une alcoolique chez des producteurs de whisky ? D'ici un an, elle aura bu tous leurs profits et coulé la boîte. »

Agatha demanda des nouvelles des autres employés. Seul Roy était resté chez Pedmans. « C'est grâce aux Trendies », expliqua-t-il, citant un groupe de pop qui faisait partie des clients d'Agatha. « Josh, le leader, m'a toujours eu à la bonne, comme tu sais. Alors Pedmans a été obligé de m'embaucher pour pouvoir garder le groupe. Tu aimes mon nouveau look ? demanda-t-il en effectuant une pirouette.

– Non, fit-elle d'un ton brusque. Ça ne te va pas. Enfin, bref, pourquoi est-ce que tu ne viendrais pas me rendre visite ce week-end ?

– J'adorerais, ma chérie, répondit Roy d'un air évasif, mais j'ai des tas de choses à faire. Wilson est un véritable négrier. Faut qu'je file. »

Sur ce, il s'engouffra dans le bâtiment, laissant Agatha seule sur le trottoir.

Elle essaya de héler un taxi, mais ils étaient tous pris. Alors elle marcha jusqu'à la station de métro Bank, mais aucune rame ne roulait, et quelqu'un lui expliqua qu'il y avait grève. « Comment est-ce que je vais faire pour gagner l'autre bout de la ville ? grommela-t-elle.

– Vous pouvez essayer de prendre une navette fluviale, suggéra l'autre. Y a un embarcadère au London Bridge. »

À mesure qu'elle se dirigeait d'un pas lourd vers le London Bridge, sa colère se dissipait pour laisser place à un profond sentiment de tristesse. Sur le quai, l'évacuation des yuppies de la City prenait des allures de débâcle de Dunkerque : des jeunes gens inquiets s'entassaient sur l'appontement, serrant contre eux leur porte-documents, en attendant qu'une flottille de bateaux-mouches les emmènent.

Elle se rangea à la fin de la queue, progressant petit à petit sur l'embarcadère flottant, et se sentait vaguement nauséeuse lorsqu'elle put enfin monter à bord d'un vieux vapeur de plaisance réquisitionné pour l'occasion. Le bar était ouvert. Serrant fort dans sa main un grand verre de gin tonic, elle gagna la poupe et s'assit au soleil sur l'une de ces petites chaises de bal couvertes de peluche rouge et or que l'on trouve sur les bateaux-mouches londoniens.

Le vapeur quitta le quai et glissa au soleil sur la Tamise, passant devant tout ce à quoi elle avait renoncé – à savoir Londres, et la vie. Après avoir vogué sous les ponts et le long de l'Embankment embouteillé, le bateau atteignit l'embarcadère de Charing Cross, où elle descendit. Elle avait perdu toute envie d'aller déjeuner ou de faire du shopping, elle n'avait plus envie de rien, si ce n'était de rentrer à son cottage pour panser ses blessures et réfléchir à ce qu'il convenait de faire.

Elle marcha jusqu'à Trafalgar Square, suivit le Mall, dépassa Buckingham Palace, remonta Constitution Hill avant d'emprunter le passage souterrain qui la fit ressortir à Hyde Park, à côté de l'entrée principale de Decimus Burton, et d'Apsley House, l'ancienne résidence des ducs de Wellington. Ensuite, elle coupa à travers le parc en direction de Bayswater et de Paddington.

Jusqu'à ce jour précis, songea-t-elle, elle était toujours allée de l'avant, elle avait toujours su ce qu'elle voulait. Bien qu'elle fût une élève brillante, ses parents l'avaient retirée de l'école à l'âge de quinze ans parce qu'il y avait de bonnes places à décrocher à la fabrique de biscuits locale. À cette époque, Agatha était une jeune fille menue, pâle et sensible. La vulgarité des autres ouvrières l'irritait, l'ivrognerie de son père et de sa mère la dégoûtait, alors elle s'était mise à faire des heures supplémentaires, emmagasinant l'argent ainsi gagné sur un compte d'épargne afin que ses parents ne puissent pas mettre la main dessus, jusqu'à ce qu'un beau jour elle décide qu'elle en avait assez et parte pour Londres sans même un mot d'adieu, s'éclipsant avec sa valise un soir où ses parents avaient sombré dans les brumes de l'alcool.

À Londres, elle avait travaillé comme serveuse sept jours sur sept pour pouvoir se payer des cours de sténo et de dactylographie. Son diplôme en poche, elle avait obtenu un poste de secrétaire dans une société de relations publiques. Juste au moment où elle commençait à apprendre le métier, elle était tombée amoureuse de Jimmy Raisin, un jeune homme charmant aux yeux bleus et à la tignasse noire. Il n'avait pas de situation stable, mais elle avait pensé que le mariage était justement ce dont il avait besoin pour se poser. Après un mois de vie commune, il lui avait fallu se rendre à l'évidence : elle avait troqué un cheval borgne contre un cheval aveugle. Son époux était un ivrogne. Pendant deux années entières, pourtant, elle l'avait soutenu, elle avait fait bouillir la marmite, elle avait supporté ses accès de violence de plus en plus fréquents, et puis, un matin, après l'avoir regardé étendu sur le lit, ronflant, sale et pas rasé, elle lui avait flanqué une pile de brochures des Alcooliques Anonymes sur la poitrine et elle avait pris ses cliques et ses claques.

Il savait où elle travaillait. Elle croyait qu'il

viendrait la chercher, ne serait-ce que pour réclamer de l'argent, mais il ne vint jamais. Elle retourna une fois à la pièce sordide qu'ils avaient partagée, à Kilburn : il avait disparu. Elle n'avait jamais demandé le divorce. Elle supposait que son mari était mort. Elle n'avait jamais voulu se remarier. Elle était devenue de plus en plus dure et compétente, de plus en plus combative, jusqu'à ce que la jeune fille menue et timide d'antan ait disparu sous une carapace d'ambition. Son travail était devenu toute sa vie, elle s'était mise à porter des vêtements coûteux, elle avait acquis les goûts que l'on s'attend à trouver chez une star montante des relations publiques. Du moment que les gens la remarquaient, que les gens l'enviaient, Agatha était satisfaite.

Lorsqu'elle arriva à la gare de Paddington, la marche avait produit ses effets bénéfiques sur son état d'esprit. Elle avait choisi sa nouvelle vie, et elle allait s'arranger pour la réussir. Le village de Carsely serait bien obligé de s'intéresser à Agatha Raisin.

De retour chez elle, en fin d'après-midi, elle s'aperçut qu'elle n'avait rien mangé de la journée. Elle se rendit chez Harvey, l'épicerie-bureau de poste, et elle était en train de farfouiller dans le congélateur en se demandant si elle pourrait avaler un énième curry, quand son regard fut attiré par une affiche sur le mur. « Grand concours de quiches », y était-il écrit en lettres pleines de boucles. L'événement aurait lieu dans la salle polyvalente de l'école. D'autres compétitions étaient annoncées en lettres plus petites : cakes, compositions florales, et ainsi de suite. Le concours de quiches serait jugé par un certain Mr. Cummings-Browne. Agatha s'empara d'un poulet korma surgelé et se dirigea vers la caisse. « Où habite Mr. Cummings-Browne ? demanda-t-elle.

– Vous le trouverez au cottage Les Pruniers, ma bonn' dame, répondit l'épicière. À côté de l'église. »

Les idées se bousculaient dans la tête d'Agatha tandis qu'elle rentrait chez elle à toutes jambes et fourrait le korma au micro-ondes. N'était-ce pas ce qui importait dans ces petits villages ? Exceller dans une quelconque tâche ménagère ? Si elle, Agatha Raisin, remportait ce concours de quiches, on serait bien obligé de s'intéresser à elle. Peut-être même lui demanderait-on de donner des conférences sur son art à des réunions de l'Association des femmes et d'autres choses du même genre.

Elle emporta l'infâme mixture dont se composait son dîner réchauffé dans la salle à manger et s'assit. L'état de la table lui fit froncer les sourcils : elle était couverte d'une fine pellicule de poussière. Agatha avait horreur de faire le ménage.

Après son maigre repas, elle sortit dans le jardin, à l'arrière du cottage. Le soleil était couché, et un ciel d'un vert pâle s'étirait sur les collines surplombant Carsely. Elle entendit bouger à proximité et regarda par-dessus la haie. Un sentier étroit séparait son jardin de celui d'à côté.

Penchée sur une plate-bande, sa voisine enlevait les mauvaises herbes dans la lumière déclinante.

C'était une femme au physique anguleux qui, malgré la fraîcheur du soir, portait une robe en tissu imprimé comme les affectionnent les épouses des fonctionnaires britanniques expatriés. Le menton fuyant, les yeux plutôt globuleux, elle avait une coiffure années 40, avec les cheveux roulés vers l'arrière pour dégager le visage. Tout cela, Agatha put l'observer lorsque la femme se redressa.

« Bonsoir ! » lança-t-elle.

La femme pivota sur ses talons, rentra dans sa maison et ferma la porte.

Agatha trouva cette grossièreté inédite bienvenue, après l'amabilité généralisée des habitants de Carsely. Voilà une chose à laquelle elle était davantage habituée. Elle rentra à son tour chez elle pour en ressortir aussitôt de l'autre côté, marcha jusqu'au cottage voisin, baptisé New Delhi, et cogna quelques petits coups à l'aide du heurtoir en laiton.

Il y eut un frémissement de rideau à une fenêtre près de la porte, mais aucun autre signe de vie. Elle frappa donc à nouveau avec jubilation, plus fort cette fois.

La porte s'entrebâilla et un œil globuleux la dévisagea.

« Bonsoir, fit-elle en tendant la main. Je suis votre nouvelle voisine. »

La porte s'ouvrit lentement. La femme à la robe imprimée prit sa main avec réticence, comme s'il s'agissait d'un poisson mort, et la serra.

« Je suis Agatha Raisin, dit Agatha. Et vous êtes… ?

– Mrs. Sheila Barr. Excusez-moi, Mrs… euh… Raisin, mais j'ai vraiment beaucoup à faire.

– Je ne vous retiendrai pas longtemps. J'ai besoin d'une femme de ménage. »

À ces mots, Mrs. Barr partit d'un de ces rires exaspérants que l'on qualifie souvent de « supérieurs ».

« Oh ! Vous ne trouverez personne dans le village. C'est pour ainsi dire impossible de trouver quelqu'un pour faire le ménage. Pour ma part, j'ai beaucoup de chance d'avoir Mrs. Simpson.

– Peut-être pourrait-elle faire quelques heures pour moi, suggéra Agatha tandis que la porte commençait à se refermer.

– Oh, non ! Je suis certaine qu'elle n'accepterait pas. »

Sur quoi la porte se referma complètement.

C'est ce qu'on va voir, pensa Agatha.

Elle alla chercher son sac à main, se rendit au Red Lion et hissa ses fesses sur un tabouret de bar.

« Bonsoir, Mrs. Raisin, la salua Joe Fletcher, le patron. Ça s'est arrangé, on dirait, hein ? P't-être bien qu'on aura du beau temps, après tout. »

On s'en tape de la météo ! se dit Agatha, qui en avait assez de ce sujet. Puis elle dit tout haut : « Est-ce que vous savez où habite Mrs. Simpson ?

– Au lotissement, je crois. Vous voulez parler d'la bourgeoise à Bert Simpson ?

– Je ne sais pas. Elle fait des ménages.

– Ah, alors c'est bien de Doris Simpson qu'on parle. J'me rappelle plus du numéro, mais ils habitent Wakefield Terrace, la deuxième maison, celle avec les nains. »

Agatha but un gin tonic avant de se mettre en route pour le lotissement de logements sociaux. Elle ne tarda pas à trouver Wakefield Terrace et la maison des Simpson, parce que leur jardin était couvert de nains en plastique, non pas rassemblés autour d'un bassin ou disposés artistiquement, mais éparpillés au hasard.

Ce fut Mrs. Simpson qui ouvrit la porte. Elle ressemblait davantage à une institutrice d'autrefois qu'à une femme de ménage, avec ses cheveux d'un blanc éclatant rigoureusement rassemblés dans un chignon, ses yeux gris clair et ses lunettes.

Agatha lui exposa la raison de sa venue. Mrs. Simpson fit non de la tête.

« Je n'vois pas comment que j'pourrais faire plus, voilà la vérité. Je fais la maison à Mrs. Barr, votre voisine, le mardi, ensuite j'ai Mrs. Chomley le mercredi, Mrs. Cummings-Browne le jeudi, et le week-end je travaille au supermarché à Evesham.

– Combien Mrs. Barr vous paie-t-elle ?

– Trois livres de l'heure.

– Si vous travaillez pour moi à la place, je vous en donnerai quatre.

– Vous feriez mieux d'entrer. Bert ! Bert, éteins-moi c'te télé ! V'là Mrs. Raisin, celle qui a repris le cottage à Budgen, dans Lilac Lane. »

Un petit homme au physique sec et au crâne dégarni éteignit la télévision géante qui trônait dans le petit séjour impeccable.

« Je ne savais pas que ça s'appelait Lilac Lane, remarqua Agatha. Ils n'ont pas l'air de trouver que ce soit une bonne idée de donner des noms aux rues, dans ce village.

– C'est sans doute parce qu'y en a pas beaucoup, ma bonn' dame, dit Bert.

– Je vais vous faire une tasse de thé, Mrs. Raisin.

– Agatha, appelez-moi Agatha, s'il vous plaît », répondit-elle en arborant un sourire qu'auraient reconnu tous les journalistes qui avaient eu affaire à elle : le sourire d'Agatha Raisin lorsqu'elle s'apprête à donner l'estocade.

Alors que Doris Simpson s'était repliée dans la cuisine, Agatha déclara : « J'essaie de persuader votre femme d'arrêter de travailler pour Mrs. Barr et de travailler pour moi à la place. Je lui offre quatre livres de l'heure pour toute une journée de travail et, bien sûr, je lui fournis à déjeuner.

– Ça m'a l'air alléchant, mais c'est à Doris qu'il vous faut demander. Même si, y a pas à dire, elle serait contente de plus mett' les pieds dans la maison à Mrs. Barr.

– Le travail est dur ?

– Oh ! c'est pas le travail, c'est la manière dont la bonne femme se comporte. Toujours dans le dos à Doris, à tout vérifier, voyez.

– Est-ce qu'elle est de Carsely ?

– Que non, elle est nouvelle ici ! Son homme est mort y a un bout de temps. Aux Affaires étrangères, qu'il travaillait. Ça fait dans les vingt ans qu'elle est là. »

Agatha était en train d'assimiler le fait que vingt ans de présence dans le village ne permettait pas d'y prétendre à la citoyenneté, si l'on peut dire, lorsque Mrs. Simpson revint avec un plateau.

« La raison pour laquelle j'essaie de vous débaucher de chez Mrs. Barr, expliqua-t-elle, c'est que je suis une piètre ménagère. J'ai consacré ma vie à ma carrière. Et je crois que les gens comme vous, Doris, valent leur pesant d'or. Je paie bien, parce que j'estime que faire le ménage est un travail très important. Et je vous paierai aussi quand vous serez malade ou en vacances.

– V'là qu'est plus qu'honnête ! s'écria Bert. Tu te rappelles de la fois où tu t'es fait opérer de l'appendicite, Doris ? Que l'aut', elle a pas montré le bout d'son nez à l'hôpital, sans compter qu'elle t'a pas donné un penny.

– C'est vrai, admit Doris. Mais c'est de l'argent

qui rentre régulièrement. Qu'est-ce qu'y m'arrivera si vous partez, Agatha ?

– Oh ! mais je suis ici pour longtemps.

– C'est d'accord, fit brusquement Doris. Je vais même l'appeler tout de suite, ça sera ça de fait. »

Elle passa dans la cuisine pour téléphoner. Bert inclina la tête sur le côté et regarda Agatha, une lueur maligne dans ses petits yeux.

« Vous savez que vous venez de vous faire une ennemie, là, dit-il.

– Bah ! Elle s'en remettra, allez ! »

Une demi-heure plus tard, tandis qu'Agatha cherchait à tâtons la clé de sa porte, Mrs. Barr sortit de son cottage et resta plantée sans rien dire, l'incendiant du regard.

« Belle soirée ! » lança Agatha avec un immense sourire.

Elle se sentait redevenue tout à fait elle-même.

2

Situé en face de l'église et du presbytère, le cottage Les Pruniers, demeure des Cummings-Browne, appartenait à une rangée de quatre maisons anciennes en pierre donnant sur une aire pavée en forme de losange. Devant ces maisons, d'étroites bandes de terre où poussaient quelques fleurs tenaient lieu de jardin.

Le lendemain en fin de matinée, Agatha frappa à la porte et se vit ouvrir par une femme qui faisait partie de la même espèce d'ex-expatriés que Mrs. Carr – un seul regard perçant lui avait suffi à la cataloguer. Malgré la fraîcheur de cette journée de printemps, Mrs. Cummings-Browne portait une robe bain de soleil en tissu imprimé qui révélait la peau hâlée d'une femme d'âge mûr. Les yeux bleu clair, elle avait les manières d'une épouse de colonel et parlait d'une voix autoritaire et haut perchée : « Oui ? Que puis-je pour vous ? »

Agatha se présenta et expliqua qu'elle souhaitait participer au concours de quiches, mais que, étant nouvelle au village, elle ne savait pas comment procéder.

« Je suis Mrs. Cummings-Browne, répondit l'autre, et tout ce que vous avez à faire, c'est lire l'une des affiches. Il y en a partout dans le village, vous savez. » Le rire condescendant dont elle la gratifia donna envie à Agatha de la gifler. Au lieu de cela, elle répondit avec douceur : « Comme je vous le disais, je suis nouvelle dans le village et j'aimerais rencontrer des gens. Peut-être que vous et votre époux aimeriez vous joindre à moi ce soir pour dîner ? Sert-on à manger au Red Lion ? »

Mrs. Cummings-Browne repartit de son rire exaspérant.

« Plutôt mourir que d'être vue au Red Lion ! Par contre, la table est bonne au Feathers, à Ancombe.

– Ancombe, mais où est-ce donc ?

– À trois ou quatre kilomètres, pas plus. Vous ne connaissez vraiment pas encore bien la région, n'est-ce pas ? Nous vous conduirons. Soyez ici à dix-neuf heures trente. »

La porte se ferma.

Bon, bon ! pensa Agatha, *voilà qui était facile. Ça doit être une paire de pique-assiettes. Ma quiche a donc de bonnes chances de gagner.*

Elle traversa sans se presser le village en sens inverse, souriant et répondant mécaniquement aux salutations des passants. Il y avait donc des vers dans cette belle pomme brillante. La majorité des villageois, issus des classes laborieuses ou des couches inférieures des classes moyennes, étaient tous extrêmement polis et aimables. S'il fallait en juger par les cas de Mrs. Barr et Cummings-Browne, c'étaient les nouveaux venus de la classe supérieure – sans nul doute autoproclamée – qui étaient grossiers. Le vent apporta une traînée de pétales de fleurs de cerisier aux pieds d'Agatha. Les maisons dorées resplendissaient dans le soleil. Un lieu charmant n'attirait pas nécessairement des gens charmants. Les nouveaux venus avaient sans doute acheté leurs jolis petits cottages lorsque le marché de l'immobilier était déprimé, ils s'étaient abaissés à jouer le rôle de gloires locales. Mais les villageois n'étaient visiblement pas du genre à se laisser impressionner ou humilier, pour autant qu'Agatha puisse en juger. Aussi les nouveaux devaient-ils drôlement s'amuser à se débiner entre eux, faute de mieux. Enfin, elle était sûre que si elle gagnait le concours, le village serait bien obligé de s'intéresser à elle.

Le soir venu, assise dans la salle de restaurant à charpente apparente du Feathers, à Ancombe, elle étudia discrètement ses invités. Mr. Cummings-Browne – « Enfin, *major* Cummings-Browne, malheureusement pour moi, mais je n'utilise pas mon titre, ha ! ha ! ha ! » – avait le teint tout aussi hâlé que son épouse, d'une nuance orangée qui conduisit Agatha à penser que le soleil n'y était pas pour grand-chose. Il avait le crâne pointu, le cheveu rare et gris, soigneusement ramené sur le sommet, et de curieuses oreilles décollées. Il avait servi dans l'armée à Aden, dit-il. Voilà, songea Agatha, qui devait remonter à assez longtemps. Elle aurait mis sa main à couper que les Britanniques avaient quitté Aden dans les années 1960. Il apparut ensuite que le major s'était « essayé à l'élevage de volailles », mais il préférait raconter ses années dans l'armée, s'embarquant dans une longue et obscure saga peuplée d'anciens domestiques et de « gars » de son régiment. Il portait une veste sport avec des coudes en cuir par-dessus une chemise vert olive, et un foulard noué autour du cou. Quant à sa femme, elle était vêtue d'une robe Laura Ashley qui rappela à Agatha les couvre-lits de ses chambres.

Eh bien, sa quiche avait intérêt à gagner, se dit-elle sombrement, car elle savait très bien quand elle se faisait arnaquer, et c'était exactement ce qui était en train de se passer. Un patron qui se tenait du mauvais côté du bar, au bout de la salle de restaurant, à lever le coude avec ses petits copains, une carte prétentieuse et affreusement chère, des serveuses maussades : il n'en fallait pas plus pour susciter son indignation. Les Cummings-Browne avaient, comme il fallait s'en douter, commandé le deuxième vin le plus cher de la carte. Deux bouteilles. Elle les laissa alimenter la conversation jusqu'à l'arrivée du café, et alors elle passa aux choses sérieuses. Elle demanda quel genre de quiche remportait habituellement le premier prix. Une quiche lorraine ou aux champignons, lui répondit Mr. Cummings-Browne. Elle ne se laissa pas ébranler et annonça que la sienne, sa préférée, serait aux épinards.

Mrs. Cummings-Browne eut un rire. *Si elle recommence*, pensa Agatha, *je vais vraiment lui fiche une claque*. Et ce d'autant plus que l'épouse du major enchaîna en disant que Mrs. Cartwright gagnait toujours. Agatha devait plus tard se souvenir que le major s'était comme figé à la mention du nom de cette dame, mais, sur le moment, elle était lancée et rien ne pouvait l'arrêter. Sa quiche à elle, déclara-t-elle, était renommée pour la délicatesse de son goût et la légèreté de sa pâte. De plus, un esprit de compétition était justement ce dont le village avait besoin. Que la même femme remporte le concours année après année était très mauvais pour le moral. Agatha avait l'art de se livrer au chantage affectif sans jamais formuler de menace directe. Et tandis qu'elle faisait des plaisanteries sur le prix affreusement cher du repas, ses petits yeux d'ours marron martelaient le message : « Vous m'êtes redevables pour ce dîner. »

Mais si les journalistes appartiennent à cette catégorie de gens qui ont une tendance innée à se sentir coupables, les Cummings-Browne étaient manifestement d'une autre trempe. Au moment où elle s'apprêtait à régler la note – en billets comptés un à un plutôt que par carte bancaire, de façon à bien souligner la lourdeur de l'addition –, ses invités l'arrêtèrent dans son élan en commandant deux grands verres de brandy.

Malgré la quantité d'alcool qu'ils avaient ingurgitée, ils ne paraissaient pas plus éméchés qu'au début du repas. Agatha se renseigna sur les gens du village. Mrs. Cummings-Browne répondit qu'ils n'étaient pas désagréables et qu'elle et son mari faisaient leur possible pour eux. Tout cela prononcé sur un ton de châtelaine. Les deux époux lui posèrent à leur tour des questions sur elle, auxquelles elle répondit brièvement. Elle ne s'était jamais entraînée aux bavardages mondains. Elle avait l'habitude de parler pour vendre un produit, et lorsqu'elle demandait à ses interlocuteurs de se livrer, c'était en général pour les amadouer dans l'unique but de leur vendre ce même produit.

Ils finirent tout de même par ressortir dans la nuit douce et sombre. Le vent était tombé, et la promesse de l'été à venir flottait dans l'air. Mr. Cummings-Browne conduisit sa Range Rover avec lenteur par les petites routes de campagne. Un renard fila à travers la chaussée devant les phares, des lapins détalèrent se mettre à l'abri, des fleurs de merisier à grappes, à peine écloses, constellaient les haies. Un sentiment de solitude étreignit une nouvelle fois Agatha. C'était une soirée à passer entre amis, en agréable compagnie, pas avec des gens de l'espèce des Cummings-Browne.

Le major arrêta sa voiture devant chez lui et dit : « Vous trouverez le chemin, hein ?

– Non, répondit-elle avec humeur. Le moins que vous puissiez faire, c'est me ramener chez moi.

– Vous allez perdre l'usage de vos jambes, si vous continuez comme ça », rétorqua-t-il méchamment. Mais après un petit soupir d'impatience, il la reconduisit chez elle.

Il faudra que je laisse une lumière allumée à l'avenir, pensa-t-elle en regardant sa maison plongée dans l'obscurité. *Ce serait plus accueillant.* Elle demanda à Cummings-Browne les modalités précises d'inscription au concours, puis, lorsqu'il lui eut répondu, elle descendit de voiture et, sans lui souhaiter bonne nuit, rentra dans son cottage solitaire.

Le lendemain, elle suivit les instructions de Cummings-Browne en inscrivant son nom dans le cahier réservé au concours de quiches, dans la salle polyvalente de l'école. On entendait monter les voix des écoliers qui chantaient dans l'une des classes : « Le fils du roi s'en va chassant… » Ainsi, on continuait de chanter *V'là l'bon vent* à l'école ! Elle jeta un coup d'œil à la salle austère. Des tables montées sur tréteaux s'alignaient le long d'un mur, et une estrade se dressait au fond de la pièce. Un décor qui n'était pas franchement propice aux réalisations ambitieuses.

Elle prit ensuite sa voiture et se rendit droit à Londres, cette fois, même si elle redoutait les multiples dangers des autoroutes, qu'elle avait horreur de prendre. Elle se gara dans sa rue, dans le quartier de World's End à Chelsea, où elle vivait encore il y a si peu de temps, bien contente de ne pas avoir rendu sa carte de parking de résidente.

Une brusque averse venait de tomber. Comme Londres sentait bon le béton mouillé, les vapeurs d'essence et de gasoil, les détritus, le café chaud, les fruits et le poisson, toutes ces odeurs si chères et familières à Agatha !

Elle se dirigea vers la Quicherie, un traiteur spécialisé dans les quiches. Elle y acheta une grande tarte aux épinards, l'entreposa dans le coffre de sa voiture, puis alla déjeuner au Caprice, où elle se régala de leurs croquettes de saumon et se détendit parmi les gens qu'elle considérait comme « les siens », les riches et les illustres, sans qu'il lui vienne jamais à l'esprit qu'elle ne connaissait aucun d'eux. Ensuite, elle se rendit chez Fenwick, dans Bond Street, pour s'acheter une nouvelle robe : pas en tissu imprimé (grands dieux non !), mais quelque chose d'élégant, en laine écarlate avec un col blanc.

De retour à Carsely dans la lumière du soir, elle fila à la cuisine. Sortit la quiche de son emballage commercial, y apposa sa propre étiquette imprimée « Quiche aux épinards, Mrs. Raisin » et l'enveloppa avec un amateurisme délibéré dans du film plastique. Elle contempla le résultat avec satisfaction. Ce serait la meilleure. La Quicherie était renommée pour ses tartes salées.

Elle l'apporta à l'école le vendredi soir, à la suite d'une longue file désordonnée de femmes chargées de fleurs, de confitures, de gâteaux, de quiches et de biscuits. Les productions de toutes les participantes devaient être déposées la veille du jour J, car certaines travaillaient le week-end. Comme d'habitude, plusieurs d'entre elles lui lancèrent des : « Bonsoir. Ça s'réchauffe, hein ? On aura p't-être un peu d'soleil », en guise de salut. Comment réagiraient-elles face à un séisme, un ouragan ou une autre calamité de ce genre ? se demanda-t-elle. Voilà qui pourrait leur clouer le bec à l'avenir, vu que les sages caprices de la météo des Cotswolds offraient rarement des sujets de conversation sensationnels. C'est du moins ce qu'elle croyait.

En allant se coucher ce soir-là, elle fut surprise de se sentir toute nerveuse et excitée. C'était ridicule ! Il s'agissait seulement d'un petit concours de village.

Le jour suivant se leva, froid et venteux : des bourrasques arrachaient aux cerisiers leurs dernières fleurs, qu'elles répandaient en pluie de pétales sur les villageois se pressant devant la porte de l'école comme sur un cortège nuptial. Un orchestre local étonnamment talentueux, composé de musiciens âgés de sept à soixante-dix-sept ans, jouait un florilège de chansons de *My Fair Lady.* Les compositions et les spécimens de fleurs – narcisses et jonquilles – fièrement dressés dans leurs soliflores pour le concours embaumaient l'air. Un salon de thé avait même été installé dans une salle adjacente, où l'on pouvait se régaler de sandwichs raffinés et de gâteaux maison.

« Bien sûr, c'est Mrs. Cartwright qui va gagner le concours de quiches », fit une voix près d'Agatha.

Elle se retourna brusquement.

« Pourquoi dites-vous ça ? demanda-t-elle.

– Parce que c'est Mr. Cummings-Browne qui juge », dit l'autre, avant d'aller se perdre dans la foule.

Le nom de la gagnante serait annoncé, non pas par Mr. Cummings-Browne, mais par lord Pendlebury, un gentleman maigre et âgé qu'on aurait dit sorti d'une histoire de fantômes de l'ère édouardienne, propriétaire d'un domaine sur la colline surplombant le village.

On préleva une fine part de la quiche d'Agatha, comme de toutes les autres. Elle regarda son « œuvre » d'un air suffisant. Hourra pour la Quicherie ! Il ne faisait aucun doute que sa tarte aux épinards sortait du lot. Le fait qu'elle était censée l'avoir préparée elle-même ne troublait pas sa conscience pour un sou.

L'orchestre se tut. On aida lord Pendlebury à monter sur l'estrade pour le rejoindre.

« La gagnante du grand concours de quiches est… », chevrota-t-il. Il tripota ses notes, les ramassa, les remit en ordre, sortit un pince-nez, lança de nouveau un regard désespéré à ses feuilles, jusqu'à ce que Mr. Cummings-Browne lui indique la bonne.

« Miséricorde ! Oui, oui, oui, radota le vieillard. Hem, hem ! La gagnante est… Mrs. Cartwright.

– Nom d'un salopard à sonnette ! » grommela Agatha.

Furibarde, elle regarda ladite Mrs. Cartwright, une femme aux allures de bohémienne, monter sur l'estrade recevoir sa récompense. Un chèque.

« C'est combien ? s'enquit Agatha auprès de sa voisine.

– Dix livres.

– Dix livres ! » Même si elle ne s'était jamais, jusqu'ici, renseignée sur la nature de la récompense, elle avait naïvement supposé qu'elle se présenterait sous la forme d'une coupe en argent. Elle avait imaginé cette coupe avec son nom gravé dessus posé sur le manteau de sa cheminée. « Comment est-ce qu'elle est censée fêter sa victoire avec ça ? En allant dîner au McDo ?

– C'est l'intention qui compte, répondit sa voisine d'un air vague. Vous êtes Mrs. Raisin. Vous venez d'acheter le cottage de Budgen. Je me présente : Mrs. Bloxby, l'épouse du pasteur. Pouvons-nous espérer vous voir à l'office, dimanche ?

– Pourquoi Budgen ? J'ai acheté le cottage à un certain Mr. Alder.

– Ça a toujours été le cottage de Budgen. Cela fait quinze ans qu'il est décédé, bien sûr, mais pour nous, gens du village, ce sera toujours le cottage de Budgen. C'était un homme exceptionnel. Au moins, vous n'avez pas à vous inquiéter de votre repas de ce soir, Mrs. Raisin. Votre quiche a l'air délicieuse.

– Oh ! mettez-la à la poubelle ! cracha Agatha. C'était la mienne, la meilleure. Ce concours est truqué. »

Mrs. Bloxby lui lança un regard de reproche attristé, puis s'éloigna.

Elle éprouva un sentiment de malaise. Elle n'aurait pas dû dire de vacherie à l'épouse du pasteur à propos du concours. Mrs. Bloxby avait l'air d'une femme gentille. Mais en matière de conversation, Agatha n'était habituée qu'à trois registres : autoritaire avec ses employés, insistant avec les médias, onctueux avec ses clients. Une vague idée commençait à germer dans un coin de sa tête : Agatha Raisin n'était pas quelqu'un de très sympathique.

Ce soir-là, elle alla au Red Lion. C'était vraiment un très beau pub, songea-t-elle en regardant autour d'elle : charpente apparente, atmosphère sombre et enfumée ; dalles en pierre au sol, bouquets de fleurs de printemps, belle flambée dans la cheminée, fauteuils confortables et, enfin, des tables solides d'une hauteur adéquate pour boire et manger, et non pas ces tables « cocktails » à hauteur de genou qui vous obligent à vous accroupir pour porter les aliments à la bouche. Des hommes étaient accoudés au bar. Ils sourirent et lui firent signe de la tête, puis reprirent leur conversation. Elle remarqua la carte du pub, écrite sur une ardoise, et commanda des lasagnes avec des frites à la jolie fille du patron, avant d'aller s'installer dans un coin avec son verre. Elle éprouvait le même sentiment que lorsqu'elle était enfant : elle désirait plus que tout faire partie intégrante de cet univers de vieilles traditions anglaises, synonymes de beauté et de sécurité, et pourtant elle restait en dehors, spectatrice. Mais au fond, se demanda-t-elle, avait-elle jamais vraiment fait partie intégrante de quelque chose, à part le monde éphémère des relations publiques ? Si elle venait à tomber raide morte sur le carrelage de ce pub, y aurait-il quelqu'un pour la pleurer ? Ses parents étaient morts. Dieu seul savait où était son mari, et il ne la pleurerait certainement pas. *Merde !* se dit-elle avec colère, *ce gin me fout le moral à zéro.* Elle préféra donc commander un verre de vin blanc pour arroser ses lasagnes qui, remarqua-t-elle, avaient été réchauffées au micro-ondes, de sorte qu'elles attachaient fortement au plat.

Mais les frites étaient bonnes. La vie offrait de petits plaisirs, en fin de compte.

Mrs. Cummings-Browne se préparait à partir pour la répétition de la pièce de Noël Coward, *L'esprit s'amuse*, à la salle paroissiale. Elle en assurait la mise en scène et s'évertuait en vain à gommer l'accent du Gloucestershire des membres de la Société d'art dramatique de Carsely. « Pourquoi n'y en a-t-il pas un qui soit capable de parler avec un accent convenable ? déplorait-elle en prenant son sac à main. À les entendre, on croirait qu'ils sont en train de traire les vaches, ou... enfin, peu importe ce qu'on est censé faire avec les vaches ! Oh, à propos de vache, j'ai rapporté la quiche de cette abominable Raisin. Elle a pris la mouche et elle a filé en disant qu'on n'avait qu'à la mettre à la poubelle. Je pensais que tu en voudrais peut-être un morceau pour le souper. J'en ai laissé deux parts à la cuisine. J'ai pris beaucoup de thé et de gâteaux cet après-midi. Ça ira pour moi.

– Je ne crois pas que je vais manger non plus, répondit Mr. Cummings-Browne.

– Eh bien, si tu changes d'avis, tu n'as qu'à passer la quiche au micro-ondes. »

Mr. Cummings-Browne but un whisky bien tassé devant la télévision, regrettant qu'il ne fût pas encore neuf heures du soir, ce qui excluait tout espoir de nu intégral. Les autorités ayant naïvement estimé qu'aucun enfant ne restait debout après neuf heures, la pornographie était permise au-delà, même si tous les téléspectateurs qui écrivaient pour la qualifier de telle n'étaient que des vieux schnocks incapables d'apprécier l'art véritable. En attendant, il se contenta donc d'un documentaire de sciences naturelles et se consola en regardant copuler des animaux. Après un second whisky, il commença à avoir faim. Il se rappela la quiche. Ça l'avait bien fait rigoler d'observer la figure d'Agatha Raisin tout à l'heure. Elle voulait vraiment en avoir pour son argent, la pauvre idiote ! Les gens de sa sorte, tous ces yuppies d'âge moyen, rabaissaient décidément le niveau du village. Il alla dans la cuisine, enfourna les deux parts de quiche, ouvrit une bouteille de bordeaux et se servit un verre. Puis, après avoir déposé la quiche et le vin sur un plateau, il emporta le tout au séjour et se rassit devant la télévision.

Deux heures plus tard, et juste avant la scène promise d'un viol collectif dans un film intitulé *Deep in the Heart*, il commença à avoir la sensation que sa bouche était en feu. Il se sentit atrocement mal. Il tomba de son fauteuil, fut pris de convulsions et de vomissements épouvantables. Il perdit conscience alors qu'il se débattait pour atteindre le téléphone, et resta étendu derrière le canapé.

Mrs. Cummings-Browne rentra chez elle un peu après minuit. Elle ne vit pas son mari parce qu'il était caché par le canapé, et elle ne remarqua pas les flaques de vomi parce que la pièce n'était que faiblement éclairée. Elle rouspéta en voyant la lumière et la télévision toujours allumées. Puis elle éteignit les deux.

Ensuite, elle monta dans sa chambre – cela faisait un certain temps qu'elle ne partageait plus celle de son mari –, se démaquilla, se déshabilla et ne tarda pas à dormir à poings fermés.

Mrs. Simpson arriva tôt le lendemain matin en maugréant tout bas. Son emploi du temps avait été chamboulé. D'abord, elle avait troqué ses heures chez Mrs. Barr contre des heures chez Mrs. Raisin, et maintenant, Vera Cummings-Browne lui avait demandé de venir aujourd'hui, dimanche, parce qu'elle et son mari partaient en vacances en Toscane le lendemain et qu'elle voulait que la maison soit propre pour leur départ. Mais en ne ménageant pas sa peine, elle serait dans les temps pour prendre son poste à dix heures à Evesham.

Elle entra dans la maison grâce à la clé cachée sous le paillasson, se prépara une tasse de café, la but à la table de la cuisine puis se mit au travail, en commençant par cette pièce. Elle aurait aimé faire les chambres en premier, mais elle savait que les Cummings-Browne dormaient tard. S'ils n'étaient pas debout quand elle aurait terminé le rez-de-chaussée, il faudrait qu'elle les réveille. Elle nettoya la cuisine en un temps record et passa au séjour, fronçant le nez en flairant l'odeur âcre qui y régnait. Quand elle contourna le canapé pour aller ouvrir la fenêtre et aérer la pièce, son pied buta contre le corps sans vie de Mr. Cummings-Browne, plié en deux sur le sol, la figure contorsionnée et bleuâtre. Elle recula, les deux mains sur la bouche. Elle pensa vaguement que Mrs. Cummings-Browne devait être sortie. Le téléphone se trouvait sur l'appui de fenêtre. Rassemblant son courage, elle se pencha au-dessus du cadavre et composa le 999 pour appeler la police et une ambulance. Après quoi, elle s'enferma dans la cuisine pour attendre.

Il ne lui effleura pas l'esprit de vérifier si Mr. Cummings-Browne était bel et bien mort, ni de sortir pour demander de l'aide. Elle resta assise dans la cuisine, les mains fermement jointes comme pour prier, paralysée par le choc.

L'agent de police du coin fut le premier sur les lieux. En temps normal, Fred Griggs, un gros homme jovial, n'avait pas grand-chose de plus à faire que rechercher des voitures volées pendant la saison touristique ou inculper un conducteur en état d'ivresse par-ci par-là.

Il se penchait sur le cadavre lorsque arriva l'ambulance.

Mrs. Cummings-Browne descendit l'escalier au milieu de tout ce tohu-bohu, dans une robe de chambre ouatinée qu'elle maintenait étroitement serrée autour d'elle.

Quand on lui expliqua que son époux était mort, elle s'agrippa au pilastre de l'escalier et répondit, abasourdie : « Ce n'est pas possible. Il n'était même pas là quand je suis rentrée. Il faisait de l'hypertension. Il a dû avoir une attaque. »

Mais les flaques de vomi séché et la face bleuâtre et convulsée du cadavre n'avaient pas échappé à Fred Griggs. « Faut toucher à rien, dit-il aux ambulanciers. J'suis quasi sûr qu'c'est un empoisonnement. »

Ce dimanche matin-là, Agatha alla à l'église. Elle ne se rappelait pas être jamais entrée dans une église, mais aller à l'église était l'une des choses qui se font dans un village, croyait-elle. L'office avait lieu tôt, à huit heures et demie, le pasteur ayant deux autres cultes à célébrer ensuite dans les environs de Carsely.

Elle aperçut la voiture de l'agent Griggs et une ambulance stationnées devant la maison des Cummings-Browne. « Je me demande ce qui s'est passé, dit Mrs. Bloxby. Mr. Griggs refuse de dire quoi que ce soit. J'espère que rien n'est arrivé à ce pauvre Mr. Cummings-Browne.

– Et moi, j'espère que si ! rétorqua Agatha. Il l'aurait bien mérité ! »

Et elle s'enfonça d'un pas décidé dans les ténèbres de St. Jude, sous l'œil stupéfait de l'épouse du pasteur. Après avoir récupéré un livre de prières et un autre de cantiques, elle prit place sur un banc au fond de l'église. Elle portait sa nouvelle robe rouge, et sa tête était coiffée d'un large chapeau de paille noir orné de coquelicots. À mesure qu'entrait le reste de l'assemblée, elle comprit qu'elle était trop bien habillée. Tous les autres paroissiens portaient des tenues décontractées.

Pendant le premier cantique, elle entendit hurler des sirènes de police. Que diable était-il arrivé ? Si l'un des Cummings-Browne venait de tomber raide mort, une ambulance et l'agent de police local devaient bien suffire, non ?

L'église, petite et datant du quatorzième siècle, possédait de jolis vitraux et était ornée de magnifiques bouquets. On y utilisait encore l'ancien Livre de la prière commune, pourtant tombé en désuétude. Pendant les lectures de l'Ancien et du Nouveau Testament, Agatha ne cessa de remuer sur son banc, se demandant si elle ne pouvait pas s'éclipser pour tenter de découvrir ce qui se passait dehors.

Quand le pasteur monta en chaire, tous ses espoirs de fuite s'envolèrent. Le révérend Alfred Bloxby était un homme petit, maigre, aux airs d'ascète, mais doué d'une présence irrésistible. D'une voix magnifiquement modulée, il se mit à prêcher sur le thème « Aime ton prochain comme toi-même ». Agatha eut l'impression que le sermon entier lui était destiné. Nous étions trop faibles et impuissants pour changer le monde, expliquait le pasteur, mais si chacun et chacune d'entre nous traitaient ses voisins avec charité, courtoisie et bienveillance, nos modestes actions en entraîneraient d'autres, et ainsi de suite. Charité bien ordonnée commençait par soi-même. En repensant à la façon dont elle avait acheté Mrs. Simpson, Agatha ne sut plus où se mettre. Au moment de la communion, elle resta à sa place car elle ne connaissait pas le rituel. Enfin, avec un sentiment de libération, elle se joignit au reste de l'assemblée pour entonner le dernier cantique : « *My Country 'Tis of Thee* », avant de faire la queue avec impatience pour sortir, donnant une poignée de main distraite au pasteur, dont elle n'entendit pas les paroles de bienvenue car elle avait les yeux rivés sur les voitures de police qui remplissaient le petit espace devant la maison des Cummings-Browne.

Posté devant la porte, l'agent Griggs repoussait les questions des curieux par de placides : « À l'heure qu'il est, je n' peux rien vous dire, pour sûr ».

Agatha rentra chez elle d'un pas lent. Elle prit son petit déjeuner et essaya de se plonger dans la lecture d'un Agatha Christie, mais elle n'arrivait pas à se concentrer. Quel était l'intérêt d'une énigme policière imaginaire, quand il y en avait une bien réelle dans son village ? Mrs. Cummings-Browne avait-elle estourbi son mari en assenant un coup de tisonnier sur le sommet de son crâne pointu ?

Elle envoya balader son livre et descendit au Red Lion. Les rumeurs et les hypothèses de toutes sortes allaient bon train. Agatha se retrouva au centre d'un groupe de villageois discutant avec passion de la mort du major. Elle fut déçue d'apprendre qu'il souffrait d'hypertension.

« Mais ça ne peut pas être une mort naturelle ! protesta-t-elle. Avec toutes ces voitures de police !

– Oh, nous aut', dans le Gloucestershire, on aime faire les choses à fond, répondit une armoire à glace. Pas comme à la capitale, où c'est qu'y a des gens qui tombent comme des mouches à chaque seconde. Allez, c'est ma tournée. Qu'est-c'que ça s'ra pour vous, Mrs. Raisin ? »

Agatha commanda un gin tonic. C'était vraiment

bien agréable de se retrouver au centre de ce petit groupe d'habitués. Elle était plutôt pompette quand le pub ferma enfin ses portes, à deux heures de l'après-midi, et qu'elle regagna son cottage. Sous l'effet conjugué de la lourdeur de l'air des Cotswolds et de la quantité inhabituellement grande d'alcool qu'elle avait absorbée, elle sombra dans le sommeil. À son réveil, elle se dit que la mort de Cummings-Browne était sans doute accidentelle et que ça ne valait pas la peine de creuser, de toute façon. Agatha Christie lui paraissait désormais beaucoup plus intéressante que tout ce qui pourrait jamais arriver à Carsely, et elle lut jusqu'à l'heure du coucher.

Le lendemain matin, elle décida d'aller se promener. Les sentiers de randonnée des Cotswolds sont tous soigneusement indiqués. Elle en choisit un qui partait du bout du village, au-delà des logements sociaux, passa une grille et se retrouva dans les bois.

Les arbres couverts de jeunes feuilles vertes formaient une voûte au-dessus d'elle, des primevères se nichaient à leurs pieds. Un bruit d'eau qui coule lui parvenait d'un ruisseau caché sur sa gauche. Le givre nocturne fondait lentement sous les rayons de soleil perçant à travers les frondaisons. Tout là-haut, un merle chantait une mélodie déchirante ; l'air était doux et frais. Le chemin sortit de la forêt pour longer un champ de jeunes céréales, vert vif et luisant, qui ondulait sous la brise tel le pelage d'un énorme chat vert. Une alouette s'élança vers le ciel, rappelant à Agatha le souvenir de ses jeunes années, à une époque où même les terrains vagues de Birmingham foisonnaient d'oiseaux et de papillons – une époque où on ne pulvérisait pas des produits chimiques partout. Elle poursuivit sa marche d'un bon pas ; elle se sentait bien, en bonne santé, pleine de vie.

En suivant les panneaux, elle traversa des champs, puis un autre bois, et finit par déboucher sur la route descendant vers Carsely. Comme elle avançait sous les tunnels verdoyants formés par les hautes haies, apercevant le village tout en bas, la sensation d'euphorie engendrée par l'air frais et la marche vigoureuse la quitta pour laisser place à un inexplicable effroi. Elle avait l'impression de descendre dans une sorte de tombeau où elle serait enterrée vivante. Une fois de plus, elle se retrouva en proie à la fébrilité et à un sentiment de solitude.

Ça ne pouvait pas continuer ! Le rêve de sa vie n'était pas conforme à ses espérances. Elle pouvait toujours revendre le cottage, même si le marché n'était pas encore très favorable. Elle pouvait peut-être partir en voyage ? Elle n'avait jamais beaucoup voyagé. Elle n'avait jamais poussé l'aventure plus loin que de choisir, année après année, l'un des plus chers séjours clés en main conçus pour les célibataires qui ne voulaient pas se mélanger à la populace : vacances vélo en France, vacances peinture en Espagne, et ainsi de suite.

Dans la grand-rue du village, une femme lui adressa un large sourire, et Agatha attendit avec lassitude l'habituel « 'jour », se demandant quelle réaction elle obtiendrait si elle répondait : « Va te faire foutre ! »

Mais à sa surprise, la femme s'arrêta, posant son panier à provisions sur sa large hanche, et dit : « Y a la police qui vous cherche. En civil, qu'y sont.

– Je ne vois pas ce qu'ils me veulent, fit Agatha, mal à l'aise.

– M'est avis que vous feriez mieux d'y aller voir, ma bonn' dame. »

Agatha se dépêcha de rentrer, l'esprit en effervescence. Qu'est-ce que la police pouvait bien lui vouloir ? Ses papiers étaient en règle. Bien sûr, il y avait ces bouquins qu'elle n'avait jamais trouvé le temps de rapporter à la bibliothèque de Chelsea…

Elle vit bientôt Mrs. Barr debout sur sa petite bande de jardin, dévorant des yeux un trio d'hommes qui attendaient devant la porte de son cottage. Lorsqu'elle l'aperçut, la voisine s'engouffra dans sa maison en claquant la porte, mais reprit immédiatement son poste d'observation à la fenêtre.

Un homme maigre, cadavérique, avança à sa rencontre.

« Mrs. Raisin ? Je suis l'inspecteur-chef Wilkes. Pouvons-nous nous entretenir avec vous ? À l'intérieur. »

3

Agatha les fit entrer. L'inspecteur-chef Wilkes lui présenta un homme silencieux au teint mat, le sergent Friend, et un rondouillard aux traits orientaux qui ressemblait à un bouddha, l'agent Wong.

Elle s'installa dans un fauteuil au coin de la cheminée, tandis que les trois policiers s'asseyaient sur le canapé, en rang d'oignons.

« Nous venons vous poser des questions sur votre quiche, Mrs. Raisin, annonça Wilkes. Je crois comprendre que les Cummings-Browne l'ont rapportée chez eux. Qu'y avait-il dedans ?

– Mais que se passe-t-il, voyons ?

– Contentez-vous de répondre à mes questions », répondit l'autre, impassible.

Qu'y avait-il donc dans une quiche ? se demanda désespérément Agatha.

« Des œufs, de la farine, du lait et des épinards », avança-t-elle, pleine d'espoir.

L'agent Wong prit la parole. Il s'exprimait avec un léger accent du Gloucestershire : « Le mieux serait peut-être que Mrs. Raisin nous emmène dans sa cuisine pour nous montrer les ingrédients. »

Les trois policiers se levèrent comme un seul homme, la dominant de toute leur taille. Elle se mit debout, remarquant au passage que ses genoux tremblaient, et se rendit dans la cuisine où ils se pressèrent à sa suite.

Sous leurs regards attentifs, elle ouvrit les placards. « Bizarre, fit-elle. On dirait que j'ai tout utilisé. Je suis très économe. »

Wong, qui l'avait observée avec amusement, proposa tout à coup : « Si vous voulez bien écrire la recette, Mrs. Raisin, je ferai un saut chez Harvey pour acheter les ingrédients, comme ça vous pourrez nous montrer comment vous avez préparé la quiche. »

Elle lui décocha un regard de profonde aversion, puis sortit un livre de cuisine intitulé *Recettes des régions de France*, l'ouvrit avec un tressaillement – la reliure qu'elle ouvrait pour la première fois avait émis un petit craquement – et consulta la table des matières. Après avoir trouvé la recette requise, elle dressa la liste des ingrédients. Wong la prit et sortit.

« Alors, maintenant, est-ce que vous voulez bien me dire ce qui se passe ? redemanda-t-elle.

– Dans un instant », répondit Wilkes, impassible.

Si elle n'avait eu si peur, elle aurait hurlé qu'elle était bien en droit de savoir. Au lieu de quoi, elle se résigna à préparer du café instantané et suggéra aux policiers d'aller le boire dans le séjour pendant qu'elle attendait le retour de Wong.

Une fois débarrassée d'eux, elle étudia la recette. À condition de la respecter scrupuleusement, elle devrait arriver au résultat souhaité. Comme elle avait eu l'intention de se mettre à la cuisine, elle disposait, Dieu merci, d'une balance et d'autres instruments de mesure.

Wong revint avec un sac en papier kraft rempli de provisions.

« Rejoignez vos collègues dans le séjour, ordonna-t-elle, je vous préviendrai quand ce sera prêt. »

L'agent s'assit sur une chaise et déclara aimablement : « J'aime bien les cuisines. Je vais vous regarder faire. »

De ses petits yeux marron, Agatha lui lança un regard de haine sans mélange alors qu'elle allumait le four et se mettait à l'ouvrage. Dans tout le pays, des petites vieilles étaient victimes d'agression, pensa-t-elle au comble de la fureur. Cet abominable bonhomme n'avait-il rien de mieux à faire ? Mais il avait l'air doué d'une patience infinie. Il la regarda attentivement puis, lorsqu'elle enfourna enfin la quiche, il se leva pour rejoindre les autres. Agatha resta dans la cuisine, le cerveau en ébullition. Elle entendait les murmures dans la pièce voisine.

Elle avait l'impression d'être de retour au collège. Elle se rappela la fois où la principale leur avait ordonné d'ouvrir leurs casiers pour en permettre l'inspection, sans leur donner de raison. Ah ! la terreur qu'elle avait éprouvée en ouvrant le sien, au cas où on y découvrirait quelque chose qui n'aurait pas dû s'y trouver ! Une femme de la police avait tout passé silencieusement en revue. Personne n'avait expliqué ce qui n'allait pas. Personne n'avait rien dit. Agatha revoyait encore les élèves silencieuses et apeurées, les professeurs sévères et tout aussi silencieux, le professionnalisme de la policière. Puis l'une des élèves avait été emmenée. Les autres ne la revirent jamais. Elles supposèrent qu'elle avait été exclue à cause de ce qu'on avait trouvé dans son casier, quoi que ce fût. Mais personne ne lui rendit jamais visite pour le lui demander. Le monde mystérieux des adultes avait rendu son jugement sur elle, et elle avait disparu de leur vie comme par l'effet de la vengeance divine. Leur routine de collégiennes avait continué comme avant.

Et voilà qu'Agatha était redevenue cette écolière tenaillée par la culpabilité et cernée par un silence accusateur. Elle jeta un coup d'œil à l'horloge. Quand avait-elle mis la quiche à cuire ? Elle ouvrit la porte du four. Elle était là, gonflée, dorée, parfaite. Agatha poussa un soupir de soulagement et la sortit à l'instant même où Wong rentrait dans la cuisine.

« On va la laisser refroidir un peu, dit-il avant de sortir son carnet. Maintenant, parlons des Cummings-Browne. Vous avez dîné avec eux au

Feathers. Qu'avez-vous mangé ?... Mmmm. Et ensuite ?... Qu'ont-ils bu ? » Et ainsi de suite tandis que, du coin de l'œil, Agatha voyait sa belle quiche brun doré se dégonfler petit à petit dans son moule.

Wong finit par refermer son carnet et appela ses collègues. « On va juste en couper une part. » Armée d'un couteau et d'une spatule, Agatha préleva une lichette de quiche détrempée.

« De quoi est-il mort ? demanda-t-elle d'un air désespéré.

– Persil des marais, répondit Friend.

– Persil des marais ? répéta-t-elle, les yeux écarquillés. On peut mourir en mangeant du persil ?

– Non, rectifia l'inspecteur-chef Wilkes d'une voix accablée. C'est une plante toxique appelée aussi ciguë aquatique. Elle n'est pas si répandue que ça, mais on la trouve dans plusieurs endroits des îles Britanniques, dont les Midlands de l'Ouest. Or nous sommes dans les Midlands de l'Ouest, Mrs. Raisin. L'examen du contenu de l'estomac du défunt a montré qu'il avait mangé de la quiche et bu du vin juste avant sa mort. La mixture végétale verte a été identifiée comme étant de la ciguë aquatique. Elle contient une substance toxique appelée cicutoxine, un alcool hautement insaturé.

– Alors vous comprenez, Mrs. Raisin, enchaîna la voix douce de Wong, Mrs. Cummings-Browne pense que c'est votre quiche qui a empoisonné son mari... enfin, s'il s'agit bien de votre quiche. »

Agatha regarda par la fenêtre d'un air furieux ; qu'ils disparaissent, tous autant qu'ils étaient !

« Mrs. Raisin ! » Elle fit volte-face. Les yeux marron bridés de l'agent Wong étaient au même niveau que les siens. N'était-il pas trop petit pour faire partie de la police ? se demanda-t-elle de façon absurde. « Mrs. Raisin, reprit Wong avec douceur, à mon humble avis, vous n'avez jamais confectionné une quiche ni un gâteau de votre vie. Vos livres de cuisine n'avaient manifestement jamais été ouverts jusqu'à aujourd'hui. Certains de vos ustensiles portaient encore l'étiquette avec le prix dessus. Alors si vous commenciez par le commencement ? Vous n'avez pas besoin de mentir du moment que vous êtes innocente.

– Est-ce que ça va remonter jusqu'au tribunal ? » demanda-t-elle d'un air malheureux, craignant que le comité des fêtes du village ne la poursuive en justice pour avoir introduit illégalement une quiche de la Quicherie dans son concours.

Wilkes répondit d'une voix lourde de menaces : « Seulement si nous le jugeons nécessaire. »

Une fois de plus, Agatha fut transportée en arrière, à ses années de collège. Elle avait soudoyé une autre élève avec deux barres chocolatées et un foulard rouge pour qu'elle fasse une rédaction à sa place. Malheureusement, la fille, figure de proue du Mouvement des jeunes chrétiens, avait confessé sa faute à la principale, qui avait convoqué Agatha et l'avait sommée de raconter la vérité.

Alors, d'une petite voix presque enfantine, très différente de ses intonations vigoureuses habituelles, elle avoua qu'elle avait acheté la quiche à Chelsea. Wong affichait un large sourire béat. Ah, elle lui aurait tordu le cou ! Wilkes lui demanda le ticket de caisse, qu'elle retrouva au fond de sa poubelle, sous plusieurs emballages de plats surgelés. Les policiers allaient vérifier sa version des faits.

Elle se terra chez elle tout le reste de la journée ; elle avait l'impression d'être une criminelle. Elle ne serait d'ailleurs pas sortie de sa cachette le lendemain si la femme de ménage, Mrs. Simpson, n'était pas arrivée, ce qui lui rappela qu'elle lui avait promis à déjeuner. Elle fila donc acheter de la charcuterie et de la salade chez Harvey. Rien ne semblait avoir changé dans le village. Les gens discutaient toujours de la pluie et du beau temps. Comme si la mort de Cummings-Browne n'avait jamais eu lieu.

En rentrant chez elle, elle trouva Mrs. Simpson à quatre pattes, occupée à frotter le sol de la cuisine. Signe de son extrême abattement, les yeux d'Agatha se remplirent de pitoyables larmes devant ce spectacle. Depuis quand n'avait-elle pas vu une femme récurer le sol plutôt que d'y passer négligemment un balai à franges ? La kyrielle de femmes de ménage qu'elle avait embauchées au fil des ans par l'intermédiaire d'une agence londonienne (principalement des jeunes étrangères ou des actrices au chômage) étaient expertes dans l'art de donner l'illusion de la propreté sans jamais s'attaquer à la saleté.

Mrs. Simpson leva les yeux vers elle.

« C'est moi qui l'ai trouvé, vous savez, dit-elle. C'est moi qui ai trouvé le corps.

– Je ne veux pas en parler », s'empressa de répondre Agatha, et Mrs. Simpson d'essorer la serpillière avec un sourire.

« C'est tant mieux, parce que pour dire la vérité, je n'aime pas en parler. Je préfère continuer à travailler. »

Agatha battit en retraite dans le séjour puis, quand Mrs. Simpson monta à l'étage, elle lui prépara son repas froid, le laissa sur la table de la cuisine à côté d'une enveloppe contenant l'argent qu'elle lui devait et cria : « Je sors. J'ai un double de la clé, alors vous n'aurez qu'à fermer la porte et glisser la vôtre dans la boîte aux lettres. » Elle entendit faiblement la réponse affirmative de Mrs. Simpson, criée par-dessus le bruit de l'aspirateur.

Ensuite, elle monta en voiture et sortit du village. Où aller ? Au marché de Moreton-in-Marsh. Ça ferait l'affaire. Elle batailla pour trouver une place de parking dans la ville grouillante d'activité, puis se joignit à la foule qui se pressait aux étalages. Les Cotswolds étaient visiblement une région très féconde. On croisait partout des jeunes femmes poussant leurs bébés ou leurs enfants en bas âge dans des landaus et des poussettes, comme on appelle ces chars que les mères envoient avec aplomb dans les jambes de ceux qui n'ont pas d'enfants. Elle avait lu un article, un jour, où une jeune maman expliquait qu'elle avait souffert d'agoraphobie sévère lorsque son bambin avait été trop grand pour la poussette. Et effectivement, ces engins semblaient alimenter une certaine agressivité chez les mères qui, comme autant de Boadicée bravant les légions romaines, fendaient de leurs chars la foule du marché. Agatha acheta un géranium pour la fenêtre de sa cuisine, du poisson pour le dîner, des pommes de terre et du chou-fleur. Elle était bien décidée à tout cuisiner elle-même. Fini les plats surgelés. Après avoir déposé ses courses dans la voiture, elle déjeuna au Market House Restaurant, acheta du parfum dans une parapharmacie, un chemisier au marché, puis, à quatre heures, alors que les vendeurs remballaient, elle regagna sa voiture à contrecœur et reprit le chemin de son cottage.

Mrs. Simpson avait laissé un bouquet de fleurs sauvages dans une carafe au milieu de la table de la cuisine. Bénie soit cette femme ! Tous les remords qu'Agatha éprouvait de l'avoir malhonnêtement arrachée à Mrs. Barr s'envolèrent d'un coup. Mrs. Simpson était la reine des femmes de ménage.

Le lendemain matin, en entendant frapper à la porte, elle gémit intérieurement. Toute autre qu'elle, se dit-elle avec amertume, n'aurait pas été déprimée par ce bruit, toute autre qu'elle se serait attendue à trouver un ami sur le seuil de sa maison.

Pas elle. Elle, elle savait qu'il ne pouvait s'agir que de la police.

Et c'était bien l'agent Wong.

« Je ne suis pas ici à titre officiel, annonça-t-il. Je peux entrer ?

– Je suppose que oui, répondit-elle de mauvaise grâce. J'allais boire un verre de sherry, mais je ne vous demanderai pas de vous joindre à moi.

– Pourquoi pas ? fit-il avec un large sourire. Je ne suis pas en service. »

Agatha servit donc deux verres, jeta quelques simili-bûches dans la cheminée et démarra un feu.

« Et comment dois-je vous appeler ? demanda-t-elle.

– Je m'appelle Bill Wong. Vous pouvez m'appeler Bill.

– Si vous étiez plus vieux, j'aurais pu vous appeler mon vieux Bill... C'est comme ça qu'on surnomme les policiers, non ? Alors, et ma quiche ?

– Vous êtes tirée d'affaire. Nous avons vérifié votre histoire. Mr. Economides, le patron de la Quicherie, se souvient de vous avoir vendu cette quiche. Il ne comprend pas ce qui a pu se passer. Il achète ses légumes au marchand de primeurs d'en face. Le primeur, lui, va s'approvisionner tous les matins au nouveau marché de Covent Garden, à Vauxhall. La marchandise vient de tout le pays et de l'étranger. La ciguë aquatique a dû malencontreusement se mélanger aux épinards. C'est un tragique accident. Bien sûr, nous avons dû révéler à Mrs. Cummings-Browne l'origine de la quiche. »

Agatha poussa un gémissement.

« Elle aurait pu vous accuser de meurtre, sinon.

– Mais, attendez un peu, protesta Agatha. Elle a très bien pu tuer son mari en mettant de la ciguë dans ma quiche !

– Comme la majeure partie de la population britannique, je jurerais qu'elle n'est pas capable de distinguer cette plante d'un palmier. Quand vous avez laissé votre quiche, vous ne pouviez pas vous douter que les Cummings-Browne la rapporteraient chez eux pour la manger. Donc vous ne pouvez pas être coupable. Et Mrs Cummings-Browne non plus. Un empoisonnement comme celui-là implique la préméditation, c'est un crime perpétré de sang-froid. Non, il s'agit d'un terrible accident. Il n'y avait de la ciguë que dans une partie de la quiche.

– Je suis désolée pour Mr. Economides. Mrs. Cummings-Browne pourrait lui intenter un procès.

– Elle a généreusement assuré qu'elle ne porterait pas plainte. Elle a beaucoup d'argent à elle. Elle n'avait rien à gagner au décès de son mari.

– Mais pourquoi Mr. Cummings-Browne n'est-il pas tombé raide mort en goûtant la quiche au concours ? Peut-être que quelqu'un a remplacé ma quiche par une autre. À moins que… laissez-moi réfléchir… N'aurait-il pas dû y avoir un peu de ciguë dans la part qu'il a dégustée, du jus qui se serait répandu, par exemple ?

– Oui, nous nous sommes posé la question. Mrs. Cummings-Browne a dit qu'en effet son mari s'était senti un peu barbouillé après la dégustation, mais qu'elle l'avait attribué au nombre de verres qu'il s'était envoyés avant. »

Agatha voulut connaître tous les détails de l'affaire, posa toutes les questions qu'elle n'avait pas encore posées. Le corps sans vie de Mr. Cummings-Browne n'avait été trouvé qu'au matin. Pourquoi, demanda-t-elle, sa femme était-elle directement montée se coucher ?

« Oh ! parce que son mari restait souvent tard à boire au Red Lion.

– Mais ces chers Cummings-Browne m'ont dit – ou plutôt elle m'a dit, elle – qu'ils auraient préféré mourir que d'être vus au Red Lion. Remarquez, c'était avant qu'ils me soutirent un repas dégueulasse et honteusement hors de prix au Feathers.

– Oh, lui allait boire au Red Lion, c'est vrai, mais elle, elle détient un quart des parts du Feathers.

– Ça alors ! La salope ! Enfin, comment avez-vous deviné que ce n'était pas moi qui avais préparé cette quiche ? Parce que vous le saviez avant même de me voir à l'ouvrage, non ?

– Dès l'instant où j'ai vu qu'il n'y avait aucun ingrédient dans votre cuisine, j'en ai été sûr, dit Wong en riant. Je vous ai demandé d'en préparer une pour ne plus avoir aucun doute. Vous auriez vu votre tête !

– Oh, très, très drôle ! »

Il la regarda avec curiosité. *Quelle drôle de bonne femme !* pensa-t-il. Ses cheveux châtains brillants, bien entretenus, n'étaient pas permanentés, mais coupés en une sorte de carré court à frange qui s'accordait relativement bien avec sa figure carrée, à l'air plutôt agressif. Elle était trapue, et elle avait d'étonnamment jolies jambes.

« Pourquoi est-ce que c'était si important, pour une ex-femme d'affaires brillante comme vous, de gagner un petit concours de village ?

– Je ne me sentais pas à ma place, expliqua-t-elle d'un air sombre. Je voulais imprimer ma marque ici. »

Il rit de bon cœur, les yeux réduits à de minces fentes. « Eh bien, c'est réussi ! Maintenant, Mrs. Cummings-Browne sait que vous avez triché. Fred Griggs, l'agent de police local, aussi, et c'est une vraie pipelette ! »

Agatha était trop humiliée pour parler. Fini le cottage de ses rêves. Elle allait devoir revendre. Comment pourrait-elle regarder les gens en face ?

Wong l'observait avec compassion. « Mrs. Raisin, si vous voulez imprimer votre marque sur le village, vous pourriez essayer de devenir populaire auprès de ses habitants. »

Elle lui lança un regard stupéfait. De quoi

avait-on besoin pour imprimer sa marque dans le monde, si ce n'est de célébrité, d'argent et de pouvoir ?

« Ça prend du temps, poursuivit-il. Tout ce que vous avez à faire, c'est commencer à aimer les gens. S'ils se mettent à vous aimer à leur tour, considérez-le comme un bonus. »

Vraiment, quels drôles d'individus la police recrutait, de nos jours ! pensa Agatha, étonnée. Elle, elle n'aimait pas les gens ? Bien sûr que si ! Enfin, les seules personnes qu'elle ait prises en grippe jusqu'à présent au pays des ploucs, c'étaient cette vieille face-de-pet d'à côté, Mrs. Cummings-Browne et le regretté défunt.

« Quel âge avez-vous ? demanda-t-elle.

– Vingt-trois ans.

– Vous êtes chinois ?

– À moitié. Mon père est chinois, de Hong Kong, ma mère est d'Evesham. J'ai grandi ici, dans le Gloucestershire. »

Il s'apprêta à partir mais, pour une raison obscure, Agatha ne voulait pas qu'il s'en aille.

« Vous êtes marié ? demanda-t-elle encore.

– Non, Mrs. Raisin.

– Alors asseyez-vous un instant, fit-elle avec insistance, et parlez-moi de vous. »

Une fois de plus, une lueur de compassion apparut dans les yeux du policier. Après s'être rassis, il se lança dans le récit de sa courte carrière au sein de la police, et Agatha l'écouta, apaisée par l'impression de calme et de certitude qui émanait de lui. Sans qu'elle s'en doute, c'était le commencement d'une curieuse amitié. « Bien, finit-il par dire. Maintenant, il faut vraiment que j'y aille. L'affaire est terminée. Résolue. Un maudit accident. La vie continue. »

Le lendemain, pour échapper aux regards accusateurs des villageois – tricheuse ! –, Agatha se rendit à Londres en voiture. Elle s'inquiétait pour Mr. Economides. Consommatrice régulière de plats à emporter, elle avait assidûment fréquenté son établissement pendant des années. Peut-être certaines remarques de Bill Wong avaient-elles fait mouche ; toujours est-il qu'elle s'était rendu compte que Mr. Economides, même si leur relation avait toujours été purement commerciale, était pour elle ce qui se rapprochait le plus d'un ami. Sa boutique disposait de deux petites tables et de chaises pour accueillir les clients qui aimaient s'y attarder, et lorsque les affaires étaient calmes, il était souvent arrivé que le traiteur lui offre un café et lui raconte des anecdotes sur sa très nombreuse famille.

Mais ce jour-là, elle arriva à un moment d'affluence, et Mr. Economides lui répondit avec circonspection tandis que ses grandes mains poilues emballaient habilement quiches et charcuterie pour ses clients. Oui, Mrs. Cummings-Browne était venue en personne lui assurer qu'elle ne le poursuivrait pas en justice. Oui, cette histoire était un tragique accident. Maintenant, si Mrs. Raisin voulait bien l'excuser ?

Agatha ressortit, le moral plutôt en berne. Londres, qui, encore récemment, l'enveloppait tel un manteau bigarré, lui semblait maintenant une suite à n'en plus finir de rues solitaires remplies d'inconnus. À la librairie Foyles, sur Charing Cross Road, elle consulta un ouvrage sur les plantes toxiques. Elle examina un dessin de ciguë aquatique. C'était une plante d'aspect inoffensif, avec une tige cannelée et des capitules composés de groupes de petites fleurs blanches. Elle s'apprêtait à acheter le livre quand elle se dit soudain : *À quoi bon ?* Cette mort n'était qu'un accident, un triste accident.

Elle fit encore quelques magasins, sans se presser, avant de regagner sa voiture et de se joindre à la longue file des automobiles qui sortaient de la capitale en recrachant leurs gaz d'échappement. Comme elle répugnait à rentrer au village avant la tombée de la nuit, elle quitta l'autoroute en direction d'Oxford et se gara sur St. Giles, avant de se rendre au Randolph Hotel pour prendre le thé. Fait étrange pour un établissement aussi fréquenté, elle était la seule cliente. Elle s'installa confortablement sur un immense canapé et but du thé en mangeant des *crumpets* servis par une jeune femme aux traits préraphaélites. Les bruits de la circulation laborieuse sur Beaumont Street, devant l'Ashmoleum Museum, lui parvenaient faiblement. Il régnait dans l'hôtel une pénombre ecclésiale, comme s'il était hanté par les âmes éperdues des doyens défunts. Elle joua avec le dernier *crumpet* dans son assiette. Elle n'avait plus d'appétit. Elle avait besoin d'un but dans la vie, d'un objectif, se dit-elle. Ne serait-ce pas merveilleux s'il s'avérait que Cummings-Browne avait bel et bien été assassiné ? Et si elle, Agatha Raisin, résolvait l'affaire ? Elle deviendrait célèbre dans tous les Cotswolds. Les gens viendraient à elle. Elle serait respectée. S'agissait-il d'un accident ? Quel genre de couple avaient réellement formé les Cummings-Browne pour que la femme puisse rentrer chez elle et filer se coucher alors que le mari gisait, mort, derrière le canapé ? Pourquoi faisaient-ils chambre à part ? Car Bill Wong le lui avait dit. Pourquoi la quiche succulente et renommée de Mr. Economides aurait-elle, du jour au lendemain, contenu de la ciguë aquatique, alors qu'il n'avait jamais fait l'objet d'aucune plainte de sa vie ? Peut-être pouvait-elle poser quelques questions. Juste quelques petites questions. Il n'y avait pas de mal à cela.

D'humeur plus joyeuse qu'elle ne l'avait été depuis longtemps, elle paya l'addition et laissa un très généreux pourboire à la douce serveuse. Le soleil disparaissait déjà derrière les arbres lorsqu'elle traversa le village et bifurqua dans Lilac Lane. Elle extirpait sa clé de son sac quand elle entendit la sonnerie du téléphone, perçante et insistante.

Elle jura tout bas tout en se débattant avec la clé. C'était la première fois que son téléphone sonnait. Elle passa la porte en trébuchant et se dirigea à tâtons vers l'appareil.

« Allô, c'est Roy ! fit la voix affectée et familière de son ancien assistant.

– Quel plaisir de t'entendre ! s'écria-t-elle sur un ton qu'elle n'avait jusqu'ici jamais employé avec le jeune homme.

– Dis, Aggie, je me demandais si je pouvais venir te voir ce week-end.

– Mais bien sûr, tu es le bienvenu.

– Tu sais, j'ai un ami australien, Steve, il s'appelle, qui veut voir la campagne anglaise. Ça te dérange s'il m'accompagne ?

– Plus on est de fous, plus on rit. Vous venez en voiture ?

– Je pensais arriver en train vendredi soir.

– Attends une minute, j'ai les horaires. » Elle farfouilla dans son sac. « Oui, il y a un train qui quitte Paddington à 18 h 20. Vous n'avez pas besoin de changer. Il arrive à Moreton-in-Marsh à…

– Où ça ?

– À Moreton-in-Marsh.

– Quel nom ! Si ça continue, je vais t'appeler Miss Marple !

– Et je viendrai vous chercher à la gare.

– Il va y avoir les fêtes du 1er Mai ce week-end, Aggie, alors Steve voudrait voir des mâts de mai, des groupes de danse Morris… ce genre de trucs, quoi.

– Je n'ai pas eu le temps de regarder les affiches, Roy. J'ai été mêlée à la mort de quelqu'un.

– Quoi ! Un de ces ploucs a déjà essayé de te culbuter derrière un buisson ?

– Non, rien à voir. Je te raconterai quand on se verra. »

Agatha ouvrit en sifflotant l'un de ses livres de cuisine neufs et entreprit de préparer le poisson acheté la veille. Toutes ces recettes exotiques ! Il suffisait certainement de faire frire la bestiole. C'est donc ce qu'elle fit et, quand ce fut prêt, elle s'aperçut qu'elle n'avait pas mis les pommes de terre à bouillir ni fait cuire le chou-fleur. Elle fourra un sachet de frites surgelées au micro-ondes et ouvrit une boîte de petits pois vert vif. Son palais peu exigeant trouva le tout délicieux lorsqu'elle s'attabla enfin pour manger.

Le lendemain, elle passa chez Harvey et étudia les affiches sur la porte. En effet, samedi, il devait y avoir un mât de Mai, des danses Morris, ainsi qu'une kermesse dans le village. Les gens la saluaient de la tête en souriant. Personne ne prononça le mot « quiche », ni rien d'affreux dans ce goût-là. Toute joyeuse, elle rentra donc chez elle d'un pas vif, mais fut assaillie par Mrs. Barr avant même d'avoir atteint la grille de son jardin.

« Je pensais que vous auriez été à l'audience à Mircester, hier, lança la voisine, en la scrutant d'un œil glacial.

– Personne ne me l'a demandé. Il s'agit d'un accident. Je suppose que les preuves réunies par la police étaient suffisantes.

– Pas pour moi en tout cas, répondit l'autre avec froideur. Rien n'a transpiré sur la façon dont vous avez triché à ce concours. »

La curiosité l'emporta sur la rancœur dans le cœur d'Agatha.

« Pourquoi donc ? Il a sûrement été dit que la quiche avait été achetée chez un traiteur de Chelsea, non ?

– Oh, si ! ce fait a bien été révélé, mais il n'y a pas eu un mot pour condamner la tricheuse et la menteuse que vous êtes ! La pauvre Mrs. Cummings-Browne s'est complètement effondrée. Le village n'a pas besoin de gens de votre espèce !

– Et quel a été le verdict ?

– Mort accidentelle. Mais c'est vous qui l'avez tué. Vous, Agatha Raisin. Vous l'avez tué avec votre sale quiche venue d'ailleurs, aussi sûrement que si vous l'aviez poignardé !

– C'est vous que je vais tuer, espèce de harpie malfaisante, si vous n'allez pas vous faire foutre ! » rétorqua Agatha, les yeux flamboyants de colère.

Sur ce, elle gagna son cottage d'un pas furieux, refoulant ses larmes, consternée par le choc, l'accablement et la faiblesse qu'elle ressentait.

Heureusement que Roy allait venir. *Ce cher Roy*, pensa-t-elle, sentimentale, oubliant qu'elle l'avait toujours considéré comme un jeune homme efféminé au point d'en devenir lassant, et qu'elle l'aurait renvoyé de son agence s'il n'avait pas eu un contact magique avec le monde si particulier de la pop.

Des coups retentirent à la porte, et elle eut un mouvement de recul, craignant de se faire gronder par un autre méchant villageois. Mais quand elle ouvrit, ce fut Bill Wong qu'elle trouva sur le seuil.

« Je viens vous raconter l'audience, expliqua-t-il. Je suis passé hier, mais vous n'étiez pas là.

– J'étais avec des *amis*, répondit-elle avec hauteur. D'ailleurs, deux d'entre eux vont me rendre visite ce week-end. Entrez donc.

– Qu'est-ce qu'elle vous voulait, la bonne femme d'à côté ? demanda-t-il, intrigué, en la suivant dans la cuisine.

– M'accuser de meurtre », grommela-t-elle. Elle rangea ses courses dans les placards. « Vous voulez un café ?

– Oui, s'il vous plaît. Donc, l'enquête du coroner est terminée, Mr. Cummings-Browne doit être incinéré, et ses cendres répandues aux quatre vents sur la plaine de Salisbury, en souvenir de son passé militaire.

– Je crois savoir que Mrs. Cummings-Browne s'est effondrée lors de l'audience ?

– Oui, c'est vrai. Deux sucres, s'il vous plaît, et juste une goutte de lait. On ne peut plus émouvant. »

Agatha se tourna vers lui, sa curiosité piquée au vif. « Vous pensez qu'elle jouait la comédie ?

– Peut-être. En tout cas, j'ai été surpris que le défunt soit si unanimement pleuré. Tout un tas de dames étaient venues et sanglotaient dans leur mouchoir.

– Accompagnées de leur mari ? Ou seules ?

– Seules. »

Agatha posa un mug de café devant Bill, se servit, puis s'attabla en face de lui.

« Quelque chose vous tracasse.

– Oh ! l'affaire est classée, et j'ai du pain sur la planche. Il y a une épidémie de rodéos en voitures volées à Mircester.

– À quelle heure Mrs. Cummings-Browne est-elle allée se coucher, la nuit où son mari est mort ?

– Juste après minuit, enfin, dans ces eaux-là.

– Mais le Red Lion ferme à onze heures sonnantes, et c'est à quelques minutes à pied de chez eux.

– Elle a dit qu'il restait souvent dehors tard le soir, à boire avec des amis.

– Ah, ah ! s'exclama Agatha, une lueur rusée dans les yeux. Et toutes ces femmes en pleurs à l'audience... Ne me dites pas qu'Oreilles Décollées était un coureur de jupons.

– Rien ne le prouve.

– Et pourtant, Mrs. Cartwright gagnait toujours le concours. Pourquoi ?

– Peut-être parce que c'est elle qui cuisinait le mieux.

– Personne ne fait de meilleures quiches que Mr. Economides, répondit-elle avec fermeté.

– Mais vous êtes nouvelle dans le village. C'était plus naturel de récompenser quelqu'un du coin.

– Tout de même...

– Je vois bien, à l'expression de votre regard, Mrs. Raisin, que vous aimeriez qu'il y ait eu meurtre, en fin de compte, pour soulager votre conscience.

– Pourquoi êtes-vous passé me raconter l'audience ?

– Je me disais que ça vous intéresserait. Il y a un entrefilet dessus dans le *Gloucestershire Telegraph* d'aujourd'hui.

– Vous l'avez ? Faites voir. »

Bill Wong farfouilla dans sa poche et en sortit un journal froissé. « Page trois. »

Agatha lut.

Hier, à Mircester, à l'issue de l'audience, le coroner a rendu un verdict de mort accidentelle par ingestion de quiche empoisonnée. La victime, Mr. Reginald Cummings-Browne, cinquante-huit ans, résidait au cottage Les Pruniers à Carsely. À la barre des témoins, l'inspecteur-chef Wilkes a déclaré que de la ciguë aquatique avait été introduite par accident dans une tarte aux épinards. Cette tarte aux épinards avait été achetée chez un traiteur londonien par une nouvelle habitante de Carsely, Mrs. Agatha Raisin. Elle l'avait ensuite présentée comme sienne au concours du village, concours pour lequel le défunt Mr. Cummings-Browne faisait office de juge.

Le traiteur, Mr. Economides, avait déclaré à la police que la ciguë aquatique avait dû se mélanger accidentellement aux épinards. Il a été souligné que dans cette affaire, le malheureux propriétaire de la Quicherie, à Chelsea, un immigré grec âgé de quarante-cinq ans, n'était nullement en cause.

Mrs. Vera Cummings-Browne, cinquante-deux ans, s'est effondrée pendant l'audience.

Mr. Cummings-Browne était une personnalité bien connue des Cotswolds…

« Blablabla…, fit Agatha en reposant le journal. À peine un entrefilet.

– Vous avez de la chance, répondit Bill Wong. S'il n'y avait pas eu les émeutes dans cette cité de Mircester et deux morts, je suis sûr qu'un journaliste entreprenant serait venu fouiner pour en savoir plus sur la tricheuse qui vient d'emménager à Carsely. Vous vous en êtes bien tirée. »

Elle poussa un soupir. « Cette histoire ne me lâchera jamais, à moins que j'arrive à prouver qu'il s'agissait d'un meurtre.

– Arrêtez de chercher les ennuis. La police est là pour ce genre de choses. Mieux vaut que tout le monde oublie le rôle que vous avez joué dans cette mort. Economides a de la chance, lui aussi. Avec tout ce qui se passe en Russie, aucun journal londonien ne s'est donné la peine de reprendre ce fait divers.

– Je continue à me demander pourquoi vous êtes venu. »

Bill Wong vida son mug et se leva.

« Peut-être que je vous aime bien, Agatha Raisin. »

Agatha rougit, et ce devait être la première fois de sa vie. Il lui lança un regard amusé, puis s'en alla.

4

Agatha attendit l'arrivée du Cotswold Express en gare de Moreton-in-Marsh avec une certaine nervosité. Comment serait-il, cet ami de Roy ? Allait-elle l'apprécier ? Ce qui l'inquiétait surtout, c'était l'idée qu'il pourrait ne pas l'apprécier, elle ; même si elle ne l'aurait admis pour rien au monde.

Le temps était calme mais il faisait toujours froid. Le train, ô miracle, était à l'heure ! Roy accourut vers elle et la prit dans ses bras. Il portait un jean et un tee-shirt où on lisait ON S'EST SERVI DE MOI. Derrière lui arriva un jeune homme menu. Épais cheveux noirs et grosse moustache, veste en denim bleu clair, jean et santiags. Butch Cassidy débarquant dans la campagne anglaise. Voilà donc à quoi ressemblait Steve. Il serra mollement la main d'Agatha et resta à la regarder fixement avec des yeux de chien battu.

« Bienvenue dans les Cotswolds, fit-elle. Roy m'a dit que vous étiez australien. Vous êtes en vacances ?

– Non, je suis analyste informatique, répondit Steve avec un accent british trop étudié pour ne pas être factice. Je travaille à la City.

– Allez, venez. Ma voiture est garée devant. Je pensais vous emmener dîner dehors. Je ne cuisine pas très bien.

– À qui le dis-tu, ma cocotte ! » fit Roy, avant de se tourner vers Steve : « On l'appelait la reine du micro-ondes. Elle avait un four au bureau et elle prenait la plupart de ses repas sur place, des trucs infâmes, genre le Curry Épicé du Rajah. Alors, où est-ce qu'on va manger, Aggie ?

– Je songeais au Red Lion, au village. »

Elle déverrouilla les portières de la voiture, mais Roy ne bougea pas.

« De la bouffe de pub ?

– Oui.

– Tu veux dire : tourte à la viande-frites, saucisses-frites, poisson-frites et lasagnes-frites ?

– Oui, et alors ?

– Et alors ? Mon petit estomac délicat gémit déjà à cette pensée, voilà quoi ! Mon ami Jeremy m'a dit qu'ils avaient un drôlement bon restau au Horse and Groom, à Bourton-on-the-Hill. Dis-moi, Steve, tu ne trouves pas qu'ils sont craquants, leurs noms de villages ? Regarde, Aggie, Steve en salive déjà ! » Lequel Steve restait imperturbable. « Ils sont basques, et ils préparent toutes sortes de plats avec du poisson. Au fait, Aggie, tu sais pourquoi tous les Basques s'appellent Albert ? Parce qu'Albert est basque, ma poulette ! T'as pigé ?

– Arrête un peu de jacasser. D'accord. On va essayer ce restaurant, mais s'il est si bon, ils n'auront peut-être plus de table pour nous. »

Heureusement, le Horse and Groom avait reçu une annulation juste avant leur arrivée. La salle était confortable et élégante, la nourriture excellente. Agatha interrogea Steve sur son travail, puis le regretta amèrement lorsqu'il se lança dans une longue et fastidieuse description de son métier en particulier, et des ordinateurs en général.

Roy lui-même se lassa du monologue de son ami et finit par le couper en demandant : « Qu'est-ce que c'est que cette histoire, comme quoi tu as été mêlée à une mort, Aggie ?

– Il s'agit d'une terrible erreur. J'ai participé à un concours de quiches au village. L'un des juges a mangé ma tarte aux épinards, et il est mort empoisonné.

– Tu n'as jamais su cuisiner, Aggie chérie ! » Roy riait tant qu'il en avait les larmes aux yeux.

« Oh, mais ce n'était pas ma cuisine ! J'ai présenté une quiche que j'avais achetée à la Quicherie, à Chelsea. »

Steve la fixa d'un air grave.

« Mais tout de même, dans ce genre de concours de plats maison, on est censé les préparer soi-même, non ?

– Si, mais…

– … mais elle essayait de rouler tout le monde, comme d'habitude ! exulta Roy. Enfin, qui était ce juge, et de quoi est-il mort ?

– Mr. Cummings-Browne. Ciguë aquatique.

– La sciatique aiguë ? Qu'est-ce que c'est que ça ? Une maladie des campagnes, un truc comme la polyarthrite ou je ne sais quoi encore ?

– Non, la ciguë aquatique est une plante. Elle a dû se mélanger aux épinards utilisés par Mr. Economides, le traiteur. »

Steve posa sa fourchette et la regarda une fois de plus avec gravité. « Alors tu l'as tué. »

Roy hurlait de rire. Il donna des coups de pied en l'air, tomba de sa chaise et se roula sur la moquette en se tenant les côtes. Les autres convives l'observèrent, arborant ces sourires polis et figés avec lesquels les Anglais accueillent les comportements inquiétants.

« Oh ! Aggie », fit-il d'une voix rauque, une fois que son ami l'eut ramassé et remis sans ménagement sur sa chaise, « tu es impayable. »

Agatha raconta patiemment la fâcheuse histoire depuis le début. Il s'agissait d'un triste accident.

« Et qu'est-ce qu'ils pensent de toi dans le patelin ? demanda Roy en essuyant ses yeux noyés de larmes. Ils t'appellent la Borgia des Cotswolds ?

– Difficile de savoir ce qu'ils pensent. Mais il vaudrait mieux que je revende. Emménager à Carsely était une grossière erreur depuis le départ.

– Attends un peu », intervint Steve. Il extirpa

avec précaution un morceau de homard et le prit dans la bouche. « Où est-ce qu'elle pousse, cette ciguë aquatique ?

– Dans les Midlands de l'Ouest, et nous sommes, comme me l'a fait remarquer la police, dans les Midlands de l'Ouest.

– Est-ce qu'elle pousse dans les fermes au milieu des légumes ? » demanda-t-il en fronçant les sourcils.

Agatha fouilla dans ses souvenirs pour se rappeler ce qu'elle avait lu dans le livre sur les plantes toxiques, chez Foyles.

« Elle pousse dans les zones marécageuses.

– J'ai entendu dire que les Cotswolds sont connus pour leurs asperges, leurs fraises… ah, et aussi les prunes et ce genre de choses. J'ai potassé le sujet. Mais pas pour les épinards. Et comment une plante marécageuse pourrait se retrouver au milieu d'un champ d'épinards ?

– Je ne sais pas, mais pour autant que je me souvienne, elle pousse aussi dans d'autres régions de Grande-Bretagne. Je veux dire, à Covent Garden, on trouve des trucs qui viennent de tout le pays, et de l'étranger. »

Steve secoua lentement la tête, la bouche ouverte, tout en contemplant un autre morceau de homard.

« Qu'est-ce qu'il y a ? Tu te demandes si on est dans un mois en R ? On dirait une de ces têtes avec une grande bouche, dans les fêtes foraines, dans lesquelles il faut envoyer des boules.

– C'est tout bonnement impossible, dit Steve.

– Quoi ?

– Écoute bien. On récolte les épinards. D'une façon ou d'une autre, une plante marécageuse se retrouve mélangée aux épinards. Tu me suis ? Alors comment se fait-il que personne d'autre ne soit mort ? Comment se fait-il qu'il n'y en ait eu que dans une seule tarte aux épinards ? Juste celle-là ? Il aurait dû s'en retrouver un peu dans une autre quiche. Un autre client de cet Economides aurait dû casser sa pipe.

– Oh ! la police a certainement examiné cette possibilité », fit remarquer Roy d'un ton légèrement irrité.

Steve monopolisait trop la conversation, à son goût.

Une fois de plus, l'Australien secoua lentement la tête.

« Écoute, fit Agatha, sois raisonnable : qui aurait pu savoir que j'allais prendre la mouche et partir en laissant cette quiche ? Qui aurait pu savoir, même, que les Cummings-Browne la rapporteraient chez eux ? Le pasteur aurait pu la donner à un vieux retraité de la paroisse. Lord Pendlebury aurait pu la prendre !

– Quand as-tu apporté la quiche à l'école ? demanda Steve.

– La veille.

– Alors elle est restée dans cette salle, sans surveillance, toute la nuit ? Quelqu'un aurait pu remplacer ta quiche par une autre quiche préparée avec de la ciguë aquatique.

– Mais on en revient à la question du mobile. Disons que quelqu'un a substitué une quiche empoisonnée à la mienne. Qui aurait pu savoir que Cummings-Browne allait la prendre ? Même moi, jusqu'au dernier moment, je ne me doutais pas que j'allais m'en aller en la laissant sur place.

– Elle t'était peut-être destinée. Tu ne vois pas ? Même si tu avais gagné ce concours, seule une petite part aurait été prélevée par le juge, et tu aurais rapporté le reste chez toi. » Steve se pencha en avant. « Qui te hait assez pour vouloir ta mort ? »

Agatha songea nerveusement à Mrs. Barr, mais haussa les épaules.

« C'est ridicule. Est-ce que tu lis Agatha Christie ?

– Oui, tout le temps.

– Eh bien, moi aussi. Ces romans policiers sont charmants, mais crois-moi, les meurtres sont en général des crimes soudains et violents, perpétrés dans les grandes villes, par exemple quand une brute imbibée d'alcool bat sa femme à mort. Tu ne vois pas que moi aussi, j'*aimerais* qu'on ait affaire à un meurtre ?

– Si, je le vois bien. Parce que tout le monde a su que tu étais une tricheuse.

– Dis donc, attends un peu…

– Tout ça est très étrange, quand même. »

Agatha se tut. Si seulement elle n'avait pas essayé de remporter ce stupide concours !

Elle fut de nouveau assaillie par un sentiment de solitude tandis qu'elle réglait la note et reconduisait ses invités dehors, dans la nuit. Elle avait devant elle la perspective de tout un week-end en compagnie de ces deux chers olibrius, et pourtant leur présence même ne faisait que souligner sa solitude. Roy n'éprouvait pas de véritable affection pour elle. Quant à son ami, il se servait d'elle parce qu'il voulait découvrir l'Angleterre rurale.

Arrivé chez elle, Roy se mit à caracoler d'une pièce à l'autre du cottage, observant tout dans le moindre détail, avant de rendre son verdict : « Très mignon, Aggie ! Des faux médaillons de harnais ! Tsss ! Tsss ! Et tout cet outillage agricole !

– Et alors, qu'est-ce que tu mettrais, toi ? rétorqua-t-elle avec humeur.

– J'sais pas, mon chou. On dirait un décor de théâtre. Il n'y a aucune trace d'Aggie là-dedans.

– Ça peut se comprendre, dit Steve. Il y a des gens dont la personnalité ne s'exprime pas dans la décoration intérieure. Pour ça, il faut être attaché à son foyer.

– Il y a des gens dont on peut se lasser, aussi, tu sais ! répondit-elle avec hargne. Allez, au lit, vous deux ! Je suis fatiguée. Les festivités villageoises ne commencent pas avant midi, donc vous pourrez faire la grasse matinée. »

Le lendemain matin, Roy prit en charge la

préparation du petit déjeuner quand il s'aperçut qu'Agatha était sur le point de passer les saucisses au micro-ondes. Comme il s'attelait à la tâche en sifflotant joyeusement, Agatha lui dit qu'il ferait une bonne épouse. « Meilleure que toi, Aggie, répondit-il gaiement. C'est un mystère que ta santé ait résisté à l'assaut de tous ces currys réchauffés au micro-ondes. »

Steve descendit enveloppé d'une robe de chambre à rayures bleues et blanches, avec un insigne de club de cricket cousu sur la poche de poitrine. « Il l'a achetée sur un marché, expliqua Roy. Ne te donne pas la peine de lui parler, Aggie. Il n'est jamais vraiment réveillé tant qu'il n'a pas bu son litre de café. »

Agatha feuilleta les journaux, tournant rapidement les pages pour voir s'il y avait du nouveau sur la quiche empoisonnée, mais elle ne trouva rien.

La matinée se déroula dans une atmosphère amicale quoique silencieuse, puis ils sortirent pour se diriger vers la grand-rue. Quand Roy passa devant le cottage de Mrs. Barr en faisant la roue, Agatha vit un rideau en dentelle frémir à la fenêtre.

Une fois sur les lieux, Steve sortit un grand carnet et se mit à prendre des notes exhaustives sur les festivités, qui débutèrent par le couronnement de la reine de Mai, une jolie fillette à la silhouette svelte comme autrefois. D'ailleurs, tous les écoliers ressemblaient aux illustrations d'un livre depuis longtemps oublié, avec leurs visages innocents et leur physique filiforme. Agatha était habituée à voir des écolières avec de la poitrine et des fesses. La reine de Mai fut ensuite entraînée dans la danse par des hommes en chapeau haut de forme à fleurs qui faisaient tinter leurs clochettes autour des genoux. Roy fut déçu par les danses Morris, peut-être parce que, malgré leurs chapeaux fleuris, les danseurs avaient l'air d'une équipe de rugbymen biturés, emmenée par un homme aux cheveux blancs qui s'amusait à frapper les spectateurs avec une vessie de porc. « C'est censé favoriser la fertilité », déclara Steve avec emphase, et Roy hurla tellement de rire qu'Agatha ne savait plus où se mettre.

Ils déambulèrent ensuite d'un stand à l'autre dans la grand-rue. Tout le monde semblait vendre au profit d'une association caritative. Agatha se détourna en grimaçant du stand de plats maison. Roy gagna une boîte de sardines à la tombola et fut tellement enthousiasmé qu'il racheta des tickets jusqu'à ce qu'il ait réussi à gagner une bouteille de scotch. Ils s'essayèrent tous les trois au même jeu de quilles, l'orchestre du village interpréta plusieurs extraits de comédies musicales, puis les danses Morris recommencèrent, les danseurs bondissant dans l'air ensoleillé au son du violon et de l'accordéon. « Tu te rends compte que tu vis dans un anachronisme ? » demanda Steve avec emphase en gribouillant furieusement dans son carnet.

Roy voulut de nouveau tenter sa chance à la

tombola, alors Agatha les laissa partir. Elle resta à feuilleter une pile de livres d'occasion et lança un regard perçant à la femme qui tenait le stand. Mrs. Cartwright !

C'était, comme Agatha l'avait déjà remarqué, une femme aux airs de bohémienne, dont la peau basanée tranchait sur le camaïeu de teints roses et blancs des autres villageois. Ses cheveux secs lui tombaient dans le dos, et ses bras puissants étaient croisés sur sa généreuse poitrine.

« Mrs. Cartwright ? » fit timidement Agatha.

Les yeux sombres de la femme se fixèrent sur elle.

« Ah ! Z'êtes Mrs. Raisin. Sale affaire, cette quiche.

– Je n'arrive pas à comprendre. Je n'aurais pas dû l'acheter, mais d'un autre côté, comment diable de la ciguë s'est-elle retrouvée dans une quiche fabriquée à Londres ?

– Londres est pleine de mauvaises choses, répondit l'autre en remettant en place quelques livres qui avaient dégringolé.

– Enfin, du coup, il va falloir que je revende mon cottage. Je ne peux pas rester ici après ce qui s'est passé.

– C'tait qu'un accident, fit l'autre avec flegme. Vous pouvez pas vous enfuir après un accident, j'imagine. En plus, ça me faisait drôlement plaisir qu'une dame de la capitale se sente obligée d'acheter une quiche pour battre la mienne.

– En effet, répondit Agatha avec un sourire mielleux, j'ai entendu dire que vous étiez la meilleure cuisinière des Cotswolds. Écoutez, j'aimerais vraiment discuter de ça avec vous. Puis-je vous rendre visite ?

– Quand vous voudrez, dit Mrs. Cartwright avec indolence. Judd's Cottage, après le Red Lion, sur Old Station Road. »

En voyant Roy caracoler vers elle, Agatha passa rapidement à l'étal suivant, de peur que les bavardages et les manières affectées de son ami ne rebutent la lauréate du concours. Elle commençait à se sentir mieux. Mrs. Cartwright ne l'avait pas accusée de tricherie, et elle n'avait pas été méchante avec elle.

Malheureusement, alors qu'elle quittait la fête de Mai en compagnie de Roy et de Steve, elle tomba nez à nez avec Mrs. Barr, qui se planta face à elle, les yeux flamboyants de colère.

« Je suis étonnée que vous ayez le culot de vous montrer en plein jour, dit la voisine.

– Tu ne vas pas nous faire une crise, hein, mon chou ? demanda Roy.

– Cette femme (Mrs. Barr inclina la tête en direction d'Agatha) a causé la mort de l'un des habitants les plus respectés du village.

– C'était un accident, rétorqua Roy sans laisser le temps à Agatha de parler. Alors va te faire voir, espèce de vieux crapaud ! Viens, Aggie. »

Et tandis qu'il poussait Agatha devant lui, Mrs. Barr

resta à ouvrir et fermer la bouche dans une attitude d'indignation silencieuse.

« Quelle ignoble bonne femme ! Qu'est-ce qu'elle n'a pas digéré ?

– Je lui ai volé sa femme de ménage.

– Oh, un crime capital ! On a tué pour moins que ça. Allez, emmène-nous à Bourton-on-the-Water, Aggie. Steve veut visiter le village, et on n'a pas besoin de manger tout de suite, après ce petit déjeuner gargantuesque. »

Agatha, quoique toute remuée par la confrontation avec Mrs. Barr, sortit la voiture. « Stow-on-the-Wold ! hurla Roy un quart d'heure plus tard, alors qu'elle s'apprêtait à contourner ce village. Il faut qu'on y aille ! » Elle fit donc demi-tour et rejoignit la grand-place, où elle s'engouffra dans la dernière place de parking libre au moment où une voiture familiale s'apprêtait à y entrer en marche arrière.

Elle n'avait jamais vu autant de danseurs Morris. Ils semblaient avoir envahi la place et agitaient leurs mouchoirs avec plus d'énergie que ceux de Carsely, tout en bondissant dans les airs comme autant de Nijinski.

« Je trouve, dit Roy, que quand on a vu un groupe de danses folkloriques, on les a tous vus. Range donc ce carnet, Steve, pour l'amour du ciel !

– Mais c'est vraiment très intéressant. Certains disent que le nom "Morris" est une déviation de "mauresques". Qu'est-ce que vous en pensez ?

– J'en pense que c'est ennuyeux comme la pluie, répondit Roy d'un air maussade. Et je suggère qu'on aille goûter aux charmes cosmopolites de Bourton-on-the-Water. »

Bourton-on-the-Water est certainement l'un des plus jolis villages des Cotswolds, avec ses ponts de pierre enjambant la rivière à l'eau transparente qui le traverse. Le problème, c'est que ce site pittoresque célèbre est toujours plein de visiteurs. En ce 1er Mai, ils étaient là en masse, et Agatha éprouva la nostalgie des paisibles rues londoniennes. On ne pouvait pas faire un pas sans tomber sur des touristes : grandes familles, enfants capricieux en pleurs, bus entiers de retraités du pays de Galles, malabars tatoués de Birmingham, jeunes lolitas en jupe blanche fendue et hauts talons assortis qui trottinaient en mangeant des glaces et en gloussant pour un oui ou pour un non. Steve voulut voir tout ce qu'il y avait à voir, des galeries d'art au musée du village, ce qui déprima Agatha parce que beaucoup de vitrines exposaient des objets de sa jeunesse, et qu'à son avis, seuls les objets très anciens avaient leur place au musée. Ils visitèrent ensuite le Musée de l'automobile, lui aussi bondé de touristes, et enfin, malheureusement, quelqu'un ayant parlé à Steve du parc ornithologique situé à l'extrémité du village, il fallut aller observer les oiseaux et admirer les pingouins. Agatha s'était souvent demandé à quoi ressemblait la vie à Hong Kong ou à Tokyo. Maintenant, elle savait. Des gens partout. Des gens partout, en train de manger : glaces, barres chocolatées, hamburgers, frites… Et « crunch, crunch, crunch », faisaient toutes ces mâchoires britanniques. Tout le monde avait l'air d'apprécier la cohue, sauf les nombreux enfants en bas âge qui se fatiguaient et hurlaient vigoureusement, traînés par des parents indifférents.

L'air commençait à se rafraîchir lorsque Steve referma son carnet en poussant un soupir de plaisir. Il consulta sa montre. « Seulement trois heures et demie. On a le temps d'aller à Stratford-on-Avon. Il faut que je voie la maison natale de Shakespeare. »

Agatha étouffa un grognement. Il n'y avait pas si longtemps de cela, Agatha Raisin aurait dit à son invité de laisser tomber, qu'elle était fatiguée et qu'elle en avait assez, mais à la pensée de Carsely et de Mrs. Barr, elle se résigna à regagner sa voiture et à se mettre en route pour Stratford.

Elle se gara au parking à étages de la Maison Natale, avant de se plonger dans la foule en compagnie de Roy et de Steve. Des gens, des gens, des gens, et de toutes les nationalités, cette fois. Ils suivirent le troupeau à travers la maison de Shakespeare, un lieu étrangement dépourvu d'âme, regretta une fois de plus Agatha. Tellement restauré, tellement aseptisé qu'elle ne pouvait pas s'empêcher de trouver que certains vieux pubs des Cotswolds avaient l'air plus authentiquement anciens.

Ensuite, il fallut descendre jeter un coup d'œil à la rivière Avon. Et encore après, Steve partit en quête de billets pour la représentation du *Roi Lear* par la Royal Shakespeare Company le soir même, billets que, au grand dam d'Agatha, il réussit à se procurer.

Dans l'obscurité du théâtre, en proie aux gargouillis de son estomac, car elle n'avait rien mangé depuis le matin, elle se reprit à penser au… meurtre ? Ça ne pouvait pas faire de mal de se renseigner un peu plus sur Mr. Cummings-Browne. Voyons, Mrs. Simpson avait trouvé le corps. Comment la femme du défunt avait-elle réagi ? Le premier acte de la pièce se déroula sous ses yeux sans qu'elle y prête la moindre attention. Deux grands gin à l'entracte la rendirent plutôt pompette. Une fois encore, elle se vit résoudre l'affaire et gagner le respect de tout le village. Quand vint le dernier acte, elle dormait à poings fermés, et toute la magnificence du verbe shakespearien tomba dans l'oreille d'une sourde.

Ce fut seulement au moment de sortir – du monde, encore du monde, toujours du monde – qu'elle s'aperçut qu'elle n'avait rien à manger chez elle et qu'il était trop tard pour aller au restaurant. Mais Steve, qui s'était, à un moment de la journée, trimballé avec un sac de courses, annonça qu'il avait prévu de leur préparer à dîner et acheté des truites au parc ornithologique.

« Tu devrais tenir bon et rester ici, dit Roy en sortant de voiture devant son cottage. Personne.

Le silence. Le calme. Tu as de la chance de ne pas habiter un village touristique. D'ailleurs, est-ce qu'il y a des touristes, ici, quelquefois ?

– Il y a des chambres au Red Lion, je crois. Et quelques cottages à louer. Mais il n'y a pas grand-monde qui vient.

– Buvons un coup pendant que Steve est aux fourneaux. » Roy embrassa le séjour du regard. « À ta place, je balancerais tous ces jolis petits mugs, ces faux médaillons, ces outils agricoles, et je mettrais quelques peintures et des vases avec des fleurs. Le berceau à bois dans la cheminée, surtout un machin pseudo-moyenâgeux comme celui-là, ça ne va pas. Il faut brûler les bûches sur la pierre de l'âtre.

– Je tiens bon pour le berceau à bois, mais je vais peut-être me débarrasser du reste », concéda Agatha.

Il y avait beaucoup de collectes pour les bonnes œuvres au village ; elle pourrait charger toutes ces babioles dans sa voiture et les apporter au presbytère dès mardi. Histoire de s'insinuer un peu dans les bonnes grâces du pasteur.

Le dîner fut excellent. *Il faut que j'apprenne à cuisiner*, pensa-t-elle. *Je n'ai pas grand-chose d'autre à faire.* Steve ouvrit son carnet. « Demain, si tu ne trouves pas que ça fait trop, Agatha, j'aimerais visiter le château de Warwick. »

Elle poussa un gémissement. « Le château de Warwick, c'est pareil que Bourton-on-the-Water, des touristes sur chaque centimètre carré, d'un bout de l'année à l'autre.

– Mais là-dedans, insista Steve en sortant un guide, ils disent que c'est l'un des plus beaux châteaux médiévaux d'Angleterre.

– Eh bien, je suppose que c'est vrai, mais…

– J'aimerais vraiment beaucoup y aller.

– D'accord ! Mais préparez-vous à partir de bonne heure. On verra si on peut y arriver avant la foule. »

Le château de Warwick est un rêve pour touristes. Rien n'y manque, depuis les créneaux jusqu'aux cachots, en passant par les tours et la chambre de torture. Certaines pièces sont peuplées de figures en cire de Madame Tussaud incarnant les convives d'une fête victorienne. Dans l'allée menant au château, on croise des écriteaux disant : ROULEZ AU PAS, TRAVERSÉE DE PAONS. On peut s'y promener dans la roseraie et au jardin des Paons. Tout visiter demande un temps considérable, or Steve voulait absolument tout voir. Avec une énergie et un intérêt inépuisables, il grimpa en haut des tours, arpenta les remparts et descendit aux cachots. Sans prêter attention aux touristes qui se pressaient derrière lui, il s'attarda dans les pièces d'apparat, griffonnant furieusement dans son carnet. « Tu vas tout décrire dans les moindres détails ? » s'impatienta Agatha.

Seulement dans ses lettres, répondit-il. Chaque semaine, il envoyait une longue lettre à sa mère, à Sydney. Au moment où Agatha espérait pouvoir enfin s'échapper, la tyrannie du carnet fit place à la tyrannie du caméscope : Steve insista pour qu'ils remontent tous au sommet de l'une des tours, où il filma Agatha et Roy debout sur le bord, appuyés contre le parapet crénelé.

Quand ils remontèrent enfin en voiture, Agatha avait les pieds en compote. Ils déjeunèrent dans un pub de Warwick, après quoi, hébétée de fatigue, elle accepta de leur faire faire le tour des villages des Cotswolds qu'ils n'avaient pas encore vus, ceux dont les noms intriguaient Steve, comme Upper et Lower Slaughter, Aston Magna, Chipping Campden et ainsi de suite. Dans ce dernier village, l'Australien trouva des magasins ouverts et fit des courses, annonçant qu'il allait leur préparer à dîner.

Elle était tellement fatiguée à la fin du repas qu'elle n'avait qu'une envie : aller se coucher. Mais il s'avéra que le caméscope de son invité était de ceux qu'on peut brancher à la télévision pour visionner le film enregistré.

Agatha se cala dans son fauteuil et ferma à demi les yeux. De toute façon, elle avait horreur de se voir en vidéo. Mais alors elle entendit Roy s'exclamer : « Attends une minute ! Au château de Warwick. Tout en haut de la tour. Cette femme, là. Regarde, Aggie. Repasse-le, Steve. »

Les images défilèrent en arrière en tremblotant, puis la lecture reprit normalement. C'était elle, là, avec Roy, au sommet de la tour. Lui gloussait et faisait le pitre. Puis le caméscope balayait la campagne environnante, centimètre par centimètre, aurait-on dit, Steve essayant manifestement d'éviter l'instabilité caractéristique des vidéos amateurs. Et tout d'un coup, l'objectif faisait la mise au point sur une femme qui se tenait debout, un peu à l'écart. Une espèce de vieille fille en veste de tweed, jupe de la même étoffe qui pendait par endroits, et chaussures plates. Mais elle fixait Agatha d'un regard venimeux et ses doigts recroquevillés évoquaient les serres d'un rapace. Agatha et Roy revenaient ensuite dans le champ.

« Entre le Premier Assassin, déclama Roy. Tu la connais, Aggie ?

– Je ne l'ai jamais vue, en tout cas pas dans le village. Retourne en arrière. »

Une fois de plus, les yeux pleins de haine. « Peut-être que ce n'est pas moi qu'elle fusillait du regard. Peut-être que son mari venait de déboucher des escaliers.

– Non, il n'y avait personne d'autre que nous, répondit Steve. Je me rappelle, je n'ai vu que cette femme pendant que je filmais. Et juste après, une flopée de touristes a surgi.

– Comme c'est bizarre, fit Roy, qui fixait d'un œil vide l'écran de télévision. Comment pouvait-elle te connaître assez pour te haïr ? Qu'est-ce qu'on était en train de dire ?

– Tu faisais le pitre, Roy, répondit Agatha avec

lenteur. Quel dommage que tu n'aies pas le son là-dessus, Steve !

– Oh ! j'avais oublié, mais si. En général je ne m'embarrasse pas avec ça, j'enregistre une musique qui cadre avec le décor anglais et j'envoie le film à ma mère.

– Monte le son ! » s'écria Roy avec impatience.

Le bruit du vent soufflant sur les remparts s'engouffra dans le séjour. Puis la voix de Roy : « Tu veux qu'Aggie se jette des remparts, comme la Tosca ? » Et Agatha répondait : « Oh, ça suffit, Roy ! Mince alors, qu'est-ce qu'il fait froid ici ! »

Ensuite, avec des intonations d'outre-tombe, Roy disait : « Aussi froid que dans la tombe où tu as envoyé Mr. Cummings-Browne avec ta quiche, Agatha.

– Il n'est pas dans une tombe, rétorquait-elle avec irritation. Il est dispersé aux quatre vents sur la plaine de Salisbury. Bon, tu as fini, Steve ? »

On entendait alors la voix de l'Australien : « Encore un instant », puis suivait le plan de l'inconnue au regard furieux.

« Et toi qui disais que personne ne te haïssait ! se moqua Roy. Cette bonne femme a pourtant bien l'air de vouloir t'expédier *ad patres* ! Je me demande qui elle est.

– Je vais la prendre en photo sur l'écran, proposa Steve, et je t'enverrai un tirage. Ça pourrait être une bonne idée de découvrir qui c'est. Elle devait être au courant de la mort de Cummings-Browne. »

Agatha resta quelques instants silencieuse. Elle n'oublierait jamais ce visage de vieille fille et ces yeux brillants de haine.

« Allez, au dodo ! fit Roy. Quel train est-ce qu'on doit prendre demain ? »

Agatha sortit de sa rêverie. « Les liaisons ne sont peut-être pas très bonnes un lundi férié. Je vous emmènerai déjeuner à Oxford, et vous pourrez prendre le train là-bas. »

Elle avait cru qu'elle serait contente d'être débarrassée de ces deux oiseaux, mais lorsqu'elle se retrouva enfin avec eux sur le quai de la gare pour leur dire au revoir, elle regretta soudain de les voir partir.

« Revenez ! fit-elle. Quand vous voulez ! »

Roy planta un baiser mouillé sur sa joue. « On reviendra, Aggie. C'était un super week-end ! »

Le chef de train donna un coup de sifflet, Roy bondit à bord du wagon où Steve se trouvait déjà, et le train quitta la gare.

Agatha resta comme une âme en peine plusieurs minutes sur le quai, à regarder le train disparaître dans le tournant, puis elle se dirigea d'un pas pesant vers le parking. Elle était vaguement effrayée et regrettait de ne pas pouvoir les accompagner à Londres. Pourquoi, pourquoi, pourquoi avait-elle abandonné son travail ?

Mais un foyer l'attendait à Carsely, ce village perdu dans un repli des collines des Cotswolds, ce village où elle s'était couverte de honte, où elle n'était pas à sa place et ne le serait jamais.

5

Le lendemain, après avoir chargé les pichets Toby, les chopes en étain, les faux médaillons en cuivre et les pièces de machines agricoles dans sa voiture, elle parcourut la petite distance qui la séparait du presbytère.

Mrs. Simpson s'activait à nettoyer le cottage. Agatha avait l'intention de lui parler au moment du déjeuner. Peut-être était-ce à cause de l'empoisonnement, mais la femme de ménage s'était remise à l'appeler Mrs. Raisin, et elle-même se sentait obligée de l'appeler par son nom de famille. Doris Simpson avait beau se montrer efficace et correcte, la méfiance suintait par tous les pores de sa peau. Enfin, elle n'avait pas apporté son propre repas, c'était toujours ça.

C'est Mrs. Bloxby, l'épouse du pasteur, qui vint ouvrir la porte du presbytère. Craignant une rebuffade, Agatha bredouilla qu'elle apportait des objets que la paroisse pourrait vendre, espérait-elle, au profit des bonnes œuvres.

« Comme c'est gentil à vous », fit Mrs. Bloxby, avant d'appeler par-dessus son épaule : « Alf ! Mrs. Raisin nous a apporté des objets pour les bonnes œuvres. Viens donner un coup de main ! »

Agatha n'en revenait pas. Les pasteurs n'avaient pas le droit de s'appeler bêtement Alf, ils devaient porter des prénoms du genre de Peregrine, Hilary ou Aloysius !

Mr. Bloxby apparut alors, vêtu d'une vieille chemise de jardinage et d'un pantalon de velours.

À eux trois, ils transportèrent les cartons dans le séjour. Agatha sortit quelques objets. « Ma chère Mrs. Raisin, s'exclama Mrs. Bloxby, vous êtes sûre ? Vous pourriez récolter pas mal d'argent en revendant tout ça vous-même. Je ne parle pas des médaillons de harnais, mais les pichets sont en bon état et les outils agricoles sont authentiques. Ceci », fit-elle en soulevant un instrument de torture rutilant, « est un véritable piège à taupes. On n'en voit plus beaucoup de semblables aujourd'hui.

– Non, non, je serais contente s'ils pouvaient vous rapporter de l'argent. Mais essayez de choisir une association qui ne dépensera pas tout en cocktails et en manœuvres politiciennes.

– Bien sûr, oui, répondit le pasteur. Il y a deux organisations que nous tenons tout particulièrement à soutenir : Cancer Research et Save the Children. Peut-être une tasse de café vous feraitelle plaisir, Mrs. Raisin ?

– Oui, merci.

– Je vais vous laisser entre les mains de mon épouse. J'ai mes sermons de dimanche à préparer.

– Plusieurs sermons ?

– Je prêche dans trois églises.

– Pourquoi ne pas utiliser le même pour toutes ?

– Ce serait tentant, mais cela ne serait guère un signe de respect pour les fidèles. »

Sur ces paroles, le pasteur se retira dans les entrailles du presbytère, et sa femme partit à la cuisine préparer le café. Agatha regarda autour d'elle. Ce devait être une bien vieille bâtisse, pensa-t-elle. Les chambranles des fenêtres, le sol lui-même penchaient. Pas de moquette comme chez elle, ici, mais un vieux parquet brillant comme du verre teinté de noir et couvert au milieu d'un tapis persan aux couleurs vives. Des bûches se consumaient lentement dans la profonde cheminée. Un pot-pourri était posé sur une petite table. Il y avait un bouquet de fleurs sur une autre, et un vase contenant des jacinthes sur l'appui de la fenêtre basse. Les fauteuils étaient usés, garnis – hypothèse qu'Agatha valida en remuant les fesses – de coussins en plumes. Devant elle se dressait une table basse neuve comme on en trouve à assembler soi-même dans les magasins de bricolage, et pourtant, couverte qu'elle était de journaux, de magazines et d'une housse de coussin en tapisserie inachevée, elle s'alliait harmonieusement avec le reste de la pièce. Au plafond, les poutres apparentes étaient noircies par l'âge et des siècles de fumée. Une odeur ténue de lavande et de fumée de bois se mêlait au parfum des jacinthes et du pot-pourri.

Et puis, il se dégageait de cette maison une atmosphère de confort et de *bonté*. Agatha décréta que le révérend Bloxby faisait figure d'oiseau rare dans la volière tant décriée de l'Église anglicane – c'était un homme qui avait foi dans ce qu'il prêchait, en somme. Pour la première fois depuis son arrivée à Carsely, elle ne se sentait pas menacée, mais, tandis que la porte s'ouvrait sur l'épouse du pasteur, pleine du désir de plaire.

« J'ai aussi fait griller quelques *teacakes*, annonça Mrs. Bloxby. Il fait encore si froid. Vraiment, je suis fatiguée de devoir entretenir le feu dans les cheminées. Bien sûr, vous avez le chauffage central, donc vous n'avez pas ce problème.

– Vous avez une très belle maison.

– Merci. Lait et sucre ? »

L'épouse du pasteur avait un petit visage délicat et ridé, et des cheveux châtains parsemés de quelques mèches grises. Elle était mince et frêle, avec de longs doigts fins comme ceux que les portraitistes aimaient autrefois prêter à leurs sujets.

« Alors, comment se passe votre emménagement, Mrs. Raisin ?

– Pas très bien. Il faudrait peut-être que je *déménage* ?

– Oh, à cause de votre quiche, fit tranquillement Mrs. Bloxby. Goûtez donc un *teacake*. Je les fais moi-même, et c'est l'une des rares choses que je fasse bien. Oui, quelle affaire épouvantable. Pauvre Mr. Cummings-Browne.

– Les gens doivent trouver que je suis quelqu'un d'horrible.

– Eh bien, c'est malheureux que de la ciguë aquatique se soit retrouvée dans cette fichue quiche. Mais les tricheries sont monnaie courante dans ces concours de village. Vous n'êtes pas la première. »

Un *teacake* dégoulinant de beurre à mi-chemin de sa bouche, Agatha regarda l'épouse du pasteur avec de grands yeux.

« Vraiment ?

– Oh, non ! Voyons, il y a eu Miss Tenby, voilà cinq ans. Elle était nouvelle au village et voulait plus que tout remporter le concours de compositions florales. Elle a commandé une corbeille au fleuriste de St. Anne. Une tricherie flagrante. Le résultat était très joli, mais les voisins avaient vu arriver la camionnette de la boutique, alors elle a été démasquée. Ensuite, il y a eu la vieille Mrs. Carter. Elle, elle a acheté sa confiture de fraise, elle y a collé sa propre étiquette, et elle a gagné. Personne n'en aurait jamais rien su si elle ne s'en était pas vantée un jour où elle était ivre, au Red Lion. Oui, votre supercherie aurait provoqué pas mal de commentaires dans le village, Mrs. Raisin, si la chose n'était jamais arrivée auparavant, ou si, d'ailleurs, le jury avait été impartial.

– Vous voulez dire que Mr. Cummings-Browne trichait ? »

Un sourire apparut sur les lèvres de Mrs. Bloxby. « Disons qu'il avait tendance à attribuer les prix à des favorites.

– Mais si c'était de notoriété publique, pourquoi les gens du village se donnaient-ils la peine de concourir ?

– Parce qu'ils sont fiers de leurs productions et qu'ils aiment les faire admirer par leurs amis. De plus, Mr. Cummings-Browne jugeait aussi des concours dans les villages voisins, et on estime qu'il n'avait pas plus d'une favorite dans chaque. Et puis, ce n'est pas une honte de perdre. Alf a souvent voulu changer de juge, mais il se trouve que les Cummings-Browne donnaient beaucoup pour les bonnes œuvres, et la seule année où il a réussi à faire remplacer Cummings-Browne, le nouveau juge a récompensé sa propre sœur, qui n'habitait même pas ici. »

Agatha poussa un long soupir.

« Grâce à vous, je me fais moins l'effet d'être la méchante du village.

– C'est une bien triste histoire. Vous avez dû traverser des moments épouvantables. »

Agatha sentit avec horreur ses yeux se remplir de larmes, et elle les tamponna farouchement tandis que l'épouse du pasteur avait la délicatesse de regarder ailleurs.

« Mais soyez certaine, reprit Mrs. Bloxby en

s'adressant à la cafetière, que votre supercherie n'a pas suscité tant de commentaires que cela. De plus, Mr. Cummings-Browne n'était pas très aimé.

– Pourquoi ? »

L'épouse du pasteur prit un air évasif. « Oh, il y a des gens comme ça, vous savez. »

Agatha se pencha en avant.

« Pensez-vous vraiment qu'il s'agisse d'un accident ?

– Oh, mais oui, car si ce n'était pas le cas, il faudrait naturellement soupçonner sa femme. Or Vera Cummings-Browne était une épouse très dévouée, à sa manière. Elle a énormément d'argent, alors que lui en avait très peu. Ils n'ont pas d'enfants. Elle aurait pu le quitter quand elle voulait. J'ai dû aller la réconforter le jour où son mari est mort. Je n'ai jamais vu femme plus accablée de chagrin. Il vaut mieux oublier cette histoire, Mrs. Raisin. La Société des dames de Carsely se réunit ici, ce soir, à huit heures. Venez donc.

– Merci », répondit Agatha d'un ton plein d'humilité.

« Tu t'es débarrassée de cette horrible bonne femme ? demanda le pasteur lorsque, dix minutes plus tard, sa femme entra dans son bureau.

– Oui. Je ne pense pas qu'elle soit si mauvaise que ça, et elle est sincèrement affligée par l'histoire de la quiche. Je l'ai invitée à notre petite réunion de ce soir.

– Alors, heureusement que je ne serai pas là. »
Et le pasteur se replongea dans son sermon.

Agatha se sentait lavée de ses péchés quand elle rentra à son cottage. Elle irait à l'église dimanche, et elle essaierait d'être une personne meilleure. Pour le déjeuner de Mrs. Simpson, elle enfourna une tourte à la viande et aux pickles de Linda McCartney au micro-ondes ; elle espérait que la femme de l'ex-Beatles s'y connaissait en cuisine, mais se demandait si elle n'avait pas tout bonnement vendu son nom au produit.

Lorsqu'elle vit sa femme de ménage jouer timidement avec la mixture chaude dans son assiette, toute la sainteté d'Agatha s'évapora.

« Ce n'est pas empoisonné, fit-elle d'un ton brusque.

– C'est seulement que j'aime pas trop les surgelés.

– Eh bien, je vous trouverai quelque chose de mieux la prochaine fois. Est-ce que Mrs. Cummings-Browne a été bouleversée par la mort de son mari ?

– Ah, pour ça, c'était atroce. Drôlement secouée, qu'elle était. Paralysée par le choc, d'abord, et puis après, elle a pleuré, pleuré, pleuré ! Il a fallu que j'aille chercher l'épouse au pasteur pour aider. »

Le remords s'empara une fois de plus de l'âme d'Agatha. Il fallait qu'elle sorte. Elle marcha jusqu'au Red Lion, où elle commanda une saucisse-frites et un verre de vin rouge.

Puis elle se rappela son intention d'aller rendre visite à Mrs. Cartwright. Ça ne semblait plus rimer à grand-chose, mais ça lui ferait passer le temps.

Judd's Cottage, où habitaient les Cartwright, était une maison délabrée. La grille du jardin de devant pendait sur ses gonds, et une voiture rouillée était garée au milieu des mauvaises herbes. Agatha regarda autour d'elle, se demandant comment l'épave avait pu arriver jusque-là, mais ne vit pas comment cela avait été possible autrement qu'en la soulevant à bras-le-corps pour la faire passer par-dessus la clôture.

Le panneau vitré de la porte d'entrée était fissuré et maintenu en place par des bandes de papier kraft adhésif. Elle donna un coup de sonnette, sans résultat. Elle frappa bruyamment à la porte. La silhouette floue de Mrs. Cartwright surgit alors de l'autre côté de la vitre.

« Ah, c'est vous, dit la femme en ouvrant la porte. Entrez. »

Agatha la suivit dans un séjour encombré où régnait une odeur aigre. Les meubles, tachés, étaient polis par l'usure. Il y avait un feu électrique à deux barres dans la cheminée, surmonté de faux charbon en plastique. Un bouquet de jonquilles, lui aussi en plastique, pendait dans un vase ébréché sur l'appui de fenêtre. Dans un coin de la pièce se dressait un meuble-bar décoré avec du verre rose et des néons de la même couleur.

« Vous buvez un coup ? » demanda Mrs. Cartwright. Elle avait enroulé ses cheveux secs autour de bigoudis en mousse et portait une robe portefeuille rose qui s'entrebâillait quand elle bougeait pour laisser voir un jupon sale.

« Merci », accepta Agatha, regrettant d'être venue.

Son hôtesse servit deux grands verres de gin, puis teinta l'alcool de rose avec de l'angustura. Agatha jeta un coup d'œil nerveux aux traces de rouge à lèvres sur le bord de son verre

Mrs. Cartwright s'assit et croisa les jambes. Ses pieds étaient enchâssés dans des pantoufles roses sales. *Tout ce rose !* pensa Agatha, mal à l'aise. *J'ai l'impression d'avoir affaire à une version dépravée de Barbara Cartland.*

« Est-ce que vous connaissiez bien Mr. Cummings-Browne ? » demanda-t-elle.

Mrs. Cartwright alluma une cigarette et scruta le visage d'Agatha à travers la fumée.

« Un peu.

– Vous l'aimiez bien ?

– Ça va. J'ai pas les idées claires, là, tout de suite.

– À cause du décès ?

– À cause du loto à Evesham. John, c'est mon mari, il m'a coupé les vivres à cause qu'il veut pas que j'y aille. Les hommes, c'est des vrais salauds.

J'ai élevé quat' gosses, et maintenant qu'y sont partis et que j'veux m'amuser un peu, il trouve qu'à ronchonner. Ouais, filez-moi un peu d'argent pour le loto, et la mémoire va m'revenir. »

Agatha plongea la main dans son sac.

« Vingt livres, ça irait ?

– Et comment ! »

Agatha lui passa le billet. À cet instant, on entendit la porte d'entrée s'ouvrir. La maîtresse de maison fourra le billet dans son décolleté, s'empara du verre d'Agatha et l'emporta en courant, avec le sien, dans la cuisine.

« Ella ? » cria une voix d'homme.

La porte du séjour s'ouvrit, et une sorte de gorille costaud entra au moment même où la femme revenait de la cuisine.

« Qui c'est ? demanda l'homme en pointant le pouce vers Agatha. Je t'avais dit de jamais laisser entrer ces foutus Jéhovah.

– C'est Mrs. Raisin, de Lilac Lane, qui nous fait comme qui dirait une visite de courtoisie.

– Qu'est-ce que vous voulez ? » grogna le mari.

Agatha se leva. Les grands yeux sombres de Mrs. Cartwright lui lancèrent un avertissement.

« Je recueille des dons pour les bonnes œuvres.

– Alors, allez vous faire foutre ! J'ai pas un sou de côté. À cause d'elle, fit-il en désignant sa femme.

– Assois-toi, John, et ferme-la. Je m'en vais raccompagner Mrs. Raisin. »

Agatha contourna nerveusement John Cartwright.

La femme lui ouvrit la porte et chuchota : « Venez demain. À trois heures. »

Y avait-il un sinistre mystère là-dessous, ou Agatha venait-elle de se faire escroquer de vingt livres ? Elle reprit le chemin de chez elle, perdue dans ses pensées.

Lorsqu'elle regagna son cottage, Mrs. Simpson travaillait dur dans les chambres. Elle fit une machine, emporta sa lessive dans le jardin de derrière, où était installé un de ces tourniquets sur lesquels on fait sécher le linge, puis y suspendit ses habits. Plus détendue qu'elle ne l'avait été depuis un moment, elle se sentait plutôt à l'aise dans son rôle de femme d'intérieur. En passant de l'autre côté de l'étendoir, elle aperçut Mrs. Barr appuyée contre sa clôture, les yeux rivés sur elle avec une expression de froide antipathie sur le visage. Elle termina sa tâche, lui fit un doigt d'honneur et rentra dans sa maison.

« Le courrier est passé, cria Mrs. Simpson à l'étage. Je l'ai posé sur la table de la cuisine. »

Au milieu des lettres, elle remarqua une enveloppe en papier kraft. Elle la déchira et découvrit une grande photo de l'inconnue du château de Warwick. Elle eut un frisson. Ces yeux qui la regardaient fixement, cette haine lui rappelèrent Mrs. Barr. Un mot était joint au cliché : « Merci pour ce week-end formidable, Steve. »

Elle rangea la photo dans un tiroir de la cuisine, mais continua de sentir le regard peser sur elle.

Submergée par le besoin de lire un peu de littérature d'évasion, elle se rendit à Moreton-in-Marsh, jurant tout bas lorsqu'elle se rappela que c'était jour de marché. Elle trouva à se garer sur une place qui se libérait après avoir tourné un long moment dans le parking.

Elle traversa Old Market Place, comme on appelait la nouvelle galerie commerciale en plein air, puis marcha entre les étals bondés jusqu'aux boutiques situées tout au bout, parmi lesquelles elle savait que se trouvait une librairie d'occasion. La salle du fond était tapissée de livres de poche. Elle acheta trois romans policiers – un Ruth Rendell, un Colin Dexter et un Colin Watson – puis regagna sa voiture. Elle ouvrit le Colin Watson d'une chiquenaude et fut happée dès la première page. Ah ! les joies de la littérature policière. Le temps passa, et elle resta sur le parking à dévorer son roman. À la fin, il lui vint à l'esprit que c'était ridicule de lire dans ces conditions alors qu'elle avait un foyer confortable qui l'attendait ; elle rentra donc à Carsely, juste à temps pour trouver Bill Wong debout sur le pas de sa porte.

« Quoi encore ? » demanda-t-elle nerveusement.

Bill lui lança un sourire. « Je passais juste voir comment vous alliez. »

Elle éprouva d'abord un certain plaisir tandis qu'elle ouvrait la porte, entrait, puis récupérait la clé sur le sol de la cuisine, où elle était tombée quand Mrs. Simpson l'avait glissée dans la boîte aux lettres. Mais la satisfaction céda la place à un léger malaise. Était-il possible que Bill Wong l'ait à l'œil ? Et si oui, pourquoi ?

« Un café ? demanda-t-elle.

– Du thé, ça ira. » Bill promena lentement le regard sur le séjour. « Où sont passées toutes vos babioles ?

– Je trouvais qu'elles ne me ressemblaient pas, alors je les ai données à la paroisse pour une vente de charité.

– Qu'est-ce qui vous ressemble, si ce ne sont pas les pichets Toby et les outils agricoles ?

– J'sais pas, grommela-t-elle. Quelque chose d'un peu plus simple.

– Il y a un problème dans l'éclairage de cette pièce, fit Bill en jetant un coup d'œil aux spots, sur les poutres. Voilà : certaines de vos ampoules ont éclaté.

– On dirait que vous parlez de mes pieds, lança-t-elle d'un ton hargneux. Et qu'est-ce que vous avez tous, tout d'un coup, à me bassiner avec ma décoration intérieure, hein ?

– Ah ! vous voulez parler de vos amis qui étaient là ce week-end, le jeune qui caracolait partout et celui avec les santiags ?

– Vous m'avez espionnée, ma parole !

– Pas moi, non. Je n'étais pas de garde alors j'ai emmené ma petite amie à Bourton-on-the-Water.

Grave erreur. J'avais oublié qu'il y avait foule les jours fériés.

– Je n'arrive pas à vous imaginer avec une petite amie.

– Ah ! et pourquoi ?

– Je ne sais pas. Je ne peux pas vous imaginer autrement qu'en service.

– Quoi qu'il en soit, j'espère que vous ne vous êtes pas mis en tête de devenir la Miss Marple de Carsely, et que vous n'essayez plus de montrer que cet accident était un assassinat. »

Elle ouvrit la bouche pour lui parler de Mrs. Cartwright, puis se ravisa. Il lui reprocherait de se mêler de ce qui ne la regardait pas et lui ferait remarquer, sans doute avec raison, que Mrs. Cartwright n'avait rien à lui apprendre et qu'elle en voulait juste à son argent.

Elle préféra donc lui dire : « Il est arrivé une drôle de chose au château de Warwick. Steve, le jeune aux santiags, nous a filmés, Roy et moi – Roy, c'est l'autre jeune homme –, au sommet d'une tour. Il nous a montré le film à la télévision, le soir, et là, tout en haut de la tour avec nous, il y avait une femme qui me fixait d'un regard haineux.

– Intéressant. Mais peut-être que vous l'aviez bousculée dans l'escalier ou que vous lui aviez marché sur le pied.

– Il a pris une photo à partir de l'écran de télévision. C'est très clair. Et nous parlions justement de la mort de Cummings-Browne à ce moment-là. Vous voulez la voir ?

– Oui, je la connais peut-être. »

Elle alla chercher le tirage et le lui donna. Il l'examina avec attention. « Ce n'est pas quelqu'un que j'ai déjà vu, mais si on enlevait cet air méchant de sa figure, elle ressemblerait à des centaines d'autres femmes des Cotswolds : maigre, une allure de vieille fille, des cheveux fins et clairsemés, des traits vagues, un dentier…

– Comment vous savez, pour le dentier, Sherlock ?

– Ça se voit toujours, à la façon dont les commissures des lèvres retombent et dont la mâchoire semble pendre. Ça vous dérange si je la garde ?

– Pourquoi ?

– Parce que je vais peut-être découvrir l'identité de cette femme, et vous rendre service en vous révélant que Miss Collet Monté a seulement été choquée par vos amis ou que, pourquoi pas, vous lui avez rappelé quelqu'un qu'elle a haï par le passé. Et alors vous pourrez être tranquille.

– C'est gentil à vous, bougonna-t-elle. Je commence à être sur les nerfs, avec l'autre à côté qui me mitraille du regard par-dessus la clôture de son jardin parce que je lui ai pris sa femme de ménage.

– À votre place, je ne m'inquiéterais pas. Elle se remettra de l'affront. Non, le problème des femmes d'affaires comme vous, Mrs. Raisin, c'est qu'une fois à la retraite, votre cerveau, habituellement si actif, n'a plus rien que des futilités à se mettre sous la dent. Dans quelques mois, croyez-moi, vous vous serez adaptée et vous vous investirez dans de bonnes actions.

– Dieu m'en garde ! dit-elle avec un frisson.

– Pourquoi ça ? Vous auriez préféré que je suggère de mauvaises actions ?

– Je vais à la réunion de la Société des dames de Carsely, ce soir, au presbytère.

– Ça devrait être marrant », commenta Bill avec un pétillement malicieux dans le regard. « Bien, il vaut mieux que j'y aille. Je suis de service ce soir. »

Après un dîner au Red Lion – saucisse géante et frites littéralement inondées de ketchup –, Agatha marcha jusqu'au presbytère et donna un coup de sonnette. De l'intérieur lui parvenait un bourdonnement de voix. Elle se sentit nerveuse, brusquement, et aussi, oui, un peu intimidée.

Mrs. Bloxby ouvrit la porte. « Entrez, Mrs. Raisin. Nous sommes presque au complet. » Elle la conduisit dans le salon, où étaient assises une quinzaine de femmes, lesquelles se turent à son entrée et la dévisagèrent avec curiosité. « Je vais vous présenter. » Agatha essaya de retenir les noms, mais ils lui sortaient de la tête sitôt prononcés. Mrs. Bloxby lui offrit ensuite du thé, des gâteaux et des sandwichs. Elle en choisit un au concombre.

« Bien, si nous sommes toutes prêtes, déclara l'épouse du pasteur, notre présidente, Mrs. Mason, va commencer. La parole est à vous, Mrs. Mason. »

Ladite Mrs. Mason, grosse femme en robe de nylon violette et chaussures blanches grandes comme des péniches, embrassa l'auditoire du regard. « Comme vous le savez, mesdames, les personnes âgées de notre village n'ont guère l'occasion de sortir. Je demande à toutes celles d'entre vous qui possèdent une voiture de se porter volontaires pour les emmener en excursion quand elles le pourront. Je vais vous lire la liste de nos personnes âgées, manifestez-vous si vous pouvez dégager un peu de temps libre. »

Les bonnes volontés ne manquèrent pas tandis que Mrs. Mason lisait sa liste à l'assemblée. Agatha observa les autres femmes présentes. Il y avait quelque chose d'étrangement désuet dans le sérieux avec lequel elles désiraient venir en aide à autrui. C'étaient toutes des femmes d'âge mûr, à part une jeune, maigre et pâle, qui était assise à coté d'elle et n'avait pas plus de trente ans. « J'ai pas d'bagnole, chuchota-t-elle à Agatha. J'peux pas franchement les prendre sur mon vélo. »

« Et maintenant, dit Mrs. Mason, enfin et surtout, nous avons Mr. et Mrs. Boggle, à Culloden. »

Un long silence suivit. Le feu crépitait joyeusement derrière l'ample silhouette de la présidente, les cuillères tintaient contre les soucoupes, les mâchoires mastiquaient bruyamment. Pas de volontaire.

« Allons, mesdames, Mr. et Mrs. Boggle aimeraient beaucoup une petite excursion. Ça n'a pas besoin d'être loin. Rien qu'aller faire les boutiques à Evesham, par exemple. »

Agatha eut la sensation que le regard de l'épouse du pasteur était posé sur elle. Elle s'entendit dire, d'une voix qui parut étrange à ses propres oreilles : « Je les emmènerai. Jeudi, ça irait ? »

Était-ce du soulagement qu'elle sentit alors se répandre dans la pièce ? « Eh bien ! merci, Mrs. Raisin. Comme c'est généreux de votre part. Vous ne connaissez peut-être pas bien le village, mais Culloden se situe au 28, Moreton Road, dans le lotissement de logements sociaux. Disons jeudi à neuf heures, et je me charge de prévenir Mr. et Mrs. Boggle, ça vous va ? »

Agatha hocha la tête.

« Parfait. Ça va leur faire tellement plaisir ! Bon, maintenant, comme vous le savez, la semaine prochaine, nous devons être accueillies par la Société des dames de Mircester, qui nous a promis une journée palpitante. Je vais faire passer le cahier, inscrivez-vous si vous souhaitez y aller. La compagnie de transport Retford nous prête un car pour l'occasion. »

Le cahier passa de main en main. Après quelques hésitations, Agatha écrivit son nom. Ça l'occuperait.

« Bon, reprit la présidente. Nous partirons du presbytère à onze heures du matin. Je ne doute pas que nous serons toutes debout à cette heure. » Quelques rires contraints. « Maintenant je vais demander à notre secrétaire, Miss Simms, de lire le compte rendu de notre dernière réunion, pour celles qui l'auraient manquée. »

À la surprise d'Agatha, sa jeune voisine se leva

pour aller se placer face à l'assemblée. D'une voix nasillarde et monotone, elle procéda à la lecture. Agatha réprima un bâillement. Ensuite, ce fut au tour de la trésorière de faire très longuement le point sur les sommes récoltées lors de la dernière kermesse organisée en faveur de la recherche sur le cancer.

Agatha s'était presque endormie lorsqu'elle entendit prononcer son nom. La trésorière avait cédé la place à Mrs. Bloxby. « Oui, disait-elle, lorsque notre nouvelle recrue, Mrs. Raisin, est venue me trouver avec des cartons entiers d'objets à vendre au profit des bonnes œuvres, j'ai décidé de vous en montrer quelques-uns. Je pense qu'ils justifient une vente spéciale. »

Les exclamations qui accueillirent la présentation des pichets Toby et autres outils agricoles rutilants la remplirent d'aise. « J'm'en achèterais bien quèques-uns pour moi », entendit-elle.

« Je suis heureuse que vous partagiez mon enthousiasme, fit Mrs. Bloxby. Je suggère que nous réservions la salle polyvalente de l'école pour le 10 juin, qui tombe un samedi, pour y exposer tous ces objets. La semaine précédant la vente, nous organiserons une réunion afin de fixer les prix. Cela nous laissera le temps de rassembler des articles supplémentaires. Mrs. Mason, puis-je vous demander de prendre en charge le salon de thé, comme d'habitude ? »

Mrs. Mason acquiesça d'un signe de tête.

« Mrs. Raisin, peut-être souhaiteriez-vous occuper le stand principal ?

– J'ai une idée, répondit Agatha, je vais tout mettre aux enchères. Je ferai le commissaire-priseur. Les gens donnent toujours plus quand ils enchérissent.

– Quelle bonne idée ! Tout le monde est d'accord ? » Les mains se levèrent. « Parfait. Les recettes de la vente iront à Save the Children. Peut-être que, avec un peu de chance, la presse locale parlera de nous.

– J'y veillerai », assura Agatha, qui se sentait décidément de mieux en mieux.

C'était comme au bon vieux temps.

Son bonheur s'estompa quand on arrêta de parler affaires. Les dames de Carsely étaient en train de récupérer manteaux et sacs à main lorsque Miss Simms lui donna un petit coup de coude : « Je préfère que ça soit vous que moi.

– Quoi ? Les enchères ?

– Nan, les Boggle ! La paire de vieux les plus ronchons à cinquante bornes à la ronde. »

Mais il se trouva que Mrs. Bloxby les avait rejointes et avait entendu cette remarque. Elle regarda Agatha dans les yeux avec un grand sourire et dit : « Quelle bonne action vous faites en emmenant les Boggle en excursion. La vieille Mrs. Boggle souffre de graves rhumatismes. Ils seront tellement touchés par votre geste ! »

Devant la bonté simple et sans affectation de Mrs. Bloxby, Agatha se sentit aussi faible qu'une enfant et, une fois de plus, pleine du désir de plaire.

D'autant plus qu'en repartant, les autres dames

lui parlèrent de choses et d'autres, et pas une ne mentionna la quiche.

Elle rentra chez elle à pied, pleine du sentiment d'avoir enfin trouvé sa place. Lilac Lane commençait à se montrer à la hauteur de son nom : les lilas, chargés de fleurs, embaumaient l'air du soir. Une débauche de glycine violette pendait au-dessus des portes des cottages.

Il faut que je fasse quelque chose pour mon jardin à moi, se dit-elle.

Elle tourna la clé dans la serrure, ouvrit sa porte et alluma la lumière. Sur le paillasson, un message gribouillé sur une feuille de papier lui sauta aux yeux : « Arrêté de fourré vot nez partout, espesse de saloppe !!! »

Elle ramassa la feuille du bout des doigts et fixa les mots, consternée. Pour la première fois, elle se rendit compte du silence absolu qui régnait le soir dans le village. Elle était cernée par le silence, un silence sinistre, lourd de menaces.

Elle laissa tomber le papier dans la poubelle et monta se coucher en emportant le tisonnier en laiton, qu'elle plaça à la verticale au bord de son lit de manière à pouvoir l'attraper facilement.

Les vieilles maisons craquent et soupirent quand elles se préparent pour la nuit. Agatha resta longtemps éveillée, tressaillant au moindre bruit, puis elle s'endormit d'un coup, une main posée sur le manche du tisonnier.

6

Le lendemain matin, les vents brutaux secouaient les chers bourgeons de mai, aurait pu dire Shakespeare. Le soleil entrait à flots par les fenêtres du cottage. C'était un jour placé sous le signe du mouvement et de la couleur, une couleur vive, nette, scintillante. Elle sortit la lettre de menaces de la poubelle. Pourquoi ne pas la montrer à Bill Wong ? Qu'est-ce que ces lignes voulaient dire ? Elle n'avait quasiment pas enquêté, après tout. Mais le policier lui poserait des tas de questions, et il se pourrait qu'elle fasse une bourde en lâchant qu'elle avait rendu visite à Mrs. Cartwright et qu'elle était censée retourner la voir.

Elle défroissa la feuille et la coinça entre les livres de cuisine. Mieux valait la garder, au cas où.

Après le petit déjeuner, des coups retentirent à la porte. Elle eut une vague frayeur en imaginant que c'était peut-être Mrs. Barr. Qu'elle aille au diable ! Ce n'était qu'une vieille tordue mal fagotée, et la robuste Agatha Raisin n'avait rien à craindre des gens de sa sorte.

Mais ce fut Mrs. Bloxby qu'elle trouva sur le pas de sa porte et, derrière elle, à son grand désarroi, Vera Cummings-Browne.

« Pouvons-nous entrer ? » demanda l'épouse du pasteur.

Agatha les précéda dans la cuisine, s'armant de courage en prévision d'un flot de larmes et de récriminations. Mrs. Bloxby refusa son offre d'un café et annonça : « Mrs. Cummings-Browne a quelque chose à vous dire. »

S'adressant plutôt à la table qu'à elle, Vera Cummings-Browne parla : « J'ai été profondément affligée et bouleversée par le décès de mon mari, Mrs. Raisin. Mais j'ai retrouvé un peu de tranquillité d'esprit. Je ne vous reproche rien, c'était un accident, un étrange et malheureux accident. » Elle leva les yeux. « Voyez-vous, j'ai toujours eu la conviction que lorsqu'on mourait, c'est que c'était *écrit*. Cela aurait pu être un chauffard en état d'ivresse monté sur un trottoir. Ou un pan de mur qui s'écroule. Le médecin légiste a eu le sentiment que Reg aurait pu survivre à cet empoisonnement accidentel s'il avait été plus fort. Mais il souffrait d'hypertension, et il avait le cœur en mauvais état. Ainsi soit-il.

– Je suis vraiment, tellement navrée, répondit faiblement Agatha. C'est si généreux à vous d'être venue me voir.

– C'était mon devoir de chrétienne. »

Sous le masque de son visage qui, espérait-elle, exprimait un mélange d'affliction, de compassion et de sollicitude, les pensées se succédaient à toute vitesse dans la tête d'Agatha : « Ainsi soit-il », « Mon devoir de chrétienne » ? Comme tout ça sentait la comédie ! Mais à cet instant, Mrs. Cummings-Browne enfouit sa figure dans ses mains et fondit en larmes, articulant entre deux sanglots : « Oh, Reg ! Tu me manques tellement ! Oh, Reg ! »

Mrs. Bloxby emmena la veuve éplorée dehors. Non, pensa Agatha, cette femme était réellement brisée. Mrs. Cummings-Browne lui avait pardonnée. Il ne lui restait plus qu'à oublier toute cette histoire et à continuer à aller de l'avant.

Elle entreprit de contacter la presse locale afin de faire de la publicité autour de la future vente aux enchères. Pour les rédacteurs en chef de petits journaux, habitués aux approches timides et implorantes des dames de la paroisse, avoir Agatha Raisin au bout du fil était une expérience inédite. Au terme d'un entretien où elle avait usé tantôt d'intimidation, tantôt de cajolerie, c'est tout juste s'ils n'avaient pas l'impression qu'on allait mettre en vente les joyaux de la Couronne. Tous promirent donc d'envoyer des journalistes, sachant qu'il leur faudrait tenir parole, car Agatha les menaça tous de téléphoner le matin de la vente pour s'assurer que ce serait le cas.

La matinée passa joyeusement ainsi. Mais l'après-midi venu, après un en-cas de tourte au bœuf et aux rognons du Fermier Gilles (« adapté au micro-ondes »), ses pas la portèrent dans la direction de Judd's Cottage.

Mrs. Cartwright ouvrit la porte, les cheveux enroulés autour de bigoudis roses et le corps enveloppé d'une robe de chambre tout aussi rose.

« Entrez. Vous buvez un coup ? »

Agatha accepta d'un signe de tête. Cocktail de gin et d'angustura, pour changer. Où donc Mrs. Cartwright avait-elle appris à boire ce cocktail ? s'interrogea-t-elle brusquement. Le poiré-brandy, la bière-citron vert et le rhum-Coca auraient certainement mieux convenu à son palais.

« Alors, ce loto ? demanda-t-elle.

– J'ai pas gagné un penny, répondit l'autre avec amertume. Mais aujourd'hui, c'est mon jour de chance : j'ai vu deux pies dans le jardin ce matin. »

Agatha se fit la réflexion que, les pies étant une espèce protégée, on voyait ces satanés volatiles blanc et noir partout. Il aurait donc été plus surprenant que Mrs. Cartwright n'en voie pas.

« Je voulais en savoir plus sur Mr. Cummings-Browne, dit Agatha.

– Comme quoi ? » Mrs. Cartwright plissa les yeux pour les protéger de la fumée montant de la cigarette qu'elle tenait dans sa main hâlée.

Depuis le séjour, Agatha distinguait une cuisine où

régnait le désordre le plus complet – une cuisine qui ne ressemblait guère à celle d'un cordon-bleu.

« Eh bien, comme vous avez remporté le concours année après année, je me disais que vous deviez le connaître plutôt bien.

– Ni plus ni moins que n'importe qui au village. »

Mrs. Cartwright but une lampée de gin.

« Vous cuisinez beaucoup ?

– Nan ! Avant, oui. Des fois, je cuisine un peu pour Mrs. Bloxby. Elle est terrible, cette femme. J'arrive pas à lui dire non. Venez à la cuisine, j'vais vous montrer. »

Des piles de vaisselle sale remplissaient l'évier. Sur un calendrier en lambeaux accroché au mur, une blonde ne portant sur elle qu'une volute de gaze et des sandales leur lançait des regards lascifs. Mais sur un coin dégagé de la table, à côté d'une bouteille de lait à moitié vide et d'une plaque de beurre barbouillée de marmelade, était posé un plateau de petits *cupcake*s délicats. Ils avaient l'air tout bonnement exquis. Mrs. Cartwright savait cuisiner, pas de doute.

« Bref, je préparais une quiche, et je gagnais dix livres. Une belle perte de temps, si vous voulez mon avis. Mon mari, il aime pas la quiche. Avant j'en faisais pour les Harvey, ils me les prenaient et ils les vendaient à l'épicerie. Et ça s'passait bien. Mais j'sais pas pourquoi, j'trouve plus le temps. »

Elle regagna son séjour en chancelant sur ses

mules à hauts talons. Agatha décida que la récréation était finie.

« Hier, je vous ai donné vingt livres en échange d'informations, dit-elle crûment, des informations que je n'ai toujours pas reçues.

– J'ai tout dépensé.

– Oui, mais comment vous avez dépensé cet argent, ou dans quoi vous l'avez dépensé, ce n'est pas mon affaire. »

Mrs. Cartwright porta un index à son front. « Voyons, qu'est-ce que c'était, déjà ? Merde alors ! ma fichue mémoire a encore foutu le camp. »

Son regard brilla d'une lueur sombre tandis qu'Agatha farfouillait dans son volumineux sac à main pour en ressortir un billet de vingt.

« Non, pas tout de suite, lança Agatha lorsque Mrs. Cartwright tendit la main. D'abord les informations. Est-ce que votre mari est susceptible d'arriver ?

– Non, il est à la ferme à Martin. Il travaille là-bas.

– Alors, qu'est-ce que vous avez à me dire ?

– Ça m'a étonnée, quand Mr. Cummings-Browne il est mort.

– Sans blague ! fit Agatha, sarcastique.

– Je veux dire, j'croyais que c'était lui qui la tuerait.

– Quoi ? Et pourquoi ça ?

– Oh, y me parlait un peu. Les gens me racontent toujours leurs ennuis. C'est parce que je suis du genre maternel. » Elle bâilla, puis glissa une main dans sa robe de chambre et gratta sa poitrine généreuse. Un relent de sueur aigre parvint aux narines d'Agatha, qui se fit la réflexion, complètement hors de propos, qu'il était devenu très rare de croiser des femmes vraiment sales à notre époque obsédée par l'hygiène. « Reg, y pouvait pas blairer Vera, pour ça, non. C'est elle qui tenait les cordons de la bourse, et il était obligé de faire le beau comme un bon toutou pour qu'elle lui donne de quoi aller boire un coup, qu'il disait. Tout ce qu'il avait comme argent à lui, c'était sa retraite, et avec ça, il allait pas bien loin. Il faisait toujours : "Ella, qu'il disait, un jour, je lui tordrai le cou, à ce chameau, et je m'en débarrasserai une fois pour toutes."

– Mais c'est lui qui est mort, pas elle ! s'exclama Agatha, abasourdie.

– Peut-être qu'elle a été plus rapide. Elle le haïssait.

– Mais j'ai dîné avec eux, et ils m'ont eu l'air de deux époux très dévoués l'un à l'autre ; je dirais même, très semblables l'un à l'autre.

– Nan ! On pouvait bien rigoler avec Reg, mais Mrs. Du Snob, elle faisait toujours la dégoûtée avec moi. C'était pas un accident, j'vous dis. C'était un meurtre.

– Mais comment serait-ce possible ? C'est ma quiche qui était empoisonnée.

– J'sais pas, mais je l'sens, là. » Mrs. Cartwright

se frappa la poitrine et une nouvelle bouffée de sueur flotta jusqu'aux narines d'Agatha.

« Mrs. Cummings-Browne m'a rendu visite ce matin, déclara Agatha avec fermeté, et elle m'a pardonné. Elle est brisée par la mort de son mari, sincèrement brisée.

– Elle est membre de la Société d'art dramatique de Carsely, répondit Mrs. Cartwright avec cynisme. Et elle joue vachement bien, en plus. Un bonne petite actrice, que c'est.

– Non, s'obstina Agatha. Je sais quand les gens sont francs avec moi, et ce n'est pas votre cas, Mrs. Cartwright.

– J'vous ai dit ce que j'sais », fit l'autre en fixant le billet de vingt livres qu'Agatha avait toujours à la main.

La grille déglinguée du jardin grinça, ce qui la fit sursauter. Elle ne voulait pas d'un nouveau face-à-face avec le mari. Elle fourra donc le billet dans la main de Mrs. Cartwright et dit avec précipitation : « Bon, vous savez où me trouver. S'il y a quelque chose qui vous revient, prévenez-moi.

– J'y manquerai pas », fit Mrs. Cartwright, l'air comblée maintenant que les vingt livres avaient changé de main.

Agatha s'apprêtait à sortir en contournant la grille du jardin quand elle aperçut John Cartwright qui descendait la route d'un pas lourd. Elle pressa le pas. Trop tard : il l'avait vue. Il la rattrapa, l'empoigna brutalement et lui fit faire volte-face. « Vous êtes venue poser des questions sur Cummings-Browne, gronda-t-il. Elle me l'a dit, Ella. Pour la dernière fois, je vous avertis : si vous vous approchez d'elle encore une fois, une seule, je vous tords le cou. Ce vieux schnoque de Cummings-Browne a eu ce qu'il méritait, et ça sera pareil pour vous. »

Elle dégagea son bras d'un mouvement brusque et s'éloigna en vitesse, le visage cramoisi. Elle fonça droit chez elle, glissa la lettre de menaces dans une enveloppe avec un mot d'accompagnement et adressa le tout à l'agent Bill Wong, au commissariat de Mircester, puis elle alla poster son courrier. Elle avait désormais la certitude que l'auteur des menaces était John Cartwright.

Au moment où elle rentrait chez elle, un couple arrivait à New Delhi, le cottage de Mrs. Barr. L'homme et la femme tournèrent la tête dans sa direction et la dévisagèrent. Ils lui paraissaient vaguement familiers. Au prix d'un violent effort de mémoire, elle se rappela qu'ils dînaient au Horse and Groom le soir où elle avait discuté du « meurtre » avec Roy et Steve.

Elle entra chez elle, passa au salon et resta debout, à regarder autour d'elle. Elle n'avait encore jamais aménagé elle-même son logement : elle avait vécu dans une succession de garnis jusqu'à ce qu'elle gagne vraiment bien sa vie, puis elle avait loué un appartement meublé, et enfin, elle en avait acheté un.

Elle plissa fort les yeux pour essayer de visualiser ce qui lui plairait, mais aucune idée ne lui vint, si ce n'est que le canapé et les fauteuils assortis l'agaçaient. Elle voulait quelque chose qui se rapproche plus du séjour du presbytère. Eh bien, les antiquités, ça s'achetait, et c'était une raison comme une autre de passer le reste de la journée loin de Carsely.

Elle se rendit à Cheltenham Spa et, après avoir tourné dans le labyrinthe exaspérant et déboussolant des rues à sens unique de cette ville jusqu'à ce qu'elle ait trouvé ses repères, elle arrêta un passant pour lui demander où elle pourrait acheter des meubles anciens. On lui indiqua un enchevêtrement de rues situées au-delà de Montpelier Terrace, où elle se gara sur un parking privé devant une maison. Elle fit ses premières trouvailles dans un vieux cinéma reconverti en gros magasin de meubles. Elle y acheta une bergère haute à oreilles en cuir vert, et un canapé Chesterfield décoré de vannerie et garni de coussins moelleux d'un vert mat. Puis, pour la plus grande joie du vendeur, qui redoutait que la journée ne soit très calme, elle jeta ensuite son dévolu sur un large fauteuil victorien en bois de fruitier, passant des doigts appréciateurs sur les motifs sculptés. Elle paya sans ciller la somme demandée pour le tout et annonça qu'elle viendrait chercher les meubles après le 10 juin. Elle projetait désormais d'épater le village en mettant son mobilier de salon aux enchères. Au moment où elle s'en allait, deux élégantes lampes attirèrent son regard ; elle les prit aussi. Elle se souvint qu'au collège, elle s'était juré que le jour où elle recevrait sa première paye, elle irait dans une confiserie s'acheter tout le chocolat qu'elle voulait. Mais le jour venu, ses désirs s'étaient portés sur une paire de chaussures violettes à hauts talons avec des nœuds. Elle aimait avoir assez d'argent pour pouvoir satisfaire toutes ses envies.

Avant de quitter Cheltenham, elle acheta un plat de gambas cuisinées au beurre et à l'ail chez Marks & Spencer, ainsi qu'une boîte de lasagnes, qu'elle pouvait l'un comme l'autre réchauffer au micro-ondes. Ce n'était toujours pas sa propre cuisine, mais c'était un cran au-dessus de ce qu'elle trouvait à l'épicerie du village.

Plus tard, après un bon repas, elle s'installa pour lire un roman policier, se demandant vaguement si elle ne devrait pas monter le téléviseur dans sa chambre. Il n'y avait pas de poste de télé en évidence dans le séjour du presbytère.

C'est seulement au moment d'aller se coucher que, la mort dans l'âme, elle se souvint des Boggle. Avec un peu de chance, ils ne comptaient pas sur elle pour les promener toute la journée.

Au matin, elle se présenta chez eux. Culloden. Pourquoi donner à leur foyer le nom d'une bataille en Écosse ? Les Boggle étaient-ils originaires de là-bas ?

Il s'avéra que non : Mr. Boggle était un petit

homme alerte et ridé qui parlait avec l'accent de la région, tandis que sa femme, une vieille harpie aux articulations grinçantes, était indubitablement galloise.

Agatha attendit que l'un ou l'autre lui dise que c'était très gentil à elle ou manifeste un quelconque signe de gratitude, mais ils se contentèrent de grimper sur la banquette arrière, et Mr. Boggle annonça : « On va à Bath. »

Bath ! Elle avait espéré une destination plus proche, Evesham par exemple.

« Ce n'est pas la porte à côté », protesta-t-elle.

Mrs. Boggle lui enfonça un doigt calleux dans l'épaule. « Z'avez dit que vous nous sortez, alors faites-le. »

Agatha exhuma son atlas routier. Le plus simple serait de rejoindre la Fosse Way à Cirencester et de la suivre jusqu'à Bath.

Elle poussa un soupir. C'était une journée splendide. L'été s'insinuait doucement dans la campagne anglaise. Le long de la route sinueuse qui sortait de Carsely, les buissons d'aubépine étaient chargés de fleurs odorantes, blanches et roses. De part et d'autre de la Fosse Way, ancienne voie romaine filant en ligne droite telle une flèche à travers les collines, s'étendaient des champs de colza d'un jaune éclatant, un jaune Van Gogh dont la vivacité tranchait vulgairement sur les teintes plus douces des Cotswolds. La fine dentelle des fleurs de carotte sauvage bouillonnait le long des routes.

Aucun bruit ne montait de la banquette arrière. Agatha commença à se sentir plus joyeuse. Peut-être que ses antiques passagers seraient contents d'être livrés à eux-mêmes dans Bath.

Mais c'est à Bath que ses ennuis commencèrent. Les Boggle lui firent remarquer qu'ils n'avaient nullement l'intention de marcher d'un quelconque parking jusqu'à la Pump Room où, apparut-il, ils avaient l'intention de « prendre les eaux ». Il était du devoir d'Agatha de les y conduire avant d'aller seule garer la voiture. Elle se débattit donc dans le dédale de rues à sens unique embouteillées, en faisant la sourde oreille aux commentaires de Mr. Boggle, du genre : « Vous conduisez pas très bien, hein ? »

« Et alors ? » demanda la femme quand elle s'arrêta enfin devant l'entrée à colonnades de la buvette thermale. « Y faut aussi s'débrouiller tout seul pour sortir ? »

Mrs. Boggle, petite femme rondouillarde, était vêtue d'un manteau en tweed et d'une longue écharpe qui semblait s'être inextricablement enroulée autour de la ceinture de sécurité. Elle dégageait une forte odeur de parfum bon marché. « Arrêtez de m'pousser, vous m'faites mal ! » grommela-t-elle quand Agatha essaya de la libérer de ses chaînes. Alors son mari repoussa leur bienfaitrice d'un coup de coude, sortit une paire de ciseaux à ongles et trancha dans le vif de l'étoffe. « C'est malin, r'garde c'que t'as fait ! râla la vieille.

– Te bile donc pas comme ça, bobonne ! rétorqua l'autre, pointant le pouce en direction d'Agatha. Elle t'en achètera une autre. »

Tu parles ! pensa Agatha quand elle se gara enfin à côté de la gare routière. Elle mit délibérément beaucoup de temps à retourner aux thermes ; une heure, au juste. Elle trouva les Boggle au salon de thé, attablés autour d'une cafetière vide et d'assiettes couvertes de miettes de gâteaux.

« Ah, vous vous êtes enfin décidée à vous ram'ner, fit le vieux en lui tendant l'addition. Des comme vous, y en a pas deux.

– Le problème, c'est qu'tout le monde y s'en fiche des personnes âgées, d'nos jours. Tout ce qu'y veulent, les gens, c'est des night-clubs et de la drogue », expliqua Mrs. Boggle, et tous les deux de fixer Agatha d'un regard féroce.

« Est-ce que vous avez pris les eaux ? demanda-t-elle.

– On y va maintenant. Aidez-moi à m'lever », ordonna la femme.

Agatha la mit donc debout, éprouvant un petit haut-le-cœur en inhalant les relents de parfum et de corps vieillissant. Les Boggle avaient bu des verres d'eau sulfureuse. « Vous voulez aller voir les thermes romains ? demanda-t-elle, déterminée à leur plaire par égard pour Mrs. Bloxby. Je ne les ai jamais vus.

– Oh ! nous, on les a vus des dizaines de fois !

se plaignit Mrs. Boggle. C'qu'on veut, c'est aller à Polly Perkin's Pantry.

– Qu'est-ce que c'est ?

– C'est là que c'est qu'on va dîner. »

Les Boggle faisaient partie de cette génération de Britanniques qui appelaient encore « dîner » le repas de la mi-journée.

« Il est seulement midi moins dix, fit remarquer Agatha, et vous venez de prendre du café avec des gâteaux.

– Mais y faut que vous alliez chercher la voiture, répondit Mr. Boggle. Le Pantry se trouve dans Monmouth Street. Vous comptez quand même pas qu'on y aille à pied. Aucun respect, vraiment. »

La perspective d'un court intermède de liberté, le temps d'aller chercher sa voiture, incita Agatha à se plier docilement à leurs ordres. Une fois de plus, elle prit son temps et revint les prendre à une heure, restant sourde à leurs cris et à leurs plaintes, toute cette attente ayant soi-disant ankylosé les articulations de Mrs. Boggle.

Nul n'aurait pu accuser Agatha Raisin d'avoir le palais délicat ou raffiné. Par contre, elle savait reconnaître une arnaque au premier coup d'œil, et sitôt qu'elle s'attabla au Polly Perkin's Pantry avec ses deux affreux jojos, elle se demanda s'ils n'étaient pas les âmes sœurs des Cummings-Browne. Tout autour d'eux, des serveuses en corsage et charlotte de dentelle allaient et venaient en toute hâte, ce qui leur permettait d'ignorer tous les clients qui essayaient de se faire servir.

La carte était chère et rédigée dans cette prose maniérée qui avait l'art d'irriter Agatha au plus haut point. Les Boggle voulaient des beignets de morue à la Beau Nash en entrée – « grésillants et dorés, servis sur lit de laitue fraîche et croquante » –, suivis d'escalopes de veau à la Beau Brummell – « tendre et alléchante, avec sa sauce au vin blanc, ses bâtonnets d'aubergine grillés, ses tendres carottes nouvelles et ses succulents petits pois ».

« Et une bouteille de champagne, décréta Mr. Boggle.

– Je ne suis pas Crésus ! protesta Agatha avec véhémence.

– Le champagne, c'est bon pour mes rhumatisses, chevrota Mrs. Boggle. C'est pas tous les jours qu'on s'fait plaisir, alors si vous comptez tous vos sous qu'vous dépensez... »

Agatha baissa les bras. Peut-être que s'ils étaient cuits, ils dormiraient sur le trajet du retour.

Les serveuses, désormais regroupées dans un coin de la salle à côté de la caisse, bavardaient et riaient. Elle se leva et les rejoignit d'un pas furieux. « Je n'ai pas l'intention d'attendre d'être servie. Bougez vos fesses ! J'exige un service enjoué, poli et rapide. Tout de suite ! Oh, et épargnez-moi vos regards d'insolence stupide. Allez, plus vite que ça ! »

Une serveuse la suivit avec un air revêche

jusqu'à leur table et prit leur commande. Quand le champagne arriva, tiède, Agatha craqua. Elle se leva une nouvelle fois et lança des regards furieux aux visages d'Anglais blêmes et timides des autres clients du restaurant. « Pourquoi est-ce que vous restez assis sans rien faire ? Pourquoi est-ce que vous supportez ce service calamiteux ? hurla-t-elle. Vous payez pour être servis, merde !

– Vous avez raison, lança un petit homme à l'air docile. Ça fait une demi-heure que je suis ici, et personne ne s'est approché de ma table. »

Des cris de rage et de frustration montèrent des autres convives. On envoya en toute hâte chercher le gérant dans un bureau à l'étage. Un seau à glace fut apporté à la vitesse de l'éclair. « Offert par la maison », marmonna l'homme en s'inclinant vers Agatha. Les serveuses se mirent à aller et venir à toute allure, pour servir les clients cette fois, opinant de la charlotte, faisant tourbillonner leur jupe longue, leur poitrine indignée haletant sous leur corsage de dentelle.

« Elles seront éreintées quand elles rentreront chez elles, ce soir, fit Agatha avec un grand sourire. Elles n'ont jamais autant bougé de leur vie. »

Mrs. Boggle piqua un beignet de morue et le fourra tout entier dans sa bouche. « On n'a jamais eu d'problème avant, déclara-t-elle à travers une pluie de miettes de poisson. C'est-y pas vrai, Benjamin ?

– Non, les gens nous respectent, à nous. »

Agatha ouvrait la bouche pour dire leurs quatre vérités à ces deux affreux quand Mr. Boggle ajouta : « Z'étiez une de ses poules ? »

Elle le regarda, ahurie.

« À qui ?

– À Reg Cummings-Browne, çui que vous avez empoisonné.

– Je ne l'ai pas empoisonné ! » rugit-elle, avant de baisser la voix car tous les regards s'étaient tournés vers elle. « C'était un accident. Et qu'est-ce qui peut bien vous faire penser que j'avais une liaison avec lui, hein ?

– On vous a vue chez la Cartwright. Qui s'ressemble, y s'assemble, moi j'dis toujours.

– Vous voulez dire que Mrs. Cartwright avait une liaison avec Cummings-Browne ?

– Ben oui ! Tout le monde était au courant, à part son homme.

– Depuis quand est-ce que ça durait ?

– J'sais pas. Elle d'vait pus lui plaire, remarquez, vu qu'il courait après une poupée d'Ancombe, à ce qu'on m'a dit.

– Cummings-Browne était donc bien un coureur de jupons ! »

Égayé par le champagne, Mr. Boggle eut un petit rire idiot. « Y s'est envoyé la moitié du comté, si vous voulez mon avis. »

Les idées se bousculaient dans l'esprit d'Agatha. Elle se rappela le dîner avec les Cummings-Browne. Elle se rappela que le nom de Mrs. Cartwright avait été prononcé, elle se rappela le brusque silence des deux époux. Et toutes les femmes en pleurs à l'audicnce.

« Bien sûr, intervint soudain Mrs. Boggle, on savait tous que c'est vous qu'vous étiez censée vous empoisonner, et personne d'autre.

– Pourquoi voudrait-on m'empoisonner ?

– À cause que vous avez fait des misères à Mrs. Barr. Vous avez débauché la Simpson en lui faisant un pont d'or. J'ai entendu Mrs. Barr qui en parlait chez Harvey.

– Ne me dites pas que Mrs. Barr essaierait de m'empoisonner parce que je lui ai pris sa femme de ménage !

– Pourquoi non ? Elle a pas tort, moi j'dis. Elle disait que vous rabaissez le niveau du village.

– Est-ce que vous êtes toujours aussi grossiers avec les gens qui prennent une journée de leur temps pour vous sortir ?

– Moi, je dis les choses comme elles sont », rétorqua Mrs. Boggle avec fierté.

Agatha s'apprêtait à laisser éclater sa colère lorsqu'elle se souvint d'avoir prononcé les mêmes paroles, mot pour mot, à diverses reprises. Elle se contenta donc de demander, après qu'ils eurent englouti leur plat principal : « Est-ce que vous voulez un dessert ? »

Question idiote. Bien sûr qu'ils voulaient un dessert. Le moelleux au chocolat du Prince Régent – « diablement bon ».

Les pensées d'Agatha la ramenèrent à la mort de Cummings-Browne. Il avait participé en tant que juge à des concours dans d'autres villages. Il avait ses favorites. Ces favorites étaient-elles ses maîtresses ? Et que penser de la violente animosité que lui témoignait Mrs. Barr ? S'expliquait-elle seulement par le « vol » de sa femme de ménage ? Ou Mrs. Barr prenait-elle part aux concours de cuisine maison, de confitures et de compositions florales du village ?

« J'veux pas d'café, disait Mrs. Boggle. Ça m'descend direct aux intestins. »

Agatha paya l'addition, mais, champagne gratuit ou pas, elle ne laissa pas de pourboire.

« Si vous voulez bien attendre ici tous les deux, je vais aller chercher la voiture. » Sa libération était toute proche ! Elle se sentait d'humeur plutôt joyeuse lorsqu'elle revint les prendre.

Comme elle sortait de la ville, Mrs. Boggle lui donna un coup dans l'épaule avec le doigt. « Hé ! Où c'est qu'vous allez comme ça ?

– À la maison, répondit-elle laconiquement.

– On veut écouter l'orchestre aux jardins, fit Mr. Boggle. Vous appelez ça une excursion, si on peut même pas aller au concert ? »

Seule l'image du doux visage de Mrs. Bloxby persuada Agatha de faire demi-tour. Elle dut déposer ses passagers aux Parade Gardens, puis retourna avec lassitude garer sa voiture, très loin, avant de les rejoindre à pied. Après quoi, il lui fallut encore leur trouver des transats.

Le soleil brillait, l'orchestre jouait un morceau après l'autre d'un répertoire apparemment inépuisable à mesure que l'après-midi s'écoulait. Les Boggle voulurent ensuite retourner prendre le thé à la Pump Room. Mangeaient-ils toujours autant ? Ou bien emmagasinaient-ils la nourriture en prévision d'une sorte de longue hibernation en attendant leur prochaine sortie ?

Enfin, ils l'autorisèrent à les ramener chez eux. Tout se passa bien jusqu'à ce qu'elle ait rattrapé la Fosse Way, et alors elle sentit de nouveau le doigt calleux dans son dos. « Faut qu'j'aille pisser. » C'était Mrs. Boggle.

« Vous ne pouvez pas attendre qu'on soit arrivés à Bourton-on-the-Water ou à Stowe ? cria Agatha par-dessus son épaule. Il y aura forcément des toilettes publiques là-bas.

– Faut qu' j'y aille tout d'suite ! » gémit l'autre.

Agatha vira brusquement et gara sa voiture sur l'herbe de l'accotement.

« Feriez mieux d'l'aider », fit le mari.

Il fallut emmener Mrs. Boggle dans un champ et la mettre à l'abri derrière des buissons. Elle sortit du papier-toilette de son sac à main. Puis elle eut besoin d'aide pour baisser sa culotte, un long machin en coton rose de grande capacité avec des élastiques au niveau du genou.

De quoi retourner l'estomac d'Agatha, qui se

sentait le cœur au bord des lèvres quand elle reconduisit enfin sa passagère à la voiture. Le jour où elle se laisserait de nouveau embarquer dans cette galère, les poules auraient des dents !

Elle se sentait vidée et au bord des larmes quand ils arrivèrent devant Culloden.

« Pourquoi Culloden ? demanda-t-elle.

– Quand on a acheté not' maison, répondit Mr. Boggle, on est allés à la jardinerie où c'est qu'ils vendent des panneaux avec des noms de maison. Moi, je voulais Rose Cottage, mais elle, elle voulait Culloden. »

Agatha descendit pour hisser Mrs. Boggle hors de la voiture et la déposer sur le trottoir à côté de son mari. Puis elle sauta littéralement sur le siège conducteur et s'éloigna en faisant frénétiquement grincer la boîte de vitesses.

L'agent Wong l'attendait sur le pas de sa porte.

« Vous avez pris du bon temps ? demanda-t-il tandis qu'elle le faisait entrer.

– J'ai passé une journée infernale, et je ne veux pas en parler. Qu'est-ce qui vous amène ? »

Il s'assit et étala la lettre anonyme sur la table de la cuisine. « Vous avez une idée de la personne qui vous a envoyé ça ? »

Agatha brancha la bouilloire électrique. « Je pensais que ça pouvait être John Cartwright. Il m'a menacée.

– Et pourquoi John Cartwright vous menacerait-il ? »

Elle prit un air évasif. « J'ai rendu visite à sa femme. Ça n'a pas eu l'air de lui plaire.

– Et vous avez posé des questions.

– Vous saviez, vous, que Cummings-Browne avait une liaison avec Ella Cartwright ?

– Oui.

– Eh bien, fit Agatha, une lueur dans les yeux, c'est un mobile…

– En essayant désespérément de prouver qu'il s'agit d'un meurtre, vous finirez par vous attirer des ennuis. Personne n'aime qu'on vienne fourrer le nez dans sa vie privée. Bien, maintenant, cette lettre. Elle m'intéresse. Aucune empreinte.

– Tout le monde est au courant, pour les empreintes ! ricana-t-elle.

– Et tout le monde est aussi au courant que si l'on n'a pas de casier judiciaire, la police n'a aucun moyen de remonter jusqu'à vous par ce biais. On ne va pas relever les empreintes de tout un village à cause d'une sale petite lettre. Cette note a donc été écrite, à mon avis, par quelqu'un d'instruit qui essaie de passer pour un illettré.

– Comment est-ce que vous arrivez à cette conclusion ?

– Même le plus illettré des rustres n'écrirait pas “vot” à la place de “votre”. Et puis, bizarrement, il semblerait que tout le monde sache orthographier le mot “salope”. Qui avez-vous interrogé, à part les Cartwright ?

– Personne. Sauf que j'ai discuté du meurtre au

Horse and Groom avec mes invités, et il se trouve que deux amis de la frappée d'à côté étaient là.

– Pas du meurtre, corrigea Wong avec patience. De l'accident. Je garde cette lettre. Je n'ai trouvé personne qui reconnaisse la femme sur votre photo. Si je suis venu vous rendre visite, Agatha Raisin, c'est pour vous donner un bon conseil : n'allez pas mettre le bazar dans la vie des gens, ou alors il y aura bientôt un meurtre pour de vrai, et c'est vous qui jouerez le rôle du cadavre ! »

7

La silhouette d'Agatha, quoique trapue, avait jusqu'alors été épargnée par la graisse superflue. Mais ce matin-là, lorsqu'elle essaya de boutonner sa jupe, elle s'aperçut qu'elle avait pris près de quatre centimètres de tour de taille. À Londres, elle faisait la plupart de ses trajets à pied, marcher étant plus rapide que rester assise dans un bus roulant à une vitesse d'escargot dans les embouteillages. Mais depuis qu'elle avait emménagé dans les Cotswolds, elle s'était rendue partout en voiture, sauf pour de petites sorties dans le village. Eh bien, il n'était pas question qu'elle s'avoue vaincue par Carsely !

Elle alla chez un marchand de cycles d'Evesham et acheta un vélo léger et pliant, de ceux qu'on peut transporter dans le coffre de sa voiture. Elle ne ferait de vélo à proximité du village que lorsqu'elle aurait l'impression d'avoir retrouvé la technique. Elle n'était plus montée sur une bicyclette depuis l'âge de six ans.

Elle se gara en bordure de la route à côté d'un départ de promenade, sortit son petit vélo et le poussa jusqu'au début du chemin herbeux. Elle monta sur la selle et démarra cahin-caha, pleine d'appréhension, grimpa une petite côte, puis, gagnée par un sentiment d'euphorie, elle redescendit en filant à travers de jolis bois mouchetés par la lumière du soleil. Au bout de quelques kilomètres, elle se rendit compte qu'elle approchait du village, alors, avec un petit grognement, elle fit demi-tour. Ses jambes bien galbées, plutôt vigoureuses pour avoir arpenté les rues de Londres, ne l'étaient pas assez pour pédaler dans toute la montée ; elle remonta donc la pente en poussant le vélo. Des nuages voilèrent le soleil en un instant et il se mit à pleuvoir, une pluie fine, douce, pénétrante.

À Londres, elle aurait pu se réfugier dans un bar ou un café en attendant que la pluie cesse, mais ici, il n'y avait que des champs, des bois, et l'eau qui dégoulinait des arbres goutte à goutte.

Elle fut soulagée de regagner sa voiture et rangea sa bicyclette. Au moment où elle démarrait, un véhicule la dépassa. Elle le fixa avec stupéfaction. Pas de doute, c'était le tacot marron tout rouillé qu'elle avait récemment vu coincé dans le petit jardin devant le cottage des Cartwright. Cédant à une impulsion, elle donna un coup de volant et se lança à sa poursuite. Sa proie emprunta une succession de petites routes sinueuses en direction d'Ancombe. Agatha essaya de rester invisible, mais les routes étaient désertes. Elle arrivait tout juste à voir que la conductrice de la voiture rouillée était bien Mrs. Cartwright.

À l'approche du village, elle remarqua de grandes pancartes et des flèches indiquant la direction de la KERMESSE ANNUELLE D'ANCOMBE. C'était là que Mrs. Cartwright semblait se rendre. D'autres voitures apparurent, et Agatha laissa une Mini se glisser entre la sienne et celle qu'elle poursuivait.

Mrs. Cartwright se gara dans un grand champ mouillé. Agatha, passant outre les mouvements de bras d'un membre du service d'ordre, choisit une place assez éloignée. Tout aussi brusquement qu'elle avait commencé, la pluie cessa et le soleil se remit à briller. Humide et toute froissée, elle sortit. Aucune trace de Mrs. Cartwright. Sa voiture, une vieille Ford Vauxhall, remarqua-t-elle en passant, était vide.

Elle se dirigea vers la kermesse, paya dix pence pour l'entrée, et dix autres pour le programme, qu'elle parcourut jusqu'à ce qu'elle ait trouvé sur le plan, en page centrale, la tente abritant le concours de cuisine maison.

Juste au moment où elle s'apprêtait à y entrer, elle se retrouva nez à nez avec Mrs. Cartwright.

« Qu'est-ce que vous fichez là ? demanda la femme avec méfiance.

– Comment est-ce que vous avez fait pour sortir votre voiture du jardin ?

– Je renverse la clôture, je sors, je remets la

clôture. Ça fait des années qu'ça dure, mais vous croyez que mon John, il la réparerait ? Nan ! Pourquoi vous êtes là ?

– Oh, j'ai entendu dire qu'il y avait une kermesse, répondit Agatha d'un air vague. Vous présentez une de vos réalisations ?

– Quiche », fit l'autre, laconique. Puis un large sourire apparut sur ses lèvres. « Aux épinards. Les récompenses, elles sont mieux ici qu'à Carsely.

– Vous allez gagner, vous croyez ?

– Forcément. Y a pas vraiment d'concurrence.

– Est-ce que Mr. Cummings-Browne était juge au concours de cuisine maison, ici aussi ?

– Nan. Il faisait les chiens. Plus beaux spécimens de leur race et ce genre de truc. Écoutez... » Mrs. Cartwright lança un regard furtif alentour. « Vous voulez une info ?

– Je vous ai payé quarante livres à ce jour, et vous ne m'en avez toujours pas donné pour mon argent, s'agaça Agatha. Et vous pourrez dire à votre fichu mari d'arrêter de me menacer !

– Il fait ça avec tout le monde, et en plus, pour lui, vous êtes qu'une vieille pute qui fourre son nez partout. Enfin, si vous voulez pas savoir ce qui se passait à Ancombe... »

Elle fit mine de partir.

« Attendez, fit Agatha. Qu'est-ce que vous pouvez me dire ? »

Les yeux sombres de Mrs. Cartwright se posèrent avidement sur son sac à main. Agatha l'ouvrit d'un clic et sortit son portefeuille. « Dix, si je trouve que ça les vaut. »

L'autre se pencha vers elle. « C'est toujours un scotch-terrier qui remporte le concours de chiens.

– Et alors ?

– Alors la femme qui expose les scotch-terriers, c'est Barbara James, de Combe Farm. Elle y était, à l'audience ; même qu'elle chialait comme une Madeleine.

– Quoi, vous voulez dire… ?

– Ce vieux Reg, pour faire partie de ses favorites, il fallait d'abord y passer. »

Agatha donna les dix livres. Elle éplucha le programme. Le concours canin devait avoir lieu dans un ring à côté de la tente. Quand elle releva les yeux, Mrs. Cartwright avait disparu.

Elle s'assit sur un banc juste de l'autre côté de la corde délimitant l'aire d'exposition. Elle rouvrit son programme. Une certaine lady Waverton devait juger le concours pour le titre de « meilleur de race ». Agatha releva la tête. Assise sur une canne-siège, d'où son gros postérieur serti de tweed pendait de part et d'autre, une femme corpulente vêtue d'un tailleur et coiffée d'un chapeau à la Sherlock Holmes examinait les chiens qu'on faisait défiler devant elle. Une autre femme d'environ trente-cinq ans, au visage juvénile et aux joues roses surmontés de cheveux châtains bouclés, passait justement devant elle avec un scotch-terrier. *Ce doit être Barbara James*, pensa Agatha.

Le spectacle était d'un ennui tel qu'elle regardait sans voir. Les concurrents avaient l'air si nerveux et suppliants, on aurait dit des parents à une distribution des prix. Enfin, lady Waverton écrivit quelques mots sur un bout de papier qu'un messager porta en courant sur une estrade où attendait un homme assis sur une chaise, un micro à la main. « Votre attention, s'il vous plaît ! fit-il. Voici les lauréats du concours "meilleur de race". En troisième position, Mr. J.G. Feathers pour son terrier de Sealyham, Fierté de Moreton. Deuxième, Mrs. Comley pour son chien à loutre, Jamesy les Beaux Yeux. Et le premier prix revient à... »

Barbara James ramassa son scotch-terrier, le câlina et lança un regard impatient aux deux photographes de la presse locale. « Le premier prix est décerné à Miss Sally Gentle pour son caniche, Bubulles Daventry de la Fosse. »

Avec sa chevelure blanche tout en boucles parée de petits nœuds, Miss Sally Gentle présentait une ressemblance frappante avec son chien. Barbara James quitta le ring d'un pas furieux, le visage assombri par la rage.

Agatha la suivit. La concurrente déçue se rendit droit au stand de bières. Agatha gravita en arrière-plan jusqu'à ce qu'elle ait commandé une pinte, puis, bien qu'elle détestât ce breuvage, elle en commanda bravement une demi-pinte avant d'aller rejoindre Barbara à l'une des tables bancales disposées un peu partout sous la tente.

« Mais c'est Miss James ! » s'exclama-t-elle en feignant la surprise. Elle se pencha pour caresser le chien, qui lui donna un coup de dents. « Il est espiègle, hein ? » fit-elle en lançant un regard haineux à l'animal. « Quelle bonne petite tête il a ! J'étais certaine qu'il allait gagner.

– C'est la première fois en six ans que je perds », répondit l'autre. Elle étira ses jambes moulées dans un pantalon jodhpur devant elle, l'air morose, et contempla le bout de ses souliers.

Agatha se fendit d'un soupir. « Pauvre Mr. Cummings-Browne.

– Reg savait reconnaître un bon chien. Allez, va promener, mon toutou ! » Elle posa le terrier par terre. L'animal se dirigea tranquillement vers l'entrée de la tente et urina sur une poubelle. « Vous connaissiez Reg ?

– Juste un peu. J'ai dîné avec Mr. et Mrs. Cummings-Browne quelques jours avant sa mort.

– Ça n'aurait jamais dû arriver. C'est le problème, avec ces villages des Cotswolds. Il y a trop de gens des villes qui viennent s'y installer. Vous savez comment il est mort ? Une sale bonne femme du nom de Raisin a acheté une quiche, et elle a essayé de la faire passer pour sienne au concours. »

Agatha s'apprêtait à avouer qu'elle était cette Mrs. Raisin lorsque la pluie se remit à tomber, brusquement, comme si on avait ouvert un robinet. Il y avait une trotte jusqu'à l'endroit où elle avait garé sa voiture. Un vent frisquet s'engouffra dans la tente.

« C'est affreux, fit-elle sans conviction. Est-ce que vous connaissiez bien Mr. Cummings-Browne ?

– Nous étions très bons amis. Il me faisait toujours rire, Reg, pour ça, oui !

– Est-ce que vous présentez quelque chose au concours de cuisine maison ? »

Une lueur méfiante apparut dans les yeux bleus de Barbara.

« Pourquoi je devrais ?

– Oh, les dames qui participent à ces expositions ont l'air d'avoir de multiples talents.

– Je ne sais pas cuisiner, mais je m'y connais en chiens. Merde alors, j'aurais dû gagner ! Qu'est-ce qu'elle a comme qualifications, lady-J'me-la-joue, pour juger un concours canin ? Je vais vous le dire : aucune. Les organisateurs ont besoin d'un juge, alors ils choisissent n'importe quel idiot pourvu qu'il ait un titre. Elle pourrait même pas juger son propre cul. »

Quand Barbara souleva sa chope de bière, Agatha vit ses biceps saillir et décida de battre en retraite.

Mais à cet instant, Ella Cartwright jeta un coup d'œil dans la tente, l'aperçut et cria : « On s'amuse bien, Mrs. Raisin ? »

La propriétaire du scotch-terrier reposa lentement sa chope. « Vous ! » siffla-t-elle, puis elle s'élança par-dessus la table en essayant de saisir Agatha à la gorge.

Agatha fit un bond en arrière, renversant sa fragile chaise en toile. « Allons, ne vous énervez pas », fit-elle faiblement.

Cela n'empêcha pas Barbara de lui sauter dessus et de l'attraper à la gorge. Agatha enregistra vaguement les mines réjouies des autres buveurs de bière. Elle ficha son genou dans le ventre de son assaillante et la repoussa de toutes ses forces. L'autre chancela en arrière, mais revint immédiatement à la charge. Elle lui barrait le passage. Agatha se réfugia derrière le bar et cria pour appeler à l'aide tandis que les hommes de l'assistance riaient et poussaient des cris d'encouragement. Elle brandit un grand couteau de cuisine et lança, haletante : « Dégagez !

– Assassin ! » hurla l'autre, mais elle recula.

À ce moment-là, il y eut un flash aveuglant, accompagné d'un déclic d'appareil photo. Un des photographes de la presse locale venait d'immortaliser Agatha brandissant le couteau de cuisine.

Sans lâcher son arme, elle gagna petit à petit la sortie.

« Ne vous approchez plus de moi, ou alors, c'est moi qui vous tuerai ! » cria Barbara.

Agatha laissa tomber le lourd couteau et prit ses jambes à son cou. À l'abri dans sa voiture, derrière les portières verrouillées, elle resta assise, pantelante. Elle fourra la clé dans le contact puis s'arrêta net, consternée. Cette photo ! Elle la voyait déjà, s'étalant à la une d'un journal local quelconque. Que se passerait-il si les journaux londoniens la reprenaient ? Oh, non ! Il fallait qu'elle aille récupérer cette pellicule.

Ébranlée et épuisée, elle ressortit à contrecœur de son véhicule et retraversa laborieusement le champ détrempé par la pluie.

L'œil aux aguets, au cas où Barbara James se montrerait, elle se faufila entre les étals de vieux livres, de vêtements campagnards, de fleurs séchées, de céramique locale et, comme d'habitude, de plats maison. En plus des stands traditionnels, il y en avait un qui vendait des vins du cru. Le photographe était en train d'y déguster du vin de sureau en compagnie d'un reporter. Le cœur d'Agatha battait la chamade. L'homme avait posé l'étui de son appareil par terre à ses pieds, mais il avait gardé autour du cou l'appareil avec lequel il l'avait prise en photo. Elle recula de peur qu'il ne la voie. Il resta à boire pendant un long moment, jusqu'à ce que la course de terriers soit annoncée. Alors il dit quelque chose à son compagnon, et tous deux se dirigèrent vers le ring. Elle les suivit et attendit qu'ils soient à l'intérieur. Puis elle revint sur ses pas et s'acheta un ciré et un chapeau de pluie à l'un des stands. Il pleuvait toujours des cordes. La journée promettait d'être longue. La course de terriers fut suivie par un concours de sauts. Agatha resta cachée en marge de la foule de plus en plus clairsemée ; elle avait l'impression que son imperméable et son chapeau la rendaient invisible.

À la fin du concours de sauts, la pluie cessa et l'air fut inondé d'une lumière jaune et fraîche. Le cœur battant, Agatha vit le photographe rembobiner sa pellicule, l'enlever de l'appareil, la glisser dans son étui puis en mettre une nouvelle. Elle se défit lentement de son ciré. Photographe et reporter sortirent du ring pour regagner le stand de dégustation. « Goûtez le vin de bouleau », insistait la femme qui tenait le stand tandis qu'Agatha s'approchait subrepticement. Elle laissa tomber son imper sur l'étui de l'appareil photo, marmonna quelques mots, se pencha, attrapa l'étui par sa poignée, le souleva et fila derrière une tente. Là, elle ouvrit l'étui et contempla, atterrée, les nombreuses pellicules. Mince alors ! Après avoir remis son ciré, elle les sortit toutes et les fourra dans ses poches.

Elle entendit faiblement crier : « Police ! » et détala en laissant tomber l'étui vide. Elle avait la certitude que la femme qui servait le vin ne l'avait pas remarquée. Quant au reporter et au photographe, ils ne s'étaient même pas retournés. Ils ne travaillaient pas pour un journal national, heureusement, sans quoi ils se seraient focalisés sur son escarmouche avec Barbara James, et ils seraient remontés jusqu'à l'affaire de la quiche empoisonnée. Mais les journalistes de la presse locale savaient bien que leur travail, dans ces kermesses, consistait à caser le plus possible de portraits et de noms de lauréats, de manière à doper les ventes de leur feuille de chou. Il n'empêche, si la photo où elle brandissait le couteau avait bien rendu, ils l'auraient utilisée, agrémentée, sans aucun doute, de citations d'une Barbara James en furie.

Elle sortait du parking lorsqu'un policier lui fit signe de s'arrêter. Elle ouvrit sa vitre et le regarda nerveusement. « Un photographe s'est fait voler l'étui de son appareil, expliqua l'homme. Vous n'avez rien remarqué de suspect ? » Il scruta l'intérieur de la voiture, promenant son regard un peu partout. Elle avait péniblement conscience du renflement des poches de son imperméable bourrées de pellicules. « Non, répondit-elle. C'est affreux, cette histoire. »

On entendit alors vaguement crier : « On l'a retrouvé ! » Le policier se redressa. « Eh bien voilà, fit-il avec un grand sourire. Ces photographes, ils boivent toujours trop. Il avait sans doute oublié où il l'avait laissé. »

Il recula. Agatha passa la première et partit. Elle ne se détendit que lorsqu'elle eut regagné son cottage et allumé un grand feu dans la cheminée. Quand il eut bien pris, elle y jeta toutes les pellicules et les regarda joyeusement brûler. C'est alors qu'elle entendit une voiture s'arrêter devant chez elle.

Elle jeta un coup d'œil par la fenêtre. Barbara James !

Elle plongea derrière le canapé et resta étendue

là, toute tremblante. Les coups frappés à la porte, d'abord modérés, se transformèrent en une pétarade de coups de poing et de pied. Agatha poussa un petit gémissement. Ensuite ce fut le silence. Elle s'apprêtait à se relever lorsque quelque chose heurta la fenêtre de son séjour ; elle s'accroupit de nouveau. Elle entendit ce qu'elle espéra être le bruit de la voiture de Barbara s'éloignant. Mais elle attendit encore.

Au bout de dix minutes, elle se leva lentement. Elle regarda la fenêtre. Des crottes marron y étaient collées, ainsi que des petits bouts d'essuie-tout. Barbara avait dû lancer un paquet d'excréments enveloppés dans du papier.

Elle alla dans la cuisine remplir un seau d'eau, l'emporta dehors et le vida sur la fenêtre, puis elle renouvela l'opération jusqu'à ce que la vitre soit propre. Elle rentrait dans son cottage quand elle vit Mrs. Barr debout à la grille de son jardin, l'observant de ses yeux clairs brillants de méchanceté.

Les gargouillis de son estomac rappelèrent à Agatha qu'elle n'avait pas mangé, mais elle n'avait pas le courage de ressortir. Au moins avait-elle du pain et du beurre. Elle se prépara des tartines.

La sonnerie stridente du téléphone retentit. Elle s'approcha de l'appareil et décrocha le combiné d'une main hésitante.

« Allôôô ! fit la voix affectée de Roy. C'est toi, Aggie ?

– Oui, répondit-elle, toute flageolante de soulagement. Comment vas-tu ?

– J'en ai un peu marre.

– Et Steve ?

– Je ne le vois plus. Il me fait la tête.

– Achète-lui un livre sur les coutumes villageoises. Tu illumineras sa journée.

– Le seul moyen d'illuminer la journée de ce type, c'est de lui ficher une lampe torche dans la tronche, rétorqua Roy d'un ton hargneux. On m'a chargé de la com pour Tolly Bébé.

– Félicitations.

– Pourquoi ? s'écria Roy d'une voix suraiguë. Les aliments pour bébé, ce n'est vraiment pas mon rayon, ma cocotte. Ils le font exprès. Ils espèrent que je vais me planter. C'est plus dans tes cordes à toi.

– Attends un peu. C'est pas dans des petits pots Tolly Bébé qu'un taré a introduit des éclats de verre, avant de faire du chantage à la boîte ?

– Si, et il a été arrêté, mais maintenant, la marque veut restaurer son image.

– Essaie de montrer qu'elle est devenue écolo. Suggère aux publicitaires l'idée d'une gamme d'aliments pour bébé bons pour la santé, sans additifs, avec un couvercle de sécurité spécial. Fais-en faire la promo par un personnage de dessin animé. Organise une soirée presse où tu exhiberas le nouveau couvercle anti-vandales. Je vois un slogan du genre : “Il n'y a qu'avec Tolly Bébé que bébé est en sécurité." Emmène déjeuner séparément tous les journalistes qui ont un bébé.

– Ils n'ont pas de bébé ! se plaignit Roy. Tout ce qu'ils engendrent, c'est de la bile.

– Il y en a quelques-uns de fertiles. » Agatha fouilla dans sa mémoire. « Jean Hammond, par exemple, elle a un bébé, et la femme de Jeffrey Constable vient d'en avoir un aussi. Tu en trouveras d'autres si tu cherches. De toute façon, les femmes journalistes se sentent obligées d'écrire sur les bébés pour montrer qu'elles sont normales. Elles doivent faire semblant de s'identifier avec les femmes au foyer qu'elles méprisent secrètement. Tu sais, Jill Stamp, qui nous rebat toujours les oreilles de son filleul ? Elle n'en a pas. Mais ça fait partie de son image.

– Si seulement c'était toi qui t'en chargeais ! C'était marrant de travailler avec toi, Aggie. Et toi ? Comment ça se passe au pays des ploucs ? »

Après une hésitation, Agatha répondit : « Bien. »

Un long silence accueillit cette réponse. Elle réalisa soudain avec une certaine stupéfaction que Roy attendait peut-être une invitation.

« Tu te rappelles, toutes les babioles dans mon séjour ?

– Quoi, les faux médaillons en laiton et tout ?

– Oui, je vais les vendre aux enchères pour une bonne cause. Le 10 juin. Ça tombe un samedi. Tu as envie de venir me voir en action ?

– J'adorerais ça.

– D'accord. Je t'attendrai à la gare vendredi soir, le 9. Je me demande comment tu peux supporter de quitter Londres.

– Londres est un cloaque, répondit Roy d'un ton amer.

– Oh, non ! Il y a une voiture devant chez moi ! » cria Agatha. Elle regarda par la fenêtre. « Ça va, c'est seulement la police.

– Qu'est-ce que tu as encore fabriqué ?

– Je te le dirai quand je te verrai. Au revoir. »

En ouvrant la porte, elle tomba sur Bill Wong.

« Quoi encore ? demanda-t-elle. À moins que ce soit une visite amicale ?

– Pas tout à fait. » Il la suivit et s'assit à la table de la cuisine. « Vous étiez à la kermesse d'Ancombe, si j'ai bien compris.

– Et alors ?

– On vous a vue à la buvette menacer Miss Barbara James avec un couteau.

– C'était de l'autodéfense. Cette femme a essayé de m'étrangler.

– Pourquoi ?

– Parce que je crois qu'elle avait une liaison avec Cummings-Browne, et quand elle a appris mon nom, elle a vu rouge. »

Bill Wong consulta son carnet. « Le photographe Ben Birkin du *Cotswold Courier* a pris une photo, et, ô mystère, on lui a chipé l'étui de son appareil. L'appareil n'y était pas, mais toutes les pellicules ont disparu.

– Bizarre. Un café ?

– Oui, s'il vous plaît. Ensuite, j'ai eu un appel de Fred Griggs, le policier de Carsely. On lui a signalé qu'une femme correspondant au signalement de Barbara James avait lancé de la merde sur vos fenêtres.

– Elle est folle », répondit Agatha en flanquant une tasse de café instantané devant Bill. « Complètement. Et vous, vous continuez à affirmer que la mort de Cummings-Browne était accidentelle. Je regrette ce qui s'est passé à la buvette. Je suis contente que le photographe ait perdu sa pellicule. J'ai assez souffert comme ça sans avoir ma photo à la une de je ne sais quel torchon local. Oh, non ! j'imagine qu'ils vont rapporter l'incident même s'ils n'ont aucune photo pour l'illustrer ! »

Bill Wong la regarda d'un air intrigué. « Vous avez beaucoup de chance. Le rédacteur en chef était tellement furieux après Ben Birkin qu'il n'a rien voulu savoir de la bagarre qui a opposé deux femmes dans la tente de la buvette. D'autant moins que John James, le père de Barbara, possède des parts de la société qui détient le journal. Mais heureusement, il y avait plusieurs photographes amateurs à la kermesse, et Ben a pu acheter leurs pellicules. Est-ce que vous voulez porter plainte contre Barbara James pour agression, ou alors pour avoir jeté ce qui est peut-être de la crotte de chien sur votre fenêtre ?

– Non. Je ne veux plus jamais revoir cette femme, répondit Agatha avec un frisson.

– J'ai continué à me renseigner sur Cummings-Browne. Visiblement, c'était un vrai don juan. On n'aurait pas cru, à le voir, hein ? Avec son crâne pointu et ses oreilles décollées. Oh, et j'ai découvert l'identité de la femme qui vous incendiait du regard au château de Warwick.

– Qui est-ce ?

– Miss Maria Borrow, une vieille fille de la paroisse. Pas la paroisse de Carsely, celle d'Upper Cockburn.

– Et est-ce qu'elle avait, elle, une liaison avec Cummings-Browne ?

– Peu vraisemblable. C'est une institutrice à la retraite. Elle débloque un peu, s'est mise à la sorcellerie. Elle a soixante-deux ans.

– Oh !, soixante-deux ans, quand même... Je veux dire, Cummings-Browne lui-même ne devait pas...

– Mais ces trois dernières années, elle a gagné le concours de confitures d'Upper Cockburn, dont le juge était... Mr. Cummings-Browne ! Cela dit, ne vous approchez pas d'elle. Laissez-la tranquille, Mrs. Raisin. Posez-vous, profitez de la retraite. »

Sur ces mots, Bill Wong se leva, mais au lieu de se diriger vers la sortie, il bifurqua dans le séjour et contempla le feu. Puis il prit le long tisonnier en laiton et remua les bûches en flammes. De petites bobines métalliques noires tombèrent en cliquetant sur la pierre du foyer, à travers le berceau à bois.

« Oh, oui ! vous avez vraiment beaucoup de chance, Mrs. Raisin. Il se trouve que je déteste Ben Birkin.

– Pourquoi ça ?

– À une époque, je flirtais gentiment avec une femme mariée, et un jour que je lui faisais un câlin derrière l'abbaye de Mircester, Ben nous a pris en photo. Il l'a publiée avec la légende : "En sécurité dans les bras de la police". Le mari de la dame m'a rendu visite, et j'ai dû déployer des trésors d'éloquence pour me sortir de ce mauvais pas. »

Agatha se ressaisit : « Je ne vois pas où vous voulez en venir. J'ai trouvé une pile de vieilles pellicules inutilisées dans mes bagages, et j'étais en train de les brûler. »

Bill secoua la tête d'un air faussement ahuri. « On aurait pu croire que toutes ces années à travailler dans les relations publiques vous auraient appris à mieux mentir. Mêlez-vous de vos oignons à l'avenir, Agatha Raisin, et laissez le travail d'enquête à la police. »

Les rafales de pluie cessèrent, et un ciel d'un bleu limpide resplendit sur les Cotswolds. Agatha, ébranlée par sa bagarre avec Barbara James, chargea son vélo dans le coffre de sa voiture et sillonna la campagne, s'arrêtant ici et là au départ d'un chemin tranquille pour enfourcher sa bicyclette.

D'immenses guirlandes de glycine festonnaient les portes des cottages, les fleurs d'aubépine tombaient en pluies neigeuses sur le bord des routes, la pierre dorée des maisons flamboyait sous la chaleur du soleil ; Londres paraissait très, très loin.

À Chipping Campden, oubliant sa résolution de perdre du poids, elle mangea une tourte au bœuf et aux rognons dans l'atmosphère douillette et patinée par les ans du Eight Bells, avant d'aller flâner dans la grand-rue du village, entre ses trottoirs de verdure et ses maisons ocre, avec leurs pignons, leurs hautes cheminées, leurs portes voûtées, leurs frontons, leurs colonnes, leurs fenêtres à meneaux ou à guillotine et leurs grosses marches en pierre. Malgré les inévitables groupes de touristes, il régnait dans ce village une atmosphère sereine, pleine de réserve. Le ventre plein de tourte, Agatha commença à éprouver un peu de tranquillité. Au milieu de High Street se dressait l'ancienne halle au marché, datant de 1627, dont les piliers trapus projetaient des ombres noires sur la chaussée. La vie pouvait être facile. Il suffisait pour cela qu'elle oublie la mort de Cummings-Browne.

Au cours des jours qui suivirent, le soleil continua à briller, et Agatha continua à visiter la région, tantôt à vélo, tantôt à pied, rentrant chaque soir chez elle avec une sensation nouvelle de bien-être physique et moral. C'est avec une certaine appréhension qu'elle se rappela qu'elle devait accompagner les dames de Carsely à Mircester.

Mais aucun visage furieux ne se tourna vers elle quand elle monta dans le car. Mrs. Doris Simpson était du voyage, à sa grande surprise, mais aussi à son grand soulagement, et elle s'assit donc à côté de sa femme de ménage avec qui elle bavarda de tout et de rien. Les passagères du car étaient principalement des femmes d'âge mûr. Certaines avaient apporté leur tricot, d'autres leur tapisserie. Le vieux car avançait sur les petites routes avec force grincements et cliquètements. C'était très paisible.

Agatha supposait que le divertissement proposé par les dames de Mircester prendrait la forme de thé et de gâteaux, et elle avait bien l'intention de se faire plaisir sans restriction, car elle trouvait qu'après tout l'exercice qu'elle avait fait ces derniers jours, elle méritait bien une orgie de pâtisseries. Mais à leur entrée dans la salle paroissiale, c'est un déjeuner complet qui les attendait. Le vin qu'on leur servit, production de membres de la Société des dames de Mircester, était très puissant. Le déjeuner lui-même se composait d'un bouillon, de poulet rôti avec frites et petits pois, et d'un diplomate aux cerises, suivi par une dégustation de l'eau-de-vie de pomme de Mrs. Rainworth. Laquelle, vieille bique ratatinée, eut droit à des applaudissements nourris et approbateurs tandis que son eau-de-vie faisait le tour de la table.

La présidente de la Société des dames de Mircester se leva. « Nous avons une surprise pour vous, annonça-t-elle en se tournant vers Mrs. Bloxby. Si ces dames voulaient bien reprendre le car pour se rendre au Malvern Theatre, elles verront que des places leur ont été réservées.

– De quel spectacle s'agit-il ? » demanda l'épouse du pasteur.

Des cris rauques fusèrent des dames de Mircester : « C'est secret ! Vous verrez. »

« Je me demande ce que c'est, Doris », dit Agatha à Doris Simpson lorsqu'elles remontèrent dans le car. Les deux femmes s'appelaient de nouveau par leur prénom.

« Je ne sais pas, Agatha. Il y a une troupe pour enfants qui donne un spectacle. C'est peut-être ça.

– J'ai tellement bu ! Je vais certainement dormir tout du long.

– Alors ça, c'est une surprise ! s'exclama Doris quand leur carrosse antédiluvien s'arrêta avec fracas devant le théâtre. Regardez, c'est écrit : "Ils dansent. Ils nous viennent d'Amérique. Les Spanglers."

– Ça doit être une de ces compagnies de ballet contemporain, grogna Agatha. Tout le monde en collant noir, et ça danse autour d'une scène qui ressemble à un site de bombardement. Bon, eh bien, j'espère que la musique ne sera pas trop forte. »

Une fois entrée, elle s'installa confortablement parmi les autres membres de la Société des dames de Carsely.

Le rideau se leva au son d'un roulement de

tambour. Agatha plissa les yeux. C'était un spectacle de strip-tease masculin. La musique se mit à battre et à vibrer, les lumières stroboscopiques lancèrent des éclairs. Elle s'enfonça dans son fauteuil, cramoisie de honte. Mrs. Rainworth, la productrice d'eau-de-vie, monta sur son siège et cria, au comble de l'hystérie : « Enl'vez tout ! » Les spectatrices hurlaient et poussaient des vivats. Agatha fut vaguement soulagée par le fait que Doris Simpson avait sorti son tricot et qu'elle y travaillait d'un air imperturbable, apparemment indifférente à ce qui se passait sur la scène comme dans le public. Les stripteaseurs, bronzés et musclés, ne se déshabillaient pas complètement. Avec leurs manières malicieuses et taquines, on aurait dit des bimbos plutôt que des hommes. Le spectacle était polisson mais gentillet. Pourtant, la plupart des femmes ne se maîtrisaient plus. Une fausse blonde d'âge mûr, l'une des dames de Mircester, se rua même vers la scène, déchaînée, et il fallut la retenir.

Agatha souffrait en silence. Son supplice ne se termina pas avec la fin du spectacle, malheureusement. Les membres du public qui le désiraient pouvaient en effet se faire prendre en photo avec l'un des stripteaseurs pour la modique somme de dix livres. Or, à quelques exceptions près, toutes les dames de Carsely voulurent se faire prendre en photo.

« Vous avez aimé le spectacle, Mrs. Raisin ?

demanda l'épouse du pasteur au moment où Agatha remontait, toute tremblante, dans le car.

– J'ai été choquée.

– Oh, c'était histoire de s'amuser un peu. J'ai vu pire à la télévision.

– Je suis étonnée que vous trouviez cela amusant, vous.

– Ce sont de si gentils garçons. Saviez-vous qu'ils ont donné un spectacle pour les réfugiés kurdes, ce qui leur a permis de récolter cinq mille livres ? Et tout l'argent des photos sert à faire restaurer le toit de l'abbaye.

– Comme c'est malin de leur part », commenta Agatha, qui savait reconnaître une bonne stratégie de communication.

En donnant occasionnellement de l'argent aux associations caritatives, la troupe de stripteaseurs s'était rendue respectable et permettait aux penchants lubriques des dames des Cotswolds de s'épanouir librement ; elles venaient les encourager par cars entiers. Peut-être ces Américains avaient-ils donné naissance à une nouvelle tradition anglaise, songea Agatha avec aigreur. Peut-être que dans cinq cents ans, des stripteaseurs se produiraient sur les places des villages de la région pendant que des guides exposeraient aux touristes les origines de ce rituel ancien.

De retour à la salle paroissiale, on passa aux choses sérieuses. Toutes ces dames étaient redevenues un grand groupe de femmes tout aussi guindées qu'honorables, discutant des modalités d'organisation de telle et telle fête afin de collecter des fonds pour des œuvres de bienfaisance. Mrs. Bloxby se leva et déclara : « Notre chère Mrs. Raisin organise une vente aux enchères le 10 juin prochain. Je compte sur votre présence à toutes pour aider à faire monter les enchères. Nous sommes très reconnaissantes à Mrs. Raisin et nous espérons que vous ferez tout votre possible pour la soutenir. » Agatha eut envie de rentrer sous terre, s'attendant à entendre : « Pas *la* Mrs. Raisin qui a empoisonné le pauvre Cummings-Browne, tout de même ! », mais tout ce qu'elle obtint, ce fut une salve d'applaudissements chaleureux. Au bord des larmes, elle se leva et s'inclina devant l'assistance en guise de remerciement. Bill Wong avait raison. La retraite pourrait s'avérer extrêmement agréable, pour peu qu'elle oublie tout de Reg Cummings-Browne et de cette fichue quiche.

8

Agatha resta fidèle à sa résolution de s'occuper de ses oignons et d'oublier la mort de Cummings-Browne. Une fois de plus, elle concentra toute son énergie sur les journaux et les antiquaires du coin, afin de susciter l'intérêt du public pour la vente aux enchères. Les rédacteurs en chef publièrent des entrefilets rien que pour la faire taire, tout comme l'avaient fait les journalistes, il n'y avait pas si longtemps de cela, lorsqu'elle assurait la promotion d'un client ou d'un produit.

Avec leur gentillesse habituelle, les dames de Carsely apportèrent leur contribution sous forme de livres, d'assiettes, de vases et d'autres objets visiblement usés qu'elles avaient achetés au fil des ans à d'autres ventes de charité et décidaient de recycler. Plus la date des enchères approchait, plus Agatha recevait de visites. Mrs. Mason, la présidente du groupe, passait régulièrement, accompagnée de plusieurs autres de ces dames qui venaient déposer leur contribution, si bien que le séjour d'Agatha ressemblait de plus en plus à une brocante.

Elle était tellement absorbée par tous ces préparatifs qu'elle en oublia presque la visite de Roy et dut se dépêcher pour ne pas manquer l'arrivée du train le vendredi soir. Elle aurait préféré qu'il ne vienne pas. Elle commençait à trouver sa place dans le village, et elle ne voulait pas que Roy, par son comportement outrancier, compromette sa nouvelle image de dame patronnesse.

À son grand soulagement, elle vit à sa descente du train qu'il avait la même allure de businessman que plusieurs autres passagers en provenance de Londres : coupe de cheveux conventionnelle, pas de boucles d'oreilles, complet-veston. Des suspensions florales décoraient la gare de Moreton-in-Marsh, et des plates-bandes de roses resplendissaient sur les quais. Le soleil dardait ses rayons sur une soirée parfaite.

« On se croirait dans un autre monde, fit Roy. Je trouvais que tu commettais une terrible erreur en venant ici, Aggie, mais maintenant, je me dis que tu as de la chance.

– Alors, les petits pots pour bébé, comment ça marche ? demanda-t-elle quand il monta en voiture.

– J'ai suivi tes conseils et ça a été une immense réussite. Du jour au lendemain, je suis devenu respectable aux yeux de la direction. Tu sais qui est notre tout dernier client ? »

Agatha fit signe que non.

« Une chaîne de jardins d'enfants.

– Encore des bébés ? fit Agatha, éberluée.

– Non, je plaisante. Un autre genre de jardins. Les pépinières Handley, ma chère. Ils m'ont même accordé une indemnité vestimentaire. Maintenant, c'est vestes sport en tweed, pantalons en velours et chaussures richelieu, tu te rends compte ? Et tu sais quoi ? Je me disais que j'aimais plutôt bien les fleurs, mais elles ont tout un tas de noms latins retors à rallonge, on dirait des formules chimiques, et moi, je n'ai jamais fait de latin au collège. C'est d'un ennui, tu ne peux pas savoir ! Sans parler des abris, des nains de jardin et des dallages comme ci et comme ça !

– J'aurais peut-être envie d'un nain de jardin, dit Agatha. Enfin, pas pour moi », ajouta-t-elle, car elle pensait à Mrs. Simpson.

« On ferait mieux de s'installer dans la cuisine, suggéra-t-elle lorsqu'ils arrivèrent chez elle. Le séjour est plein à craquer de tout ce qui va partir aux enchères.

– Tu fais la cuisine ? demanda nerveusement Roy.

– Oui, une des membres de la Société des dames de Carsely, Mrs. Mason, m'a donné des leçons.

– C'est quoi, ces dames de Carsely ? »

Agatha lui expliqua de quoi il retournait et lui raconta leur excursion à Mircester, ce qui le fit rire aux larmes.

Le dîner consistait en une soupe aux légumes, suivie d'un hachis Parmentier et d'un crumble aux pommes. « Faites simple », avait conseillé Mrs. Mason.

« C'est remarquablement bon, dit Roy. Tu portes même une robe imprimée, Aggie, je vois.

– C'est confortable, répondit-elle, sur la défensive. En plus, je me débats avec un problème de poids.

– "*Wider and wider still, shall her bounds be set*" (« Toujours, toujours plus loin, tes limites seront repoussées »)[1], cita Roy avec un grand sourire.

– Je n'avais jamais cru à la thèse de l'embonpoint qui vient avec l'âge. Je pensais que c'était juste une excuse pour se laisser aller. Mais j'ai l'impression que l'air lui-même me fait grossir ! J'en ai marre de faire du vélo et de l'exercice. J'ai envie de renoncer et de devenir vraiment grosse.

– Tu ne maigriras pas si tu manges comme ça. Tu es censée te nourrir de quelques feuilles de laitue, comme les lapins. »

Après le repas, elle lui montra les monceaux d'objets à vendre dans le séjour.

« Des livreurs vont venir en camionnette, demain à la première heure, et quand ils auront tout déposé à l'école, ils iront récupérer mes nouveaux meubles

---

1. Extrait du chant patriotique britannique *Land of Hope and Glory*. (*N.d.T.*)

à Cheltenham. Peut-être que quand tu en sauras plus sur les plantes, tu pourras me dire ce que je dois faire pour mon jardin.

– Il n'est pas trop tard pour y mettre des choses, répondit Roy, dispensant son savoir nouvellement acquis. Ce qu'il te faut, c'est un jardin prêt-à-planter. Va dans une jardinerie t'approvisionner en fleurs. Un assortiment spécial cottage. Toutes sortes de plantes d'autrefois. Des rosiers grimpants. Crois-moi, Aggie, c'est ce qu'il te faut.

– Peut-être, oui. Enfin, si je décide de rester. »

Roy lui lança un regard pénétrant.

« À cause du meurtre, tu veux dire. Qu'est-ce qui s'est passé ? demanda-t-il.

– Je ne veux pas en parler, se hâta-t-elle de répondre. Il vaut mieux oublier toute cette histoire. »

Le lendemain matin, les mains sur les hanches, Agatha contempla la salle polyvalente de l'école avec consternation. Ici, les objets qui avaient encombré son séjour paraissaient clairsemés. Vous parlez d'un événement ! Mrs. Bloxby fit son apparition et déclara d'une voix douce : « Ça rend très bien, comme ça.

– Mon œil, oui ! Qui croirait que quelque chose d'exceptionnel se prépare ? Il n'y a pas assez de marchandises. Et si les dames en apportaient d'autres ? Peu importe quoi. N'importe quelle vieille babiole.

– Je vais voir ce que je peux faire.

– Et il nous faudrait l'orchestre, celui du village. Pour donner un air de fête. Et le groupe de danses Morris, aussi, qu'est-ce que vous en dites ?

– Vous auriez dû y penser avant, Mrs. Raisin. Comment pourrions-nous organiser tout ça en si peu de temps ? »

Agatha consulta sa montre. « Neuf heures. La vente débute à trois. » Elle sortit un carnet de son sac. « Où habite le chef de l'orchestre ? Et celui du groupe folklorique ? »

Abasourdie, l'épouse du pasteur lui donna leurs noms et adresses. Puis Agatha courut chez elle réveiller Roy, qui dormait paisiblement. « Vite, il faut que tu peignes des pancartes. Voyons un peu. Les pancartes des fêtes du 1er Mai sont entreposées chez Harvey, je les ai vues dans l'arrière-boutique. Va les chercher et peins par-dessus. Écris : « Bonnes Affaires. Grande vente aux enchères. 15 heures. Thé. Musique. Danses. » Ensuite tu plantes les panneaux sur l'A44, où les automobilistes pourront les voir, tu accroches une grosse flèche en direction de Carsely, et il te faudra encore d'autres pancartes dans le village pour indiquer le chemin.

– Je ne peux pas faire ça, protesta Roy d'une voix ensommeillée.

– Oh ! que si, tu peux, grommela l'Agatha d'autrefois. Et que ça saute ! »

Sur ce, elle sortit sa voiture et fonça chez le chef de l'orchestre, à qui elle expliqua impitoyablement qu'il était de son devoir de faire jouer ses musiciens ce jour-là. « Je veux des standards patriotiques que tout le monde connaît, dit-elle. *Rule, Britannia*, *Land of Hope and Glory*, *Jerusalem*, etc. Tous les journaux seront là. Vous ne voudriez pas qu'ils apprennent que vous n'êtes pas prêts à lever le petit doigt pour les bonnes œuvres. »

Le chef du groupe de danses Morris eut droit au même traitement. Mrs. Doris Simpson était la suivante sur la liste. Au grand soulagement d'Agatha, elle avait pris un jour de congé pour la vente aux enchères. « C'est à cause de la salle, expliqua Agatha, toute fébrile. Elle est si terne ! Elle a besoin de fleurs.

– Je dois pouvoir demander ça aux dames de la Société, répondit Doris avec placidité. Asseyez-vous, Agatha, prenez une tasse de thé. Vous allez attraper une attaque si vous continuez comme ça. »

Mais Agatha repartit aussi sec. Elle fit le tour du village, sermonna et menaça, réclama qu'on lui donne n'importe quel objet pour sa vente, jusqu'à ce que sa voiture soit pleine à craquer de la plus piteuse cargaison de camelote qu'elle ait jamais vue, jugea-t-elle en son for intérieur.

Accroupi sur le bord de l'A44, Roy, transpirant sous un soleil déjà chaud, plantait les panneaux dans l'herbe. La peinture n'avait pas encore séché et son coup de crayon laissait à désirer, mais il avait acheté deux pots de peinture chez Harvey, l'un rouge et l'autre blanc, et il savait que les inscriptions étaient lisibles. Il redescendit péniblement au village, en se disant que ça ressemblait bien à son ancienne patronne de lui laisser faire le chemin à pied, et commença à installer des pancartes un peu partout.

Tout heureux à l'idée d'avoir accompli son devoir, il rentra au cottage avec l'intention de se remettre subrepticement au lit pour quelques heures.

Mais elle lui sauta dessus en s'écriant : « Regarde ! » Elle tenait dans ses mains un déguisement de bouffon avec bonnet, grelots et tout le bataclan. « Épatant, non ? Miss Simms, la secrétaire, l'a porté pour le spectacle de Noël, et elle est aussi mince que toi. Ça devrait t'aller à merveille. Enfile-le. »

Roy recula.

« Pour quoi faire ?

– Tu l'enfiles, tu te postes sur le bord de l'A44 à côté des panneaux et tu fais signe aux gens qui passent d'aller au village. Tu pourrais même exécuter une petite danse.

– Non, certainement pas », rétorqua Roy, l'air buté.

Agatha lui lança un regard songeur.

« Si tu fais ça, je te donnerai une idée pour les pépinières qui te rendra à jamais célèbre dans le monde de la com.

– Qu'est-ce que c'est ?

– Tu le sauras après la vente.

– Aggie, je ne *peux* pas ! Les gens vont me prendre pour un bouffon.

– C'est ça, le but, mon vieux, le bouffon du roi. Pour l'amour du ciel, tu arpentes les rues de Londres dans les tenues les plus horribles que j'aie jamais vues ! Tu te rappelles quand tu avais les cheveux roses ? Je t'ai demandé pourquoi, et tu as répondu que tu aimais que les gens te regardent. Eh bien là, tout le monde te regardera. Je ferai mettre ta photo dans les journaux et je leur dirai de te présenter comme un éminent chargé de relations publiques londonien. Écoute, Roy, je ne te le demande pas, je te l'ordonne !

– OK, c'est bon ! » marmonna-t-il. Dans des moments pareils, décidément, Agatha lui rappelait furieusement sa propre mégère de mère. « Mais écoute bien », ajouta-t-il dans une tentative pour affirmer un tant soit peu son indépendance, « il n'est pas question que je remonte là-haut à pied par cette chaleur. Il me faut ta voiture.

– Je vais peut-être en avoir besoin. Prends mon vélo.

– Que je me farcisse toute la montée à vélo ? Tu as perdu la tête.

– Fais-le ! Je te sors le vélo pendant que tu enfiles le costume. »

Après tout, ce n'était pas si terrible. Pas si terrible du tout, se disait Roy, plus tard, tandis qu'il caracolait à côté de la route en agitant son sceptre de bouffon en direction de Carsely. Les automobilistes donnaient des coups de klaxon, poussaient des vivats ; un car de touristes américains s'était arrêté pour lui demander de quoi il s'agissait et, en apprenant qu'il y aurait « des tonnes de rares objets anciens » à la vente aux enchères, ils avaient insisté auprès de leur guide pour qu'on les y conduise.

À trois heures moins dix, il enfourcha la bicyclette d'Agatha et descendit en roue libre la longue route sinueuse menant au village. Il avait eu l'intention d'enlever sa panoplie, mais tout le monde le regardait, et il aimait ça, donc il la garda. Devant l'école, les danseurs folkloriques bondissaient haut dans l'air ensoleillé. À l'intérieur, l'orchestre du village consacrait ses plus beaux efforts à l'interprétation de *Rule, Britannia*, dont, oyez, oyez !, une femme robuste déguisée en Britannia chantait les paroles à tue-tête. La salle polyvalente de l'école était bondée.

Puis l'orchestre se tut et Agatha, coiffée d'un chapeau digne de la Royal Garden Party (en paille blanche ornementée d'asters bleus) et vêtue d'une robe noire avec un élégant col bleu, vint se placer devant le micro.

Elle avait prévu de commencer par les lots les moins importants pour terminer par ceux qui avaient le plus de valeur.

Elle sentit que l'assistance était en proie à une légère ébriété, sans aucun doute grâce à la vieille Mrs. Rainworth, de Mircester, qui avait installé un stand juste à côté pour vendre son eau-de-vie de pomme à cinquante pence le verre.

Mrs. Mason lui tendit le premier lot. Elle y jeta un coup d'œil. Un carton de livres d'occasion, principalement des romans à l'eau de rose au format poche. Il y avait un vieil ouvrage relié au sommet de la pile. Agatha le sortit. Il s'agissait de *Instincts et besoins du cheval*, par Mr. John Fitzgerald, où tous les S de la couverture ressemblaient à des F ; le livre datait donc certainement du dix-huitième siècle, mais n'en avait pas de valeur pour autant. Elle l'ouvrit, examina la page de titre, affecta la surprise. Puis elle s'empressa de reposer le livre et déclara : « Il n'y a rien là-dedans. Nous devrions peut-être commencer par quelque chose de plus intéressant. »

Elle lança un regard à Roy, qui comprit instinctivement que c'était à lui de jouer : « Non, non ! cria-t-il. Commencez par celui-là. J'en offre dix livres. »

Un murmure d'étonnement parcourut la salle. Mrs. Simpson, à qui on avait demandé, comme aux autres dames, de faire de son mieux pour stimuler les enchères, lança avec entrain : « Quinze livres ! » Un petit homme qui avait l'air d'un antiquaire leva les yeux avec intérêt. « Qui dit vingt ? demanda Agatha. Allez, c'est pour la bonne cause. Une fois, deux fois… » Mrs. Simpson gémit distinctement. Le petit homme agita son journal. « Vingt livres, jubila Agatha. Qui dira vingt-cinq ? »

Agrippées à leur sac à main, les dames de Carsely ne disaient mot. Un autre homme leva la main. « Nous avons vingt-cinq ici. » Le carton de livres sans valeur fut finalement adjugé pour la somme de cinquante livres. Agatha n'en éprouvait aucun repentir. C'était pour la bonne cause, se disait-elle avec conviction.

Les enchères continuèrent. Les touristes se mirent à participer. De plus en plus de gens s'entassaient dans la salle. Les habitants du village commencèrent à enchérir. L'événement prenait tellement d'ampleur qu'à présent tout le monde voulait pouvoir dire qu'il y avait pris part. Le soleil entrait à flots par les fenêtres. De temps en temps, on entendait le son du violon et de l'accordéon accompagnant les danses Morris, dehors, ponctué par les cris rauques de la mère Rainworth : « Eau-de-vie de pommes ! Authentique recette des Cotswolds ! »

La chaîne de télé des Midlands fit son apparition, et Agatha redoubla d'efforts. Les enchères suivaient un rythme effréné. Une à une, toutes les vieilleries disparurent. Son canapé et ses fauteuils furent attribués à un antiquaire du Gloucestershire, les faux médaillons de harnais eux-mêmes trouvèrent preneur, et les Américains surenchérirent avec acharnement sur les outils agricoles, ayant reconnu, avec leur habituelle et irritante sagacité, qu'il s'agissait d'authentiques pièces anciennes.

À la fin de la vente, Agatha avait récolté vingt-cinq

mille livres au profit de Save the Children. Mais elle savait qu'il lui fallait à présent apaiser la farouche colère consumant le cœur de ceux qui avaient le sentiment d'avoir été floués.

« À vous tous je dois dire merci, dit-elle d'une voix savamment brisée. Certains ont peut-être l'impression d'avoir payé plus qu'ils n'auraient dû. Mais n'oubliez pas, vous faites œuvre de bienfaisance. Tout le village de Carsely se joint à moi pour vous remercier du fond du cœur. Et maintenant, si vous le voulez bien, nous allons tous ensemble chanter *Jerusalem*. »

Le célèbre hymne fut suivi par *Land of Hope and Glory* entonné par le public sous la direction de Mrs. Mason. Après quoi le pasteur dit une prière, et des sourires heureux s'épanouirent sur tous les visages de l'assistance euphorique.

Agatha était cernée par les journalistes. Aucun représentant de la presse nationale, remarqua-t-elle, mais qu'est-ce que ça pouvait faire ? Elle déclara, tournée vers la caméra de la chaîne des Midlands : « Je ne peux m'attribuer le mérite de tout cela. La réussite de ce projet, nous la devons aux services bénévoles d'un chargé de relations publiques londonien, Roy Silver. Roy, viens donc saluer. »

Rouge de ravissement, Roy bondit lestement jusqu'à l'estrade et, coiffé de son bonnet à grelots, fit des cabrioles devant la caméra. L'orchestre joua ensuite un pot-pourri d'airs de *Mary Poppins* pendant que les spectateurs se dispersaient, certains pour gagner le salon de thé, d'autres pour retourner au stand d'eau-de-vie, les derniers, enfin, pour aller voir les danses Morris.

Agatha eut un accès de remords et regretta presque d'avoir attribué à Roy tout le mérite de la vente aux enchères : il ne se sentait plus de joie et, suivi par une caméra, il avait rejoint les danseurs à l'extérieur où il faisait la roue et se pavanait tout son soûl.

« Dommage que ça ne passe pas aux infos nationales, se lamenta-t-il plus tard, assis avec Agatha dans son nouveau salon.

– Et encore, tu auras de la chance si ça passe à l'édition régionale, rétorqua-t-elle, rendue hargneuse par la fatigue. Il va falloir attendre lundi. Je ne crois pas que la presse locale sorte un numéro dominical, et à la télé, il n'y a pas vraiment de journal le week-end.

– Allume la télé. Ils passent quelques minutes d'infos sur les Midlands après le journal national.

– Ça dure tout au plus trois minutes, et ça m'étonnerait qu'ils parlent d'une vente aux enchères locale. »

Roy alluma le téléviseur. Il fut question d'un nouveau meurtre à Birmingham, d'un enfant disparu à Stroud, d'un carambolage sur la M-6, puis : « dans un registre plus léger, le pittoresque village de Carsely a recueilli la somme de... ». Suivaient des images de Roy faisant signe aux automobilistes sur le bord de la route, puis un plan d'Agatha menant la vente aux enchères, quelques notes de *Jerusalem*, un bref plan de Roy avec les danseurs folkloriques – « Roy Silver, chargé de relations publiques à Londres » – et enfin Roy, encore et toujours, qui arrêtait ses cabrioles pour déclarer d'un air sérieux : « On fait ce qu'on peut pour les bonnes œuvres. »

« Eh bien, fit Agatha, même moi, je suis surprise.

– Il y a une autre édition tout à l'heure, dit Roy en épluchant le programme. Faut que je l'enregistre pour la montrer au père Wilson.

– J'ai l'air grosse, remarqua Agatha, la mine lugubre.

– C'est les caméras, mon chou, ça rajoute toujours des kilos. Au fait, est-ce que tu as découvert qui c'était, la bonne femme sur la tour du château de Warwick ?

– Oh, elle ! Miss Maria Borrow, d'Upper Cockburn.

– Et ?

– Et rien. J'ai décidé d'en rester là avec cette histoire. Bill Wong, un agent de police, a l'air de penser que j'ai été attaquée parce que je me mêlais de ce qui ne me regardait pas. »

Roy la regarda, intrigué. « Tu ferais mieux de tout me raconter. »

Avec une grande lassitude, elle lui raconta donc tout ce qui s'était passé depuis leur dernière rencontre.

« À ta place, je ne lâcherais pas l'affaire comme ça, conclut Roy. Tu sais quoi ? Si tu me trouvais un vélo à emprunter, on pourrait aller ensemble jeter un coup d'œil à ce village, Upper Cockburn. En même temps, ça nous ferait de l'exercice.

– Oh, je ne sais pas…

– Je veux dire, on pourrait juste poser quelques questions, l'air de rien.

– J'y réfléchirai après l'office.

– Après l'office !

– Oui, l'office divin, Roy. Demain en début de matinée.

– Je serai bien content de retrouver la paisible vie londonienne, répondit-il avec émotion. Au fait, cette idée pour mes pépinières ?

– Ah, oui ! Eh bien, que dis-tu de ça ? Tu trouves une nouvelle plante, ou une nouvelle fleur, et tu la baptises Lady Diana.

– Il n'y a pas déjà une rose qui porte son nom ?

– Il y en a une qui s'appelle Fergie, je crois. Pour la princesse Diana, je ne sais pas.

– En plus, c'est déjà le genre de trucs qu'ils font chaque année à l'Exposition florale de Chelsea.

– Ne sois pas si défaitiste ! Tu leur dis de trouver une nouvelle variété de n'importe quelle plante. Ils passent leur temps à ça. Au besoin, tu inventes une fausse plante.

– Je ne peux pas donner des fausses plantes aux jardiniers !

– Alors ne le fais pas ! Mais trouve une fleur, appelle-la Lady Di, organise une fête dans l'une des pépinières. Tout ce qui a un rapport avec la princesse Diana, on en parle dans les journaux.

– Mais je n'aurais pas besoin d'une autorisation ?

– Je ne sais pas. Renseigne-toi. Téléphone au service de presse du palais et présente-leur le projet. Crois-en mon expérience, ils ne s'y opposeront pas ! Il s'agit d'une fleur, pour l'amour du ciel, pas d'un rottweiler !

– Ça pourrait marcher, fit Roy, les yeux brillants. À quelle heure ouvrent-ils, chez Harvey, pour vendre les journaux ?

– Ils n'ouvrent qu'une heure le dimanche. De huit à neuf. Mais tu ne trouveras rien, Roy. Il n'y avait personne de la presse nationale à la vente.

– Oui, mais quand les journaux régionaux ont une bonne photo, ils l'envoient aux grands quotidiens. »

Agatha étouffa un bâillement. « Tu peux toujours rêver ! Moi, je vais me coucher. »

Sur le chemin de l'église, le lendemain matin, Agatha crut que Roy allait s'envoler tellement il exultait. Une photo de lui avait paru dans le *Sunday Times*. On l'y voyait participer aux danses Morris, sous l'œil de trois vénérables villageois aux visages parcheminés des plus photogéniques. C'était une très bonne photo. L'image d'une campagne anglaise idyllique. La légende disait : « Roy Silver, 25 ans, chargé de relations publiques à Londres, divertit les habitants du village de Carsely

(Gloucestershire), après avoir recueilli vingt-cinq mille livres au profit d'une organisation caritative grâce à une vente aux enchères réussie. »

C'est moi qui ai tout fait ! songea Agatha, qui regrettait amèrement d'avoir attribué le mérite de cette vente à son ancien employé.

Heureusement, le pasteur rendit à César ce qui était à César et prononça un discours de remerciement à Mrs. Agatha Raisin pour tous les efforts qu'elle avait fournis. Roy, la mine renfrognée, serrait le *Sunday Times* contre sa maigre poitrine.

Après l'office, Mrs. Bloxby, qu'ils avaient sollicitée, dit qu'elle avait dans son abri de jardin une vieille bicyclette que Roy pouvait utiliser. « C'est le moins que je puisse faire pour vous, Mrs. Raisin, fit-elle avec douceur. Non seulement vous avez accompli un travail remarquable, mais en plus, vous en avez attribué tout le mérite à votre jeune ami. »

Roy s'apprêtait à protester qu'il était resté planté comme un idiot pendant des heures sur le bas-côté de la route au nom de la charité, mais quelque chose dans le regard plein de bonté de Mrs. Bloxby l'arrêta.

Upper Cockburn se situait à dix kilomètres, et ils partirent à vélo dans la chaleur du soleil. « Ça va être la canicule cet été. J'ai l'impression que Londres est à mille lieues de tout ça », dit Roy en désignant d'un geste les arbres et les champs verdoyants qui s'étendaient de chaque côté de la route.

Agatha regretta brusquement leur décision de se rendre à Upper Cockburn. Elle avait envie d'oublier toute cette histoire.

La haute flèche de l'église du village apparut, dressée au-dessus des champs. Ils pénétrèrent dans la quiétude inondée de soleil de la grand-rue. « Il y a un pub là-bas, fit Roy en indiquant le Farmers Arms. On n'a qu'à aller manger un morceau et poser quelques questions. Est-ce que cette Miss Borrow participait à des concours de village ?

– Oui, les confitures, répondit sèchement Agatha. Écoute, Roy, contentons-nous de déjeuner et de rentrer à la maison.

– Réfléchis-y encore. »

Le pub était une pièce basse et sombre au sol dallé où flottait une odeur de bière, meublée de bancs à haut dossier noircis par le temps. Ils prirent place côté salon. Du bar leur parvenaient les vociférations de Tina Turner dans le juke-box et le bruit des boules de billard qui s'entrechoquaient. Une serveuse aux longues, longues jambes et à la gorge profonde dévoilées par une robe minimaliste se pencha vers eux pour prendre leur commande. Roy la lorgna d'un œil franchement lubrique. Agatha le fixa, en proie à un étonnement naissant.

« Pourquoi est-ce que ton ami, Steve, te fait la tête ? demanda-t-elle.

– Quoi ? Oh ! une histoire de femme. Il a eu une liaison avec une femme mariée, qui a décidé qu'en fin de compte elle préférait son mari. »

Décidément, se dit Agatha, avec les femmes qui ressemblaient de plus en plus à des hommes et réciproquement, on ne pouvait plus jurer de rien. Peut-être que dans des milliers d'années, il n'existerait plus qu'un visage unisexe et que les gens devraient se balader partout avec un insigne proclamant leur genre. Ou alors, les femmes pourraient ne porter que du rose et les hommes que du bleu. Ou bien…

« À quoi est-ce que tu penses ? » demanda Roy.

Agatha sursauta d'un air coupable. « Oh ! à cette Miss Borrow », répondit-elle hypocritement.

Roy alla lui faire resservir un gin au bar. Elle le vit discuter avec le patron.

« Miss Maria Borrow habite aux Poiriers, le cottage juste à gauche du pub, annonça-t-il triomphalement à son retour. Mission accomplie !

– Je ne sais pas, Roy. C'est une si belle journée ! Est-ce qu'on ne pourrait pas se contenter de jeter un œil au village avant de rentrer ?

– Je fais ça pour ton bien, répondit-il sévèrement. Fichtre ! ce pudding au bœuf et aux rognons est fantastique. Tu sais, rien ne vaut les bons petits plats anglais quand ils sont bien préparés.

– J'aurais dû prendre une salade, se lamenta Agatha. Je sens la moindre petite calorie que j'absorbe. »

Je n'ai aucune volonté, pensa-t-elle lorsque, ayant mangé son pudding jusqu'à la dernière miette, elle se rendit compte qu'elle s'était laissé convaincre par Roy de prendre une part de tourte aux pommes chaude avec de la crème, de la vraie crème et non cette substance qui ressemble à de la mousse à raser.

La serveuse vint les voir après la tourte, faisant claquer ses talons sur les dalles en pierre. « Autre chose ?

– Juste un café. Ce repas était excellent.

– Oui, j'imagine que le cuistot du dimanche est meilleur que Mrs. Moulson, notre cuisinière de la semaine.

– Et qui est ce cuistot ?

– John Cartwright, de Carsely. »

La serveuse repartit tout aussi bruyamment qu'elle était venue.

« Qu'est-ce qui ne va pas ? demanda Roy en voyant l'expression surprise d'Agatha.

– John Cartwright est le mari d'Ella Cartwright, qui avait une liaison avec Cummings-Browne. Qui aurait pu penser qu'il savait cuisiner ? C'est une sorte de gros gorille dégoûtant. Tu vois, c'est tout à fait possible. Quelqu'un a très bien pu remplacer ma quiche par la sienne.

– Oui, mais laisse-moi te rappeler que dans ce cas, c'est toi qu'on aurait voulu empoisonner, répondit Roy avec patience.

– Attends un peu. Peut-être qu'on voulait

empoisonner Cummings-Browne. Pourquoi pas ? Tout le monde savait que ce serait lui, le juge. Peut-être qu'il n'y avait pas assez de ciguë aquatique dans le petit morceau qu'il a grignoté au concours.

– Je suis sûr que n'importe quel assassin aurait prévu ça.

– Mais John Cartwright m'a fait l'effet d'avoir le QI d'une mouche. »

La serveuse apporta le café. Quand elle fut repartie, Roy reprit : « Et Economides, tu ne t'es pas posé des questions à son sujet ?

– Quoi ? Pourquoi est-ce que le propriétaire de la Quicherie, qui ne connaissait même pas Cummings-Browne et ne savait pas où j'emportais sa quiche, y aurait mis de la ciguë ?

– Pourtant, d'après ce que j'ai compris, il n'a pas crié au scandale ou à l'injustice. A-t-il exigé de voir la quiche ?

– Je ne crois pas. Mais il avait évidemment intérêt à ce que l'affaire en reste là. Peut-être que le cuistot John Cartwright n'est pas le même que le mari d'Ella ?

– Finis ton café, la pressa Roy, ensuite on ira flâner à l'arrière du pub pour jeter un coup d'œil aux cuisines. »

Agatha paya l'addition, puis ils ressortirent dans le soleil. « Comment sais-tu que les cuisines sont à l'arrière ? demanda-t-elle.

– Une intuition, c'est tout. On va essayer par le côté droit, vu que le parking se trouve à gauche. »

Ils firent le tour du bâtiment. Agatha s'apprêtait à pénétrer dans un genre de petite cour pleine de poubelles et d'appentis quand elle recula en poussant un cri aigu et fonça dans Roy. « C'est bien John Cartwright ! Il fume une cigarette devant la porte des cuisines.

– Laisse-moi voir. » Roy l'écarta et passa prudemment la tête au coin du bâtiment.

John Cartwright, appuyé contre le chambranle de la porte, tenait une cigarette roulée dans sa grosse paluche dégoûtante. Son tablier était taché de graisse et de jus de viande. Le soleil éclairait les tatouages de ses bras couverts de poils noirs.

« J'ai envie de vomir, dit Roy en battant en retraite. Il est répugnant. L'intoxication alimentaire suinte par tous les pores de sa peau sale !

– Je pense qu'on en a assez fait pour aujourd'hui. Laissons cette Miss Borrow tranquille.

– Non, fit Roy, entêté. On est juste à côté ! »

Maria Borrow habitait une maison basse, couverte de chaume et très vieille. Les fenêtres à petits carreaux en forme de losange scintillaient dans le soleil, et le jardinet resplendissait d'une profusion de roses, de chèvrefeuille, de gueules-de-loup, de pieds-d'alouette et d'impatiens. Roy donna un coup de coude à Agatha en lui indiquant le marteau de porte, une tête de diable fendue d'un large sourire.

« Qu'est-ce qu'on va lui dire ? demanda Agatha d'un air désespéré.

– Rien ne vaut la vérité », répondit Roy en s'emparant du heurtoir.

La porte basse s'ouvrit avec un grincement sur Miss Maria Borrow. Ses cheveux grisonnants étaient sévèrement tirés et noués en chignon au sommet de son crâne. Ses yeux délavés se fixèrent derrière Roy, à l'endroit où Agatha attendait sans plus savoir où se mettre.

« Je savais que vous viendriez », déclara-t-elle, puis elle s'écarta pour les laisser entrer.

Ils se retrouvèrent dans un séjour bas de plafond, avec poutres apparentes, encombré de meubles et de photographies dans des cadres argentés. Des bouquets d'herbes et de fleurs séchées étaient suspendus aux poutres. Sur une table basse, face à un fauteuil dans lequel Maria Borrow prit place, se trouvait une boule de cristal.

Roy gloussa nerveusement. « Vous nous avez vus arriver là-dedans ? »

Maria hocha plusieurs fois la tête. « Oh ! oui. » Malgré la chaleur, elle portait une longue robe en laine violette. « Vous êtes venus pour vous racheter, dit-elle en se tournant vers Agatha. Vous et *votre* jules.

– Mr. Silver est un jeune ami à moi. Mr. Silver est même considérablement plus jeune que moi, en fait.

– Une femme est aussi jeune que l'homme

qu'elle aime », répondit Roy, et il se mit à glousser joyeusement, avant de reprendre son sérieux. « Écoutez, on a fait un film sur l'une des tours du château de Warwick en le visitant. Et quand on l'a visionné, qui est-ce qu'on a vu ? Vous, qui fixiez Agatha d'un regard assassin. On veut savoir pourquoi.

– Vous avez empoisonné mon futur mari. »

Il y eut un silence. Une mouche enfermée dans la maison bourdonna contre l'une des fenêtres, tandis que, du pré communal, leur parvenaient des cris étouffés et le bruit sourd d'une batte de cricket frappant la balle.

Agatha s'éclaircit la gorge : « Vous voulez parler de Mr. Cummings-Browne. »

Maria hocha la tête avec frénésie. « Oh ! oui, oui : nous étions fiancés.

– Mais il était déjà marié ! s'exclama Roy.

– Il allait divorcer », rétorqua l'autre, balayant cette objection d'un revers de sa main décharnée.

Agatha s'agita sur son siège, mal à l'aise. Vera Cummings-Browne, même si elle n'avait rien d'une beauté, surpassait de beaucoup Maria Borrow, avec son teint grisâtre, ses lèvres minces et ses yeux délavés.

« L'avait-il dit à sa femme ? demanda Roy.

– Je crois, oui. »

Agatha la regardait nerveusement. Maria paraissait tellement calme !

« Est-ce que vous étiez amants ? reprit Roy.

– Notre union devait être consommée la veille du solstice d'été. » Elle tourna ses yeux pâles vers Agatha. « Pour ma part, je pratique la magie blanche, mais je sais reconnaître le mal. Vous, Mrs. Raisin, vous avez été l'instrument du diable. »

Agatha se leva. « Eh bien, pas la peine de vous déranger plus longtemps. »

Elle étouffait dans cette maison. Elle n'avait qu'une envie, s'enfuir pour retrouver la lumière du soleil, le spectacle et les bruits de la vie d'un village ordinaire.

« Mais vous serez punie, poursuivait Maria, comme si elle n'avait pas entendu sa réponse. Les actes perfides n'échappent jamais au châtiment. J'y veillerai.

– Alors s'il arrive quoi que ce soit à Aggie, on saura de quel côté chercher, répondit Roy, s'efforçant d'introduire une note d'humour.

– Non, vous n'en saurez rien, car cela se fera par l'entremise des pouvoirs surnaturels que j'invoque. »

Agatha pivota sur ses talons et sortit de la maison. Un match de cricket se déroulait sur le pré communal, tranquille, placide, sous l'œil de petits groupes de spectateurs éparpillés.

« J'ai peur, dit Agatha à Roy qui la rejoignait. Cette femme est folle à lier.

– Éloignons-nous un peu du cottage. Je commence à penser que Cummings-Browne se serait tapé le chat du voisin.

– Il n'avait sans doute pas beaucoup le choix. Ce n'était pas franchement un Adonis. On n'aurait jamais dû venir ici, Roy. Il m'arrive toujours des trucs quand je pose des questions. Contentons-nous de profiter du reste de la journée. »

Ils allèrent chercher leurs bicyclettes, qu'ils avaient attachées à une barrière à côté du pub. Au moment où ils les enfourchaient, John Cartwright déboucha de l'arrière-cour. Le service du déjeuner était terminé. Il avait tombé le tablier. En les apercevant, il s'arrêta net et leur lança un regard noir. Ils déguerpirent en pédalant le plus vite possible.

Sur le chemin du retour, Roy buta contre un caillou et passa par-dessus le guidon, avant d'atterrir heureusement dans l'herbe tendre du bas-côté. Il eut le souffle coupé, mais rien de bien méchant. « Tu vois ce qui peut arriver ? dit-il. Il faut vraiment que tu mettes un casque, Aggie. »

La fin de la journée passa agréablement, puis Agatha le reconduisit à Oxford et le regarda partir depuis le quai de la gare en agitant la main.

Le lendemain, elle se rappela le conseil de Roy et acheta un casque de vélo à Moreton-in-Marsh. Bien qu'elle n'eût mangé qu'une salade au *cottage cheese* pour le déjeuner et une salade au poulet pour le dîner, elle se sentait toujours aussi grosse. Un peu d'exercice s'imposait. Elle enfonça son casque neuf sur sa tête, sortit sa bicyclette et monta la côte au sortir du village, mettant plusieurs fois pied à terre pour pousser son vélo. La lumière déclinait à mesure que les nuages s'accumulaient dans le ciel du soir. Au sommet de la pente, elle fit demi-tour, anticipant avec plaisir la longue descente en roue libre jusqu'à Carsely. Le fond de l'air était chaud et doux. Les arbres et les hautes haies défilaient à vive allure. Elle avait l'impression de voler, voler, voler telle une sorcière sur son balai.

Elle était tellement transportée par la sensation de vitesse et de liberté qu'elle ne vit pas le fil tendu en travers de la route à hauteur de poitrine. Sa bicyclette continua à rouler tandis qu'elle s'écrasait la tête la première sur la chaussée. Elle perçut confusément des bruits de pas fonçant sur elle, puis réalisa avec horreur que le fil ne se trouvait pas là par accident et qu'on venait certainement la tuer.

9

Sonnée, Agatha devina plutôt qu'elle ne vit son agresseur approcher, et quelque chose la poussa à rassembler toutes ses forces pour rouler sur la surface dure de la chaussée à l'instant même où une arme s'abattait à l'endroit où elle était étendue.

« Arrêtez ! » cria une voix. L'assaillant d'Agatha s'enfuit à toutes jambes tandis qu'elle se redressait, étourdie, sur un coude. Elle entrevit une silhouette noire s'engouffrer par une ouverture dans la haie bordant la route, puis elle fut aveuglée par la lumière d'une bicyclette.

La voix de Bill Wong retentit, forte et claire. « Par où est-il parti ?

– Par là », répondit-elle faiblement, en agitant le bras dans la direction prise par son agresseur.

Bill laissa son vélo sur le bas-côté et se jeta à travers la haie.

Elle remua lentement les bras et les jambes, puis s'assit et ôta son casque, toujours aussi groggy. Sa première pensée cohérente fut : « Foutu Roy !

Pourquoi est-ce qu'il m'a poussée à remuer cette histoire ? » Elle se remit lentement debout, puis fut prise de violents vomissements. D'un pas mal assuré, elle avança ensuite jusqu'à son vélo, le ramassa et resta un instant plantée là, toute tremblante. Quand un hibou passa devant elle, elle poussa un cri effrayé. L'épais silence de la campagne l'oppressait. Elle comprit subitement qu'elle ne pouvait pas attendre le retour de Bill Wong. Espérant que sa bicyclette n'était pas abîmée, elle l'enfourcha et descendit en roue libre jusque dans le village, sans prendre de vitesse. Pas un chat dans les rues. Elle s'engagea dans Lilac Lane, remarquant au passage qu'aucune lumière ne brillait dans le cottage de Mrs. Barr.

Elle entra chez elle, puis referma la porte et la verrouilla. Que cette serrure à barillet lui semblait peu solide à présent ! Elle demanderait à une entreprise de sécurité de lui installer des alarmes contre les cambrioleurs, et aussi ces lumières qui s'allument instantanément dès qu'on s'approche d'une maison.

Elle passa au séjour, se servit un brandy bien tassé, alluma une cigarette. Elle essaya de réfléchir, mais la peur semblait engourdir son esprit. Des coups frappés à la porte la firent sursauter et renverser un peu d'alcool. Elle n'avait même pas de judas. « Qui est-ce ? demanda-t-elle d'une voix chevrotante.

– Moi, Bill Wong. »

Elle ouvrit la porte. Derrière Bill Wong se tenait Fred Griggs, le policier du coin. « Des renforts vont bientôt arriver, annonça Bill. Fred, il vaudrait mieux que tu retournes établir un barrage sur la portion de route où l'agression a eu lieu. Je perds mes réflexes : j'aurais dû y penser avant. Wilkes va m'étriper. »

Il entra dans le séjour avec Agatha. « Heureusement que vous passiez par là ! dit-elle. Qu'est-ce que vous fabriquiez à vélo ?

– Je suis trop gros. Je vous ai vue sur le vôtre, et j'ai pris exemple sur vous. Je venais justement vous rendre visite. Oui, il se trouve que je sais que vous êtes allée à Upper Cockburn demander où habite Miss Maria Borrow, or Miss Borrow est la femme de la photo que vous m'avez donnée. Et je sais aussi que vous avez déjeuné au pub où John Cartwright est cuisinier à temps partiel.

– Ma parole ! vous vous êtes renseigné sur mon compte ! s'emporta Agatha.

– Pas du tout. Les nouvelles vont vite. »

Agatha eut un frisson.

« C'est Borrow qui l'a fait, j'en jurerais. Elle est complètement folle. Elle dit que Cummings-Browne avait promis de l'épouser.

– Je commence à penser qu'il était un peu timbré, lui aussi, répondit sèchement Bill. Quoi qu'il en soit, Wilkes va bientôt arriver, et on va vous poser toutes sortes de questions. Mais je crois pouvoir vous dire dès maintenant qui vous a attaquée.

– Barbara James ? Maria Borrow ?

– Non, à mon avis, c'est John Cartwright. Et vous savez pourquoi ?

– Parce qu'il a tué Cummings-Browne.

– Non. Parce que vous fourrez votre nez partout. Je mettrais ma main à couper qu'il est au courant que sa femme avait une liaison avec le défunt, et il ne veut pas que ça se sache.

– Mais alors, le moyen le plus logique de mettre un terme à la rumeur, ça aurait été de tuer Cummings-Browne, pour commencer !

– Oui, mais la logique n'est pas son fort. Ce type est une brute épaisse. Maintenant, racontez-moi ce qui s'est passé en commençant par le commencement. »

Agatha raconta donc comment un fil avait été tendu en travers de la route, comment quelqu'un avait porté un grand coup tout près d'elle avec un objet, et comment cet objet l'aurait touchée si elle n'avait pas roulé sur le côté.

« Mais dites-moi, conclut-elle, les Boggle, un couple d'affreux retraités que j'ai emmenés l'autre jour en excursion, ils étaient au courant de la liaison. Donc il y a fort à parier que tout le village savait ce qui se passait entre Ella Cartwright et Cummings-Browne.

– Regardez les choses plutôt comme ceci : peut-être que Cartwright se doutait qu'il y avait quelque chose, mais il n'a jamais pu le prouver. Sa femme niait toujours. Survient la mort de

Cummings-Browne : l'histoire est finie. Et voilà que vous vous amenez, vous posez des questions, alors il prend peur. C'est le genre d'homme qui ne pourrait pas supporter l'idée que sa femme ait une liaison. Non, enfin, je veux dire : l'idée que tout le monde le *sache*. La fierté n'est pas l'apanage des classes supérieures, vous savez. Tiens, les autres sont arrivés. Vous allez encore devoir répondre à plein de questions. »

L'inspecteur-chef Wilkes et le sergent Friend entrèrent.

« Nous avons suivi vos conseils et sommes allés droit chez Cartwright, fit Wilkes. Il a disparu. Il a débarqué chez lui, dit sa femme, rassemblé quelques vêtements, les a fourrés dans un sac, puis il a filé. Avec leur vieux tacot. Elle affirme qu'elle n'a aucune idée de ce qui se passe. Qu'il faisait une fixette sur Mrs. Raisin et n'arrêtait pas de dire qu'il allait lui clouer le bec. Bref, nous avons fouillé la maison. Elle a commencé à objecter qu'on avait besoin d'un mandat, mais je lui ai répondu qu'on l'obtiendrait de toute façon, alors autant nous faire gagner du temps. Dans la chambre, à l'étage, on a trouvé une boîte renfermant une liasse de billets, une carabine à canon scié et une de ces bouteilles géantes pleines de monnaie comme on en trouve dans les bars pour récolter de l'argent au profit d'organisations caritatives. Il y avait le nom d'une association pour les handicapés moteur sur celle-là. Or le Green Man, à Twigsley, a été dévalisé le mois dernier. Un homme masqué armé d'une carabine à canon scié a vidé la caisse et raflé la tirelire caritative sur le bar. On dirait bien que c'était Cartwright. Sa femme a craqué : son mari croyait que Mrs. Raisin était sur cette piste-là et que c'était pour cette raison qu'elle fouinait partout. Toutes vos théories sur le mari jaloux tombent à l'eau. Nous avons lancé un avis de recherche, mais je vous parie qu'on retrouvera sa voiture abandonnée tout près d'ici. Il y a dix ans, il a fait de la prison à Chelmsford, dans l'Essex, pour attaque à main armée, et on supposait qu'il s'était rangé. C'est marrant, on n'aurait jamais fait le rapprochement entre lui et le coup du Green Man s'il ne vous avait pas attaquée. C'est Ella Cartwright qui nous a dit, pour la prison.

– Pourtant, quand Mr. Cummings-Browne est mort, s'exclama Agatha, vous avez forcément vérifié si personne n'avait de casier judiciaire, dans le village !

– Mais à ce moment-là, ça n'aurait pas paru important. Avant d'opter pour la thèse de l'accident, nous pensions que l'empoisonneur appartenait à un cercle plus domestique. »

Agatha le fixa, les yeux écarquillés. Tout se passa comme si le coup qu'elle avait reçu à la tête lui avait nettoyé les méninges. « Bien sûr ! s'écria-t-elle. C'est Vera Cummings-Browne, la coupable. Elle a vu l'occasion se présenter quand j'ai déposé ma quiche pour le concours. Elle l'a rapportée chez elle, l'a jetée et l'a remplacée par une quiche qu'elle avait préparée. »

Wilkes la gratifia d'un regard apitoyé. « C'est la première idée qui nous est venue. Nous avons fait inspecter ses ordures ménagères, ses ustensiles de cuisine, le moindre centimètre carré de sa cuisine et ses canalisations. Rien n'avait été cuisiné dans cette maison la veille du jour où on a retrouvé le corps sans vie de Cummings-Browne. Maintenant, Mrs. Raisin, voulez-vous bien nous raconter avec précision ce qui vous est arrivé ce soir ? »

Avec une grande lassitude, Agatha revint une fois de plus sur les événements de la soirée.

Enfin, Wilkes en eut terminé.

« Nous devrions vous être reconnaissants, Mrs. Raisin, de nous avoir menés jusqu'à Cartwright. Il aurait pu vous tuer, même si j'ai dans l'idée qu'il avait seulement l'intention de vous ficher une raclée.

– Merci beaucoup, répondit-elle avec amertume.

– D'un autre côté, je suis sûr que nous aurions fini par le coincer. Laissez donc la police faire son travail, vraiment. Tout le monde a quelque chose à cacher, et si vous vous obstinez à fourrer votre nez dans des affaires qui ne vous regardent pas, ça finira mal pour vous. Bon, est-ce que vous souhaitez qu'on vous emmène vous faire examiner à l'hôpital ? »

Elle fit non de la tête. Elle avait à la fois peur et

horreur des hôpitaux, ce qui était tout à fait irrationnel puisqu'elle n'avait jamais été hospitalisée.

« Très bien. Si nous avons d'autres questions, nous reviendrons vous voir demain. Est-ce que vous avez un ami qui pourrait venir passer la nuit chez vous ? »

Là encore, Agatha fit signe que non. Elle aurait voulu demander à Bill de rester, mais qu'il soit en service ou non, il était évidemment censé repartir avec ses supérieurs. Au moment de sortir, il la regarda avec compassion.

Une fois seule, elle alluma toutes les lumières. Elle se sentait aussi désarmée qu'un chaton. Elle mit la télé en marche, puis l'éteignit, de peur que le son n'étouffe le bruit d'éventuels rôdeurs. Elle resta assise au coin du feu, le tisonnier serré dans la main, trop effrayée pour aller se coucher.

Puis elle se souvint de Mrs. Bloxby. Elle appela le presbytère. Ce fut le pasteur qui décrocha.

« Pourrais-je parler à votre femme ? C'est Agatha Raisin.

– Il est un peu tard, et je ne sais pas si… Ah ! la voilà.

– Mrs. Bloxby, commença timidement Agatha. Je me demandais si vous pouviez m'aider.

– Je l'espère », répondit la femme du pasteur de sa voix douce.

Agatha lui raconta son agression et finit par éclater en sanglots.

« Allons, allons. Il ne faut pas que vous restiez seule. J'arrive dans une minute. »

Agatha raccrocha et essuya ses larmes. Elle se sentit stupide, tout à coup. Qu'est-ce qui lui avait pris, de pleurnicher comme une gamine pour qu'on lui vienne en aide, alors qu'elle n'avait jusque-là jamais demandé l'aide de quiconque ?

Mais elle ne tarda pas à entendre une voiture s'arrêter devant chez elle, et alors toutes ses craintes l'abandonnèrent. Elle savait qu'il s'agissait de Mrs. Bloxby.

L'épouse du pasteur entra avec une petite valise. « Je ne reste que cette nuit, annonça-t-elle d'un ton placide. Vous devez être très secouée. Si vous alliez vous coucher ? Je vous apporterai un verre de lait chaud et je resterai à votre chevet jusqu'à ce que vous vous endormiez, d'accord ? »

Agatha accepta avec reconnaissance. Elle alla s'étendre à l'étage, et au bout d'un moment, Mrs. Bloxby arriva avec une bouillotte dans une main et un verre de lait chaud dans l'autre. « Je vous ai apporté une bouillotte, parce que quand on a eu une grosse frayeur, tous les radiateurs du monde n'arrivent pas à vous réchauffer. »

Avec la bouillotte sur le ventre, le lait chaud, et Mrs. Bloxby assise au bout du lit, Agatha se sentit apaisée et en sécurité. Elle raconta tout ce qu'elle avait appris au sujet de John Cartwright, et comment la police avait retrouvé l'argent du cambriolage chez lui. « Pauvre Mrs. Cartwright, dit l'épouse du pasteur. Il faudra lui rendre visite demain, voir comment nous pouvons lui venir en aide. Elle va devoir trouver un travail, maintenant. Il ne lui accordait pas beaucoup d'argent, mais ça lui ferait beaucoup de bien d'avoir une occupation, autre chose à faire que de jouer au loto. Nous allons toutes la soutenir. Allez, essayez de dormir, Mrs. Raisin. Les prévisions météo sont bonnes, et tout paraît toujours beaucoup plus simple quand le soleil brille. Il y a une réunion de la Société des dames de Carsely demain soir au presbytère. Il faut que vous veniez. Mr. Jones – vous ne le connaissez pas : c'est un homme vraiment charmant et un photographe de talent – vient nous présenter un diaporama du village à travers les âges. Nous avons toutes hâte de voir ça. »

Les paupières d'Agatha commencèrent à se fermer ; avec la voix douce de Mrs. Bloxby dans les oreilles, elle dormit bientôt à poings fermés.

Elle se réveilla une fois pendant la nuit, et fut immédiatement saisie de terreur. Mais en se rappelant que l'épouse du pasteur dormait dans la chambre d'amis, de l'autre côté du palier, elle sentit toute peur et toute tension quitter son corps. La bonté de Mrs. Bloxby était une arme de lumière éclatante contre les forces obscures de la nuit.

Le lendemain, elle se rendit chez Mrs. Cartwright, fidèle à la promesse qu'elle avait faite le matin même à Mrs. Bloxby de proposer son aide. Même si, dans la lumière limpide d'une journée ensoleillée, elle était sûre qu'Ella Cartwright serait plus intéressée par de l'argent que par de la compassion.

« Entrez, fit la lauréate du concours d'un air las. Ça grouille de flics là-haut. Je vous sers un gin.

– Ç'a dû être un coup terrible pour vous, risqua Agatha, qui avait du mal à trouver les mots justes après toute une vie où elle ne s'en était jamais donné la peine.

– Un foutu soulagement, oui ! » Mrs. Cartwright alluma une cigarette, puis remonta une manche de sa robe en coton. « Voyez ces bleus ? Ça, c'était lui. Ouais. Y m'amochait jamais la figure, oh non ! Trop malin pour ça, le salopard. J'espère que les flics ils lui mettront le grappin dessus avant qu'il revienne fouiner par ici. J'lui ai dit que tout ce qui vous intéressait, c'était Reg, mais lui, y croyait que vous aviez eu vent du cambriolage. Carrément parano, qu'il était. »

Agatha accepta un gin à l'angustura. « Je me sentais coupable à propos de la mort de Cummings-Browne, c'est tout. Et puis, le bruit courait que vous et lui, vous étiez… amis.

– Oh ! fit Ella Cartwright avec un large sourire. Pour ça, Reg, il aimait bien la gaudriole. Y a rien de mal à ça, hein ? Il m'a emmenée dans des restaus classieux. Il disait qu'il allait m'épouser. Ça m' faisait marrer comme une baleine ! Il voulait que les femmes elles soient folles de lui, alors, en général, il faisait des avances à des vieilles filles et à des veuves. Au début, il a pas trop su quoi penser de moi. On était bons copains, lui et moi, parce qu'il savait que j'croyais pas un mot à ce qu'il racontait.

– Vous n'aviez pas peur que sa femme découvre tout ?

– Nan ! J'suppose qu'elle savait. Ça lui faisait ni chaud ni froid, ni ça ni le reste, j'imagine.

– Mais vous m'avez dit qu'ils se haïssaient.

– J'essayais de vous en donner pour votre argent. Enfin, j'vais quand même vous dire quèqu'chose. Dans un couple, on peut jamais savoir ce qu'un époux pense de l'autre et vice versa. Y en a un qui dit un truc, et l'autre il dit le contraire. Non, la vérité, c'est que ces deux-là, ils s'entendaient vachement bien. Ils se ressemblaient, comme qui dirait.

– Vous voulez dire qu'elle avait des amants, elle aussi ?

– Nan. Elle aimait jouer les châtelaines, et lui, il aimait se la jouer lord Machin, à faire le juge dans les concours, à se frotter aux aristos. Il fallait les voir, tous les deux, quand y avait un noble dans les parages. Et que ça lui léchait les bottes, et que ça minaudait, et que ça lui donnait du milord !

– Qu'est-ce que vous allez faire maintenant ?

– Chercher du boulot, j'imagine. Y a Mrs. Bloxby qui vient m'chercher pour m'amener à Mircester. Ils embauchent au nouveau Tesco qui vient d'ouvrir là-bas. Moi j'veux pas y aller, mais avec Mrs. Bloxby, on s'retrouve toujours à faire ce qu'elle veut, elle, et ça, qu'on en ait envie ou pas. »

Agatha termina son gin et prit congé. Finalement, ce qu'Ella venait de lui dire au sujet du couple Cummings-Browne tenait la route. Il n'y avait aucune raison de pousser plus loin les recherches. Elle se rendit compte qu'au fond de son cœur, elle avait toujours été persuadée que c'était Vera Cummings-Browne qui avait assassiné son mari. Mais personne n'avait tué personne. Cette fois, elle allait vraiment suivre le conseil de Bill Wong.

En regagnant son cottage à pied, elle eut la surprise de voir un grand panneau À VENDRE dressé devant la maison de Mrs. Barr. Laquelle, la voyant arriver, se planta à côté de son portail pour l'attendre.

« Vous m'avez fait fuir. Je ne peux pas continuer à vivre à côté d'une meurtrière.

– Ça m'étonnerait que vous arriviez à vendre. Personne n'achète en ce moment, et de toute façon, qui est-ce qui voudrait d'un cottage cucul baptisé New Delhi, hein ? »

Sur ces paroles, elle marcha d'un pas furieux jusque chez elle, entra et claqua la porte.

Mais elle se sentait abattue. En remuant la vase de Carsely, elle avait fait remonter à la surface beaucoup de sentiments pas très nets.

Le soir venu, avant la réunion de la Société des dames de Carsely, elle alla dîner au Red Lion. Le patron la salua d'un joyeux bonsoir, puis lui demanda ce que c'était que cette histoire comme quoi John Cartwright avait essayé de la tuer. Aussitôt, plusieurs villageois firent cercle autour d'elle pour écouter son récit. Elle leur raconta tout – le fil tendu en travers de la route, Bill Wong volant à son secours, la découverte du butin du cambriolage chez les Cartwright par la police – tandis que ses auditeurs se pressaient toujours plus autour d'elle, tout en s'assurant de temps à autre qu'on lui remplissait son verre. « À ce que je comprends, il avait commis son dernier délit dans l'Essex. Il n'était donc pas d'ici ?

– Si, c'était un gars du cru, répondit un paysan massif répondant au nom de Jimmy Page. Des gens bien, qu'ils étaient, ses parents. Ils habitaient dans les logements sociaux. Y a un bail qu'ils sont morts. Ils ont jamais réussi à rien en tirer, pas depuis qu'il était haut comme trois pommes. Il y a mis un polichinelle dans le tiroir, à Ella. Alors son père, il est allé le trouver avec une carabine, et c'est comme ça qu'ils se sont mariés. Il arrêtait pas de partir faire fortune, qu'il disait. Des fois il revenait les poches pleines, des fois non. Sale engeance. »

Agatha prit vaguement conscience qu'elle n'avait pas mangé, mais elle n'avait pas envie de quitter le bar ni ses compagnons. Elle savait aussi qu'elle était en train de descendre une quantité inhabituellement grande de gin.

« J'ai vu que Mrs. Barr avait mis sa maison en vente, remarqua-t-elle.

– Oh, ça, pour sûr ! Elle a hérité d'un cottage plus grand du côté d'Ancombe, répondit le fermier. Une tante à elle qu'est morte.

– Quoi ! s'exclama Agatha en écarquillant les yeux. Elle m'a fait croire que c'était pour s'éloigner de moi.

– Oh, je ferais pas trop attention à elle, à votre place », répondit Page tranquillement.

Un petit homme passa la tête au-dessus de la corpulente épaule du fermier. « Elle a jamais p'us été la même depuis la pièce de théâtre. » Il continua d'une voix de fausset : « Oh ! Reg ! Reg ! Embrassez-moi !

– Ça suffit, Billy, l'admonesta un autre. Ça nous y arrive à tous de se ridiculiser. C'est pas pour ça qu'y faille jeter la pierre. On dirait bien qu'on va crever d'chaud, c't été, hein ? »

En vain, Agatha essaya d'en savoir plus à propos de Mrs. Barr. C'en était fini des ragots pour ce soir. La conversation se cantonna à l'agriculture et à la météo, les deux sujets autorisés. Dans un coin du pub, la vieille horloge de parquet émit une petite toux contrite, avant de sonner l'heure.

« Bonté divine ! s'écria Agatha en descendant précipitamment de son tabouret. Je suis en retard. »

Plus que pompette, elle marcha d'un bon pas jusqu'au presbytère.

« Vous n'êtes pas affreusement en retard, chuchota Mrs. Bloxby après lui avoir ouvert la porte.

Miss Simms vient tout juste de finir le compte rendu. »

Elle accepta une tasse de thé, deux sandwichs raffinés, et se plaça aussi près que possible du reste des victuailles.

« Et maintenant, annonça Mrs. Mason, notre invité du jour, Mr. Jones. »

Applaudissements polis tandis que Mr. Jones, un petit homme alerte aux cheveux blancs et aux lunettes à monture d'écaille, installait un écran et un projecteur de diapositives.

« Pour ma première diapositive, expliqua-t-il, voici l'épicerie Bailey dans les années 1920. » L'image, d'abord floue, se précisa : un magasin aux auvents rayés, avec un groupe de villageois souriant de toutes leurs dents debout devant la vitrine. Des cris de ravissement montèrent des spectatrices les plus âgées. « Sûrement que c'est Mrs. Bloggs ; vous voyez la p'tiote sur la droite ? »

Agatha réprima un bâillement et tendit lentement la main dans l'obscurité pour attraper une grosse tranche de cake. Elle tombait de sommeil et d'ennui. Toutes les frayeurs des dernières semaines, qui l'avaient maintenue sous adrénaline, s'étaient évanouies. Les agressions dont elle avait été victime étaient le fait d'un cambrioleur désormais en cavale. Maria Borrow était une vieille toquée laide à faire peur. Barbara James, une enquiquineuse. Mrs. Barr avait un cadavre dans son placard, apparemment, mais qu'est-ce que ça pouvait lui faire ?

Et qu'est-ce qu'elle fichait, elle, Agatha Raisin, femme d'affaires brillante, dans un presbytère de province, à manger du cake en s'ennuyant à mort ?

Les diapos se succédèrent. Même lorsque les photos des « lauréats de nos concours » apparurent avec une petite secousse sur l'écran, elle resta plongée dans l'hébétude de l'ennui. Sous ses yeux, Ella Cartwright recevait un billet de dix livres des mains de Reg Cummings-Browne, qui paraissait aussi mort que les villageois des vieilles photos qu'elle avait déjà vues. Ensuite, ce fut Vera Cummings-Browne, qui se voyait récompenser pour une composition florale, puis Mrs. Bloxby pour sa confiture. Quoi ! Mrs. Bloxby ? Agatha observa la photo où l'épouse du pasteur se tenait à côté de Reg Cummings-Browne, avant de retomber dans sa torpeur. Mrs. Bloxby ? Absolument impossible !

Elle finit par s'endormir et fit un rêve : elle descendait à vélo vers Carsely, dans la lumière déclinante, et, plantée au milieu de la route, armée d'une carabine à deux coups, Mrs. Barr l'attendait. Elle se réveilla en poussant un cri de terreur ; la séance diapo était terminée et tout le monde la regardait.

« Désolée, marmonna-t-elle.

– Vous en faites pas, fit Miss Simms, assise à côté d'elle. C'est c'te sacrée frayeur qu'vous avez eue. »

Sur le chemin du retour à son cottage, elle résolut de faire installer un système d'alarme dès le lendemain, puis elle se demanda pourquoi. Sans en avoir vraiment conscience, elle avait décidé de quitter le village.

Le lendemain, elle appela une société de sécurité et commanda tout ce qu'ils avaient de mieux en matière de protection contre les cambrioleurs, puis elle passa dans toutes les pièces en ouvrant portes et fenêtres afin de faire entrer un peu d'air frais. La chaleur ne cessait de croître. Jusque-là, ç'avait été agréable, les journées avaient été ensoleillées et les nuits fraîches, mais à présent, le ciel brillait d'un bleu intense au-dessus des cheminées tordues des cottages et le soleil cognait dur. À midi, il faisait une chaleur terrible. Elle emporta un petit thermomètre dehors et regarda le mercure grimper à toute allure, jusqu'à dépasser les 38 °C, puis disparaître. À l'étage, Mrs. Simpson s'affairait à passer l'aspirateur, car elle avait déplacé son jour de ménage pour pouvoir caser un rendez-vous chez le dentiste. Se souvenant de ce qu'elle avait appris à propos de Mrs. Barr, Agatha la rejoignit. « Est-ce que je peux vous parler une minute ? » cria-t-elle pour couvrir le bruit de l'appareil. Mrs. Simpson éteignit à contrecœur l'aspirateur. Elle se flattait de bien faire son travail et trouvait qu'elle avait déjà perdu assez de temps tout à l'heure à écouter les aventures d'Agatha.

« Hier soir, au pub, je demandais pourquoi Mrs. Barr vendait sa maison, et on m'a dit qu'une tante à elle était morte en lui laissant un cottage plus grand du côté d'Ancombe.

– Oui, c'est vrai. » Doris laissait planer une main impatiente au-dessus de l'interrupteur.

« Pourquoi ne pas venir prendre une tasse de café à la cuisine, Doris ?

– J'ai trop à faire, Agatha.

– Laissez tomber, pour une fois ! Je ne suis pas encore remise de ma frayeur et j'ai besoin de parler, rétorqua Agatha d'une voix ferme.

– Je voulais nettoyer les carreaux.

– Il fait trop chaud. J'engagerai un laveur de vitres. Doris !

– Bon, d'accord », répondit l'autre de mauvaise grâce.

Qui aurait cru qu'à notre époque il lui faudrait supplier sa femme de ménage pour qu'elle abandonne sa tâche ? s'émerveilla Agatha.

Une fois dans la cuisine, devant une tasse de café, elle commença : « Bien, dites-moi tout sur Mrs. Barr.

– Qu'est-ce qu'y a à dire ?

– Au pub, quelqu'un a suggéré qu'elle s'était couverte de honte, un jour, et puis il a ajouté d'une voix aiguë, comme pour l'imiter : "Reg, Reg, embrassez-moi !"

– Ah ! ça.

– Ça quoi, Doris ? Je meurs d'envie de savoir.

– L'envie de savoir vous tuera », déclara pompeusement la femme de ménage, avant de continuer : « Bon, alors, il y avait un gars, un jeune qui vivait à Campden. Il avait écrit une pièce, un machin du genre comme on faisait autrefois, vous savez, où que les personnages ils ont des longs fume-cigarette et ils parlent pareil que dans les vieux films de guerre. C'était le protégé de Vera Cummings-Browne. Enfin bref, Mrs. Cummings-Browne elle a dit qu'elle allait faire jouer sa pièce par le club de théâtre de Carsely. Dedans, il y avait deux rôles, un mari et une femme d'âge mûr qui se rappelaient la passion de leur jeunesse, en tout cas c'est comme ça qu'il disait, le résumé. C'étaient Mrs. Barr et Reg Cummings-Browne qui les jouaient. Ce qu'on a pu se barber pendant tout le spectacle ! Enfin bref, eux, ils étaient censés être à bord d'un paquebot, alors ils étaient là, assis dans des transats avec des plaids sur leurs genoux, et ils disaient des trucs comme : "Vous vous souvenez de l'Inde, ma chérie ?"

– Un genre de pièce à la Noël Coward ?

– P't-être bien. Est-ce que je sais, moi ? Bref, v'là-t-il pas que Mrs. Barr elle se tourne vers lui et qu'elle dit : "Reg, Reg, embrassez-moi." Eh ben, c'était pas dans le texte, et en plus, le personnage qu'il jouait, Mr. Cummings-Browne, il s'appelait Ralph. Il a grommelé quelque chose, et elle, elle s'est jetée sur lui, le transat du père Cummings-Browne a basculé, et nous, on a tous rigolé et applaudi, en se disant que c'était bien le premier truc drôle de la soirée. Mais l'auteur de la pièce, il s'est mis à hurler des mots affreux et il a essayé de grimper sur la scène, alors Mrs. Cummings-Browne a fermé le rideau. On a entendu une dispute terrible en coulisses, puis Mrs. Cummings-Browne est repassée devant le rideau et elle a annoncé que la représentation était annulée.

– Mais alors, Mrs. Barr avait certainement une liaison avec Cummings-Browne !

– Vous savez, je m'demande souvent s'il se contentait pas de petits câlins. C'est vrai, quoi, prenez Ella Cartwright par exemple. Malgré qu'elle a l'air d'une traînée, tout ce qui l'intéresse, au fond, c'est de trouver de l'argent pour le loto. Bien, je peux me remettre au travail, maintenant ? »

Les employés de la société de sécurité arrivèrent et, après qu'Agatha eut déboursé une somme faramineuse, ils commencèrent à installer lumières, alarmes et tapis détecteurs de pression.

« On se croira bientôt à Fort Knox ici », grommela Doris.

Agatha sortit s'asseoir dans le jardin pour échapper aux ouvriers, mais la chaleur était insupportable. L'air des Cotswolds est en général très lourd, et ce jour-là, le soleil semblait en avoir consumé tout l'oxygène. Malgré la présence de Doris là-haut, absorbée par sa tâche, malgré les allées et venues des techniciens, elle se sentait aussi isolée que sur une île déserte. Elle déplaça son fauteuil vers un coin d'ombre. Elle n'allait pas prendre de décision inconsidérée. Elle attendrait de voir combien de temps Mrs. Barr mettait à trouver acheteur pour son cottage, puis elle essaierait de découvrir combien elle en avait obtenu. Si elle en tirait un prix substantiel, alors Agatha mettrait son propre cottage en vente. Elle retournerait s'installer à Londres et repartirait de zéro dans les relations publiques. Elle essaierait de débaucher Roy de chez Pedmans. Il faisait de beaux progrès.

Les bulletins d'information avaient beau dire que la chaleur faisait fondre le goudron dans les rues londoniennes, elle se représentait la capitale sous un ciel pluvieux, avec ses trottoirs mouillés étincelants où se reflétaient les couleurs des marchandises en vitrine des magasins. Elle s'était habituée à la population cosmopolite de Londres, aux visages de toutes les couleurs, aux restaurants exotiques. Ici, elle vivait entourée de gens aux têtes et aux mœurs anglo-saxonnes. Le scandale John Cartwright était terminé, elle le savait. On parlait déjà de l'organisation du concert annuel de l'orchestre du village, dont les recettes seraient versées à une organisation de lutte contre la faim, cette fois. Sauf quand il s'agissait d'envoyer de l'argent aux miséreux du monde extérieur, les habitants du village ne se préoccupaient guère des événements qui auraient pu venir troubler le cours lent et paisible de leurs journées. Étouffant ! Voilà ce que c'était ! *Étouffant !* pensa Agatha en tapant sur le bras de son fauteuil.

« Y a quelqu'un pour vous ! » cria l'un des techniciens.

Elle retourna dans la maison. Bill Wong attendait sur le seuil.

« Entrez, fit Agatha. Alors, ils l'ont retrouvé ?

– Pas encore. Je vois que vous faites installer tous les systèmes de protection possibles.

– Autant les laisser finir, maintenant qu'ils ont commencé. Espérons que ça ajoute de la valeur à la maison, car j'ai l'intention de partir d'ici. »

Il la suivit dans la cuisine et s'assit.

« Partir ? Pourquoi ? Quelqu'un d'autre a essayé de vous tuer ?

– Pas encore, répondit-elle en s'asseyant en face de lui. Je m'ennuie.

– Certains seraient d'avis que vous menez une vie trépidante à la campagne, au contraire.

– Je ne me sens pas à ma place, ici. J'ai l'intention de retourner à Londres et de me relancer dans les affaires. »

Bill la dévisagea un moment de ses yeux en amande, sans rien laisser paraître. Puis il dit : « Vous n'avez pas trop laissé de temps au temps, vous savez. Ça prend environ deux ans de s'intégrer quelque part, où que ce soit. En plus, vous n'êtes plus la même. Vous êtes moins irritable, moins insensible. »

Agatha fit la moue. « Plus faible, vous voulez dire ! Non, plus rien ne me fera changer d'avis. Qu'est-ce qui vous amène ?

– Oh, je venais juste prendre des nouvelles. » Il plongea la main dans la poche de sa veste, qu'il avait posée sur le dossier de sa chaise, pour en sortir un pot de confiture maison. « C'est ma mère qui l'a faite, expliqua-t-il gauchement. Je me disais que ça pourrait vous plaire. C'est de la fraise.

– Oh ! comme c'est gentil ! Je vais l'emporter à Londres.

– Vous n'allez tout de même pas partir tout de suite !

– Non, mais pendant que vous me parliez, je me suis dit que ça me ferait du bien de quitter un peu Carsely – de réserver un hôtel à Londres.

– Pour combien de temps ?

– Je ne sais pas. Une semaine, sans doute.

– Ce qui veut donc dire que votre carrière de détective amateur est terminée.

– Elle n'a jamais vraiment commencé. Je croyais que si mes questions provoquaient des remous, c'était parce qu'il y avait un assassin dans le village. Alors que c'était juste parce que je mettais tout le monde sur les nerfs. »

Bill scruta son visage quelques instants avant de déclarer : « Vous allez peut-être vous apercevoir que vous avez changé. Découvrir que Londres n'est plus fait pour vous.

– Alors là, ça m'étonnerait beaucoup ! répondit-elle avec un rire. Tenez, voilà ce que je ferai à mon retour. Je vous inviterai à dîner. » Elle le regarda, brusquement intimidée. « Enfin, si vous voulez.

– J'aimerais beaucoup… du moment que vous ne me servez pas de quiche. »

Après le départ de Bill, elle paya Doris Simpson et lui annonça qu'elle serait absente la semaine suivante, mais lui confia un double de la clé, puis demanda au chef des techniciens de les initier toutes les deux au fonctionnement mystérieux des alarmes anti-cambriolage. Après quoi, elle téléphona à un petit mais néanmoins luxueux hôtel londonien et réserva une chambre pour une semaine. Heureusement pour elle, l'hôtel venait de recevoir une annulation, mais elle fut quand même obligée de prendre une chambre double.

Ensuite, elle prépara ses affaires. La soirée apporta peu de répit, pour ce qui était de la chaleur, et pas mal de désagréments. La nouvelle selon laquelle les lumières extérieures du cottage d'Agatha s'allumaient chaque fois qu'on passait devant se répandit comme une traînée de poudre parmi les enfants du village, qui s'amusèrent à aller et venir en courant et en poussant des cris stridents, telles des mouettes géantes, jusqu'à ce que l'agent de police du coin vienne les chasser.

Agatha se rendit au Red Lion.

« On a tous besoin de la climatisation, dit-elle au patron.

– P'têt' bien qu'vous avez raison, mais à quoi bon dépenser des sous ? On n'aura pas d'autre été comme celui-là en Angleterre avant des années. Je dirais même, on aura p't-être un sale hiver. Le vieux Sam Sturret était là tout à l'heure, et il disait qu'l'hiver serait bigrement mauvais. On va être bloqués par la neige pendant des semaines, qu'il dit.

– Les chasse-neige ne passent pas ?

– Pas ceux de la voirie, pour ça, non, ma bonn' Mrs. Raisin. C'est sur les fermiers et leurs tracteurs qu'on compte pour déneiger les routes, nous autres. »

Elle s'apprêtait à protester que, vu ce qu'ils payaient en impôts locaux, ils auraient dû bénéficier de services de sablage et de salage convenables, sans parler de déneigement public, et elle s'apprêtait aussi à annoncer qu'elle allait lancer une pétition à remettre au conseil municipal, lorsqu'elle se rappela que l'hiver prochain, elle habiterait probablement à Londres.

Un à un, les habitués arrivèrent. Le patron leur annonça qu'il avait mis des tables dans le jardin, alors ils allèrent tous s'installer dehors, et Agatha fut invitée à se joindre à eux. L'un des clients, qui avait apporté un accordéon, commença à jouer ; d'autres villageois ne tardèrent pas à venir, attirés par la musique, puis tout le monde chanta en chœur. Quand la dernière tournée fut annoncée, Agatha s'aperçut avec étonnement qu'elle avait passé toute la soirée dans le jardin du pub.

Sur le chemin du retour, elle ne savait plus quoi penser. Pas plus tard que l'après-midi, elle avait de nouveau pleinement ressenti l'ambition dévorante qui l'avait si longtemps habitée, elle était redevenue elle-même. Mais maintenant, elle se demandait si elle avait vraiment envie de redevenir l'Agatha d'autrefois. Cette Agatha-là ne restait pas à chanter dans les pubs, et elle ne recevait pas, songea-t-elle en apercevant Mrs. Bloxby devant sa porte, sous l'éclairage aveuglant des nouvelles lumières de sécurité, la visite de l'épouse du pasteur.

« J'ai appris que vous alliez partir pour Londres demain, alors je suis venue vous dire au revoir.

– Qui vous a prévenue ? demanda Agatha en tournant la clé dans la serrure.

– Cet agent de police qui est si gentil, Bill Wong.

– Il est toujours dans les parages, on dirait. Il n'a donc pas de travail à Mircester ?

– Oh, il fait souvent le tour des villages, répondit Mrs. Bloxby d'un air évasif. Il m'a aussi appris une nouvelle très attristante : que vous alliez nous quitter définitivement.

– Oui, j'envisage de me relancer dans les affaires. Je n'aurais jamais dû prendre ma retraite si tôt.

– Eh bien, c'est fort dommage pour Carsely. Nous avions dans l'idée de recourir davantage à vos talents d'organisatrice. Vous serez rentrée samedi après-midi ?

– J'en doute. » Les deux femmes s'étaient assises dans le séjour. « Pourquoi samedi après-midi ?

– Ce sera le concert annuel de l'orchestre du village. Mrs. Mason servira du thé, mais aussi des scones avec de la crème et de la confiture. Un grand événement. »

Agatha gratifia l'épouse du pasteur d'un sourire plutôt apitoyé : quelle triste vie il fallait avoir pour attendre avec impatience le concert de l'orchestre du village !

Elles bavardèrent encore un peu, puis sa visiteuse s'en alla. Agatha prépara sa valise, prenant soin de caler le pot de confiture de fraise dans un coin. Elle resta longuement éveillée sur son lit avec les fenêtres grandes ouvertes, dans l'espoir d'un peu d'air frais, mais elle se sentait revigorée par la perspective de son retour à Londres et à la vie. Quelle idée elle avait eue d'aller s'enterrer à Carsely !

10

Ah, Londres ! Et l'odeur de Londres !

Infecte, songeait Agatha, assise dans la salle de restaurant de l'hôtel Haynes. Elle alluma une cigarette et fixa d'un air lugubre le flot de voitures sillonnant péniblement Mayfair.

L'homme installé à la table derrière elle toussa, s'étrangla, agita son journal avec colère. Elle lança un regard à sa cigarette et poussa un soupir. Puis elle fit signe au garçon. « Changez cet homme de table, celui qui est derrière moi. Il m'importune. »

Les yeux du garçon passèrent du visage furieux de « l'importun » à celui, pugnace, d'Agatha, puis il se pencha vers le premier et lui annonça d'un ton apaisant qu'il disposait d'une table très agréable, dans le coin non fumeur. L'homme protesta haut et fort. Agatha continua à fumer, ignorant le drame qui se jouait derrière elle, jusqu'à ce que l'autre capitule et accepte de s'éloigner.

Voyez-vous ça ! Habiter à Londres et se plaindre de la fumée de tabac ! s'émerveilla-t-elle intérieurement. Il suffisait de marcher dans les rues pour inhaler l'équivalent de quatre paquets de cigarettes.

Une fois terminés son café et sa cigarette, elle monta dans sa chambre, où il faisait déjà une chaleur étouffante, appela chez Pedmans et demanda à parler à Roy.

Elle finit par obtenir la communication.

« Aggie ! s'écria-t-il. Comment ça va dans les Cotswolds ?

– C'est l'enfer. Il faut que je te parle. On déjeune ensemble ?

– Je suis déjà pris au déjeuner. Le dîner, ça te va ?

– D'accord. Je suis au Haynes. Retrouve-moi à sept heures et demie au bar. »

Elle raccrocha et regarda autour d'elle. Les rideaux de mousseline flottant aux fenêtres parvenaient à empêcher ce qu'il restait d'oxygène dans l'air de pénétrer dans la chambre. Elle aurait dû descendre au Hilton ou dans un autre hôtel américain : là, il y avait la climatisation. Le Haynes était un petit hôtel désuet, on aurait dit une maison de campagne perdue au milieu de Mayfair. Le service y était excellent. Mais c'était un hôtel très anglais, et les hôtels très anglais ne tablaient jamais sur un été caniculaire.

Elle décida, faute d'avoir mieux à faire, d'aller voir Mr. Economides à la Quicherie. Les rues étaient embouteillées, comme d'habitude, et il n'y avait aucun taxi en vue, donc elle quitta Mayfair à pied, traversa Knightsbridge, suivit Sloane Street jusque Sloane Square et, de là, emprunta King's Road jusqu'à World's End.

Le traiteur l'accueillit avec une certaine réserve, mais Agatha, qui s'était habituée aux démonstrations d'amitié, entreprit de lui être agréable d'une manière qui lui était jusque-là étrangère. La boutique était calme et relativement fraîche en cette heure creuse de la journée. Bientôt les clients de la pause-déjeuner allaient affluer pour acheter leurs cafés et leurs sandwichs à emporter dans leurs bureaux. Agatha demanda des nouvelles de la femme de Mr. Economides et de toute sa famille ; il se détendit alors sensiblement, puis l'invita à s'asseoir à l'une des petites tables en marbre pendant qu'il allait lui préparer un café.

« Je vous demande vraiment pardon de vous avoir attiré tous ces ennuis, dit-elle. Si je n'avais pas décidé de tricher à ce concours de village en faisant passer une de vos délicieuses quiches pour la mienne, tout cela ne serait jamais arrivé. »

Tout à coup, sans qu'elle sache pourquoi, elle ressentit pour la première fois le contrecoup de l'agression de John Cartwright, et des larmes perlèrent à ses paupières.

« Allons, allons, Mrs. Raisin, fit le traiteur. Je vais vous faire une petite confidence. Moi aussi, je triche.

– Vous ? s'étonna-t-elle en se tamponnant les yeux. Comment ?

– Vous voyez, j'ai ici une pancarte qui annonce "Préparé sur place", mais le week-end, je rends souvent visite à mon cousin dans le Devon. Il a une boutique de traiteur exactement comme la mienne. Alors, vous comprenez, quelquefois, si je vois que je vais rentrer tard le dimanche et que je n'ai pas envie de me lever tôt pour cuisiner le lundi matin, je rapporte un grand carton de quiches de mon cousin, s'il lui en reste. Il fait pareil quand il me rend visite, parce que lui, contrairement à moi, fait ses affaires le week-end avec les touristes, tandis que moi, je fais les miennes en semaine avec les employés de bureau. Donc, c'est une quiche de mon cousin que vous avez achetée.

– Est-ce que vous l'avez dit à la police ? »

Le traiteur grec eut l'air horrifié. « Je ne voulais pas parler de mon cousin à la police », répondit-il d'un air grave.

Elle le regarda, confuse, puis elle eut une illumination. « C'est les services de l'immigration qui vous font peur ? »

Il acquiesça. « Le fiancé de la fille de mon cousin est entré dans le pays avec un visa de touriste. Ils se sont mariés à l'église grecque orthodoxe, mais ils ne se sont pas encore fait enregistrer auprès des autorités britanniques, et lui, il travaille pour son beau-père alors qu'il n'a pas de permis, alors… » Il haussa lourdement les épaules.

Agatha ne connaissait rien aux permis de travail, mais elle savait, pour avoir eu affaire à des top models étrangers dans le passé, que leur crainte d'être expulsés frisait la paranoïa. « Alors il est heureux que Mrs. Cummings-Browne n'ait pas porté plainte. »

Un voile passa sur le regard de Mr. Economides. Profitant de l'arrivée de deux clients, il lui dit au revoir précipitamment et détala derrière le comptoir.

Agatha finit son café et retourna se promener dans ses repaires d'autrefois. Elle prit un déjeuner léger au Stock Pot, puis décida qu'une salle de cinéma climatisée serait le meilleur endroit où passer l'après-midi. Au fond de sa tête, une petite voix lui disait que si elle était déterminée à revenir s'installer à Londres, il fallait commencer à chercher un appartement et un local pour ses bureaux, mais elle la fit taire. Elle avait le temps, et de plus, il faisait trop chaud. Elle lut dans l'*Evening Standard* qu'un cinéma de Leicester Square repassait la version Disney du *Livre de la Jungle*. Elle s'y rendit donc, apprécia le film et ressortit avec l'agréable perspective de son rendez-vous avec Roy, certaine qu'il allait la galvaniser et la pousser à réaliser son projet.

C'était décidément difficile, se dit-elle en descendant au bar de l'hôtel à sept heures et demie, de s'habituer au nouveau Roy. Le voilà qui l'attendait, avec une coupe en brosse dernier cri, un sobre complet-veston et la fausse cravate réglementaire.

Il la héla affectueusement. Elle lui offrit un double gin et lui demanda où il en était de son projet pour les pépinières, à quoi il répondit que ça se présentait bien, que la direction, fort impressionnée de voir sa photo dans le *Sunday Times*, l'avait promu à un poste de cadre junior et qu'elle lui avait attribué un bureau privé.

« Prends un autre gin, lui dit-elle, regrettant intérieurement qu'il ne soit plus malheureux chez Pedmans.

– Tu oublies, fit-il avec un large sourire, que j'ai vu l'ancienne Aggie à l'œuvre ! Celle qui soûle sa victime avant de lui donner l'estocade au moment du café. Innove un peu, Aggie. Balance-moi ce que tu as derrière la tête avant qu'on passe à table.

– D'accord. » Elle regarda autour d'eux. Il commençait à y avoir foule au bar. « Emportons nos verres à la table là-bas. »

Une fois qu'ils furent installés, elle se pencha en avant et le regarda intensément. « Je vais y aller franco, Roy. Je reviens à Londres. Je vais monter une nouvelle affaire et je veux que tu sois mon associé.

– Mais pourquoi ? T'es pépère maintenant. Tu as un joli cottage, dans un joli village…

– Et je meurs d'ennui.

– Tu n'as pas laissé le temps au temps, Aggie. Tu n'as pas encore fait ton trou.

– Bon, si tu n'es pas intéressé, répondit-elle d'un ton boudeur.

– Aggie, Pedmans est une grosse boîte, l'une des plus grosses du marché. Tu le sais. J'ai un brillant avenir devant moi. Fini le cabotinage pour quelques groupes de pop, je la joue sérieux maintenant. Je ne veux plus m'occuper de groupes de pop. Ils font un tube et puis, deux semaines plus tard, personne ne veut plus en entendre parler. Et tu sais pourquoi ? Parce que la pop, c'est plus qu'une affaire de battage médiatique, y a plus aucune substance. Plus de mélodies. Ça fait boum, boum, boum pour passer dans les discothèques. Les ventes ne représentent plus qu'une petite part de ce qu'elles étaient autrefois. Et aussi, tu sais pourquoi je veux rester chez Pedmans ? Je monte les échelons à toute vitesse ! Et j'ai le projet d'avoir un jour, moi aussi, ce que tu as, toi : un cottage dans les Cotswolds.

« Écoute, Aggie, plus personne ne veut vivre dans les grandes villes. La nouvelle génération s'américanise. Si tu te lèves assez tôt le matin, pas besoin d'habiter à Londres. En plus, j'envisage de me marier.

– La bonne blague ! rétorqua-t-elle grossièrement. De toute ta vie, tu n'as jamais dû inviter une fille à sortir !

– Ça, c'est ce que tu crois. Le truc, c'est que Mr. Wilson préfère que ses cadres soient mariés.

– Et qui est l'heureuse élue ?

– Je ne l'ai pas encore trouvée. Mais une gentille fille discrète fera l'affaire. Ce n'est pas ça qui manque. Quelqu'un qui fera la cuisine et repassera mes chemises. »

Décidément, pensa Agatha avec irritation, au fond de tout homme efféminé battait le cœur d'un sale macho. Oh oui, il allait trouver une fille bonasse, docile, pas trop jolie, pour ne pas se sentir inférieur. Elle serait censée apprendre comment organiser de petits dîners, et ne pas se plaindre si son mari ne rentrait que le week-end. Ils se mettraient tous les deux au golf. Roy allait peu à peu s'enrober et se guinder. Tout ça, elle l'avait déjà vu.

« Mais en t'associant à moi, tu pourrais gagner plus, insista-t-elle.

– Tu as perdu tes clients au profit de Pedmans. Ça prendrait une éternité de les récupérer. Tu le sais, Aggie. Il faudrait que tu recommences petit et que tu grossisses peu à peu. Est-ce que c'est vraiment ce que tu veux ? Allez, on continuera à parler en dînant. Je suis affamé. »

Agatha décida de laisser tomber le sujet pour le moment. Elle lui raconta l'attaque de John Cartwright, et comment on avait découvert que c'était un cambrioleur.

« Franchement, Aggie : Londres te paraîtrait *insipide* en comparaison, tu ne vois pas ? En plus, un ami à moi m'a dit qu'on n'est jamais seul à la campagne. Les voisins se soucient de ce qui t'arrive.

– À moins qu'ils ressemblent à Mrs. Barr, répondit-elle sèchement. Au fait, elle vend sa maison. Ce chameau a eu le culot de prétendre que c'est moi qui la faisais fuir, alors qu'en vérité elle a hérité d'un cottage plus grand à Ancombe.

– Je croyais qu'elle était nouvelle dans le village. Et maintenant tu m'apprends qu'elle avait au moins une parente qui habitait pas loin !

– Quand on n'est pas né et qu'on n'a pas grandi à Carsely même, crois-moi, on est nouveau dans le village. Oh ! et puis j'en ai appris une belle à son sujet ! »

Elle raconta à Roy l'incident de la pièce de théâtre, qu'il trouva désopilant.

« Ah, c'était forcément un meurtre, Aggie ! articula-t-il entre deux éclats de rire.

– Non, je ne suis plus de cet avis, et ça m'est devenu complètement égal. J'ai rendu visite à Economides aujourd'hui. La raison pour laquelle il est bien content que toute cette histoire soit oubliée, c'est que la quiche qu'il m'a vendue a été préparée, en réalité, dans les cuisines de son cousin, dans le Devon, lequel cousin emploie son nouveau gendre, qui n'a pas de permis de travail.

– Ah, ceci explique cela, et les activités de cambrioleur de John Cartwright expliquent sa conduite, mais qu'est-ce que tu fais des femmes après lesquelles courait Cummings-Browne ? Qu'est-ce que tu fais de Maria la Folle ?

– Je pense qu'elle est folle, c'est tout, je

pense que Barbara James est une brute, qu'Ella Cartwright est une marie-couche-toi-là et que Mrs. Barr a aussi une araignée au plafond, mais je ne crois pas qu'elles aient tué Cummings-Browne. Je te le répète. Ce n'était pas un assassinat, Roy. Bill Wong avait raison.

– Ce qui nous laisse Vera Cummings-Browne.

– Alors elle, j'ai brusquement eu la certitude, l'autre jour, qu'elle l'avait tué, que ç'avait été très simple à faire. L'idée du meurtre lui est apparue quand j'ai déposé ma quiche. Elle l'a emportée chez elle, l'a jetée, et elle en a préparé une autre.

– Excellent ! Et elle n'a pas été démasquée, parce que Economides a eu tellement peur, à cause du permis de travail et de tout le reste, qu'il n'a pas voulu voir ni examiner la quiche qui était censée être la sienne !

– C'est une bonne théorie, mais la police l'a fait voler en éclats. Ils ont tout inspecté dans sa cuisine : ses casseroles, le contenu de ses placards et même ses canalisations ! Elle n'avait rien fait cuire ni même cuisiné du tout le jour du meurtre. Laisse tomber, Roy. Voilà, tu viens de me faire prononcer le mot meurtre, alors que j'avais décidé de tourner la page. Pour en revenir à un sujet plus intéressant… Tu es déterminé à rester chez Pedmans ?

– Désolé, Aggie, mais oui. C'est de ta faute, d'une certaine façon. Si tu ne m'avais pas monté ce coup de pub, je n'aurais pas grimpé si vite dans la hiérarchie. Enfin, écoute ce que je ferai. Tu lances ta boîte, et moi, je te glisserai un mot à l'oreille quand je saurai qu'un client a envie de changer… pas un client à moi, bien sûr. Mais c'est tout ce que je peux faire. »

Agatha se sentait déprimée. L'ambition qui l'avait si longtemps fait avancer semblait s'épuiser. Après avoir quitté Roy, elle sortit marcher, incapable de rester en place, dans les rues de Londres plongées dans la nuit, comme si elle était à la recherche de l'Agatha d'autrefois. À Piccadilly Circus, deux drogués au visage blafard la fixèrent d'un regard vide, et un mendiant la menaça. La chaleur continuait à irradier des trottoirs et des bâtiments.

Pendant le reste de la semaine, elle fit des promenades dans les parcs, une croisière sur la Tamise, elle alla au théâtre et au cinéma, errant dans la chaleur suffocante de Londres tel un spectre, ou quelqu'un qui aurait perdu tous ses papiers d'identité. Son travail avait défini son caractère, sa personnalité, son identité pendant si longtemps !

Arrivé le vendredi soir, le concert de l'orchestre du village occupait presque toutes ses pensées. Les membres de la Société des dames de Carsely seraient là, elle pourrait faire un saut au Red Lion si elle se sentait seule et, peut-être, arranger un peu son jardin. Oh, elle n'abandonnait pas son projet pour autant ! Mais un jardin agréable à l'œil lui permettrait de vendre sa maison plus cher.

Le samedi matin, elle se leva, régla sa note et se mit en chemin vers la gare de Paddington. Elle avait laissé sa voiture à Oxford. Une fois de plus, elle revenait. « Oxford, Oxford ! » entonna le chef de train. Avec le sentiment étrange d'être en pays de connaissance, elle sortit en douceur sa voiture du parking, emprunta Worcester puis Beaumont Street, s'achemina vers le rond-point de Woodstock en suivant St. Giles et Woodstock Road. Là, elle prit l'A40 jusqu'à Burford, puis suivit la route vallonnée jusqu'à Stow-on-the-Wold et l'A44, avant de redescendre enfin sur Carsely.

Tandis qu'elle roulait dans Lilac Lane, elle pila devant New Delhi : VENDU, clamait un autocollant sur le panneau de l'agent immobilier.

Je me demande combien elle en a tiré, songea-t-elle en poursuivant sa route. *Ça n'a pas traîné ! Mais bon débarras, en tout cas ! J'espère que le nouveau propriétaire sera sympathique. Même si ça n'a aucune importance, puisque je ne vais pas rester,* se répéta-t-elle farouchement.

Poussée par le sentiment superstitieux que le village était en train de se refermer sur elle et de la revendiquer comme sienne, elle laissa sa valise dans l'entrée et se remit aussitôt en route pour l'agence immobilière de Chipping Campden, celle-là même qui avait vendu le cottage de Mrs. Barr.

Elle se présenta, puis annonça qu'elle voulait vendre sa maison. À quel prix ? Eh bien, celui que Mrs. Barr avait obtenu pour la sienne ferait sans doute l'affaire. L'agent immobilier répondit qu'il n'était pas autorisé à dévoiler le montant de la transaction, mais ajouta avec diplomatie qu'elle en avait demandé cent cinquante mille livres et qu'elle était très satisfaite de l'offre qu'elle avait reçue.

« Je demande cent soixante-quinze mille pour la mienne, dit Agatha. Elle a un toit de chaume, et je parie qu'elle est en meilleur état que celle de l'autre morue. »

Les mots firent tiquer l'agent, mais une maison à vendre ne se refuse pas : Agatha et lui passèrent donc aux choses sérieuses.

Je ne suis pas obligée de vendre à n'importe qui, pensa-t-elle. *Après tout, j'ai l'obligation envers Mrs. Bloxby et les autres de veiller à ce que l'acheteur soit quelqu'un de bien.*

L'orchestre du village se produisait devant la salle polyvalente de l'école. Avant d'aller l'écouter, Agatha se rendit au lotissement pour offrir à Doris Simpson le cadeau qu'elle lui avait acheté. En poussant la grille du jardin, elle remarqua avec étonnement que tous les nains de jardin avaient disparu. Mais elle sonna à la porte et, quand Doris vint lui ouvrir, lui mit dans les bras un gros paquet emballé dans du papier kraft.

« Entrez ! fit Doris. Bert ! V'là Agatha qui revient de Londres avec un cadeau. C'est drôlement gentil à vous. Vous n'auriez pas dû, vraiment.

– Ouvre donc ! » la pressa Bert lorsque le paquet fut posé sur la table basse du séjour.

Doris enleva l'emballage, révélant un gros nain en tunique écarlate et bonnet vert.

« Vous n'auriez vraiment pas dû ! répéta-t-elle avec émotion. Vraiment pas.

– Vous le méritez. Non, je ne reste pas pour le café. Je vais écouter l'orchestre. »

On avait monté des stands dans la salle polyvalente de l'école. Agatha passa sans se presser de l'un à l'autre, amusée de constater que certains articles de sa vente aux enchères avaient déjà retrouvé le chemin des étals. Puis elle s'arrêta net devant le stand de Mrs. Mason. Il était rempli de nains de jardin.

« Où est-ce que vous les avez eus ? demanda-t-elle, en proie à un atroce pressentiment.

– Oh ! c'était aux Simpson. Les nains étaient là quand ils ont emménagé dans leur maison, et ça faisait une éternité qu'ils voulaient s'en débarrasser. Seriez-vous intéressée par l'un d'eux ? Que diriez-vous de ce joyeux petit gars avec la canne à pêche ? Il égayerait votre jardin.

– Non, merci. »

Agatha se sentit stupide. Et pourtant, comment aurait-elle pu savoir que les Simpson n'aimaient pas les nains de jardin ?

Elle avança jusqu'au salon de thé, juste à côté, et tomba sur Mrs. Bloxby, qui donnait un coup de main à Mrs. Mason.

« Ah ! heureuse de vous revoir ! s'écria l'épouse du pasteur. Que puis-je vous servir ?

– Je n'ai pas déjeuné, alors je vais prendre deux

de ces chaussons à la viande et une tasse de thé. Vous avez dû cuisiner toute la nuit !

– Oh ! ce n'est pas moi qui ai tout préparé, et quand nous organisons un grand événement comme celui-ci, nous procédons par petits bouts. Nous cuisinons des plats, puis nous les mettons au congélateur, la grosse chose que vous voyez là-bas, et ensuite nous les décongelons au micro-ondes le jour venu. »

Agatha s'assit à une longue table avec son assiette et sa tasse de thé. Jimmy Page, le fermier, vint se joindre à elle et lui présenta sa femme. D'autres personnes arrivèrent. Elle ne tarda pas à se retrouver au milieu d'un groupe bavardant à bâtons rompus.

« Vous ne tarderez pas à le savoir, dit-elle au bout d'un moment. Je mets mon cottage en vente.

– Ah, c'est bien malheureux, répondit Mr. Page. C'est-il que vous r'partez à la capitale ?

– Oui, je vais remonter une entreprise.

– J'suppose que c'est pas pareil pour vous, Mrs. Raisin, fit l'épouse du fermier. Mais moi, la fois que j'y suis montée, à Londres, ce que je me suis sentie seule ! C'est dans les grandes villes qu'on se sent le plus seul. Enfin, pour vous, c'est pas pareil. Vous devez avoir des tas d'amis.

– Oui », mentit Agatha, en se faisant la réflexion lugubre que son seul ami était Roy, et qu'elle n'avait lié amitié avec lui qu'après son emménagement dans les Cotswolds.

Il faisait encore terriblement chaud. Gagnée par l'indolence, elle n'avait pas le courage de réfléchir à ce qu'elle ferait ensuite, et de fil en aiguille, elle accepta avec quelques autres de se rendre chez Jimmy Page. Une fois à la ferme, qui était située sur une petite éminence surplombant le village, ils s'assirent tous en plein air et burent du cidre en parlant de la canicule qu'il faisait cet été-là et en évoquant les étés du temps jadis, jusqu'à ce que le soleil se mette à décliner dans le ciel et que l'un d'eux suggère d'aller continuer la soirée au Red Lion, ce qu'ils firent.

Plus tard, tandis qu'elle rentrait chez elle, légèrement pompette, le doute se fit jour dans son esprit : faisait-elle bien de vendre sa maison ? Elle chassa cette question de sa tête. En hiver, Carsely aurait l'air différent, plus sinistre, coupé du monde. Elle avait pris la bonne décision. Même si Jimmy Page avait dit que son cottage datait du dix-septième. Tout était authentique, selon lui, à part l'extension de la cuisine.

Elle envoya balader ses chaussures et tendait la main vers l'interrupteur quand les lumières de sécurité s'allumèrent à l'extérieur, éclatantes, éblouissantes. Elle se figea. Entendit des petits bruits étouffés, comme si quelqu'un s'éloignait furtivement de la maison. Elle n'avait qu'à ouvrir la porte d'un coup pour voir de qui il s'agissait, mais elle était incapable de faire un geste. Elle était certaine qu'il y avait là-dehors quelque chose de sombre et de sinistre. Ça ne pouvait pas être des enfants. La jeunesse de Carsely se couchait avec les poules, comme au bon vieux temps, même pendant les vacances.

Elle se laissa tomber à terre et resta assise, le dos contre le mur, l'oreille aux aguets. Puis les lumières s'éteignirent à nouveau, plongeant la maison dans les ténèbres.

Elle resta là un long moment avant de se relever avec lenteur et d'allumer toutes les lumières, passant d'une pièce à l'autre, comme elle l'avait déjà fait quand elle avait eu peur.

Elle hésita à appeler Mrs. Bloxby. Il s'agissait sans doute d'un jeune du village, ou de quelqu'un qui promenait son chien. Lentement, la peur la quitta, mais en montant se coucher, elle laissa toutes les lumières allumées.

Le lendemain matin, elle fut réconfortée par la vue d'un énorme fourgon devant New Delhi et de toute une équipe de déménageurs en plein travail. Visiblement, Mrs. Barr ne voyait aucun mal à déménager le jour du Seigneur.

Elle se demandait si elle irait à l'office lorsque le téléphone sonna. C'était Roy.

« J'ai une surprise pour toi, ma belle. »

Agatha se prit à espérer.

« Tu as décidé de quitter Pedmans ?

– Non, j'ai acheté une voiture, une Morris Minor. Je l'ai eue pour une bouchée de pain. Je me disais que je pourrais descendre te voir et te présenter ma petite amie.

– Ta petite amie ? Tu n'en as pas !

– Maintenant, si. On peut venir ?

– Bien sûr. Comment s'appelle-t-elle ?

– Tracy Butterworth.

– Et qu'est-ce qu'elle fait ?

– C'est l'une des assistantes de Pedmans.

– À quelle heure est-ce que vous arrivez ?

– On se met en route, là. Dans une heure et demie si ça ne circule pas trop mal. Peut-être deux. »

Après avoir raccroché, Agatha regarda dans le réfrigérateur. Elle n'avait même pas de lait. Dans un supermarché de Stow-on-the-Wold ouvert le dimanche, elle en acheta, prit aussi de la laitue et des tomates, de la viande hachée et des pommes de terre pour préparer un hachis Parmentier, des oignons, des carottes, des petits pois, une tourte aux pommes surgelée et de la crème.

Elle n'aurait pas besoin de faire le ménage à son retour : Doris était venue pendant son séjour à Londres et tout était impeccable. En redescendant sur Carsely, elle croisa le fourgon de déménagement suivi par Mrs. Barr dans sa voiture. Ils devaient être à pied d'œuvre depuis six heures du matin, songea-t-elle en enregistrant le nom de la société de déménagement.

Chez elle, elle rangea ses courses, trouva une paire de ciseaux, se faufila à travers la haie dans le jardin de Mrs. Barr et cueillit des bouquets de fleurs pour décorer son cottage.

Ensuite, elle se lança dans la préparation du hachis Parmentier, tout en se disant qu'il fallait vraiment qu'elle fasse quelque chose pour son jardin. Il aurait l'air charmant, au printemps, si elle plantait toutes sortes de bulbes – mais, bien sûr, elle ne serait plus à Carsely, au printemps.

Comme elle n'avait pas encore beaucoup d'expérience en cuisine, le modeste hachis lui demanda pas mal de temps, et elle s'apprêtait à l'enfourner quand elle entendit une voiture se garer devant chez elle.

Tracy Butterworth correspondait en tout point à ses attentes. Maigre et pâle, avec de fins cheveux châtains. Elle portait un tailleur de coton blanc par-dessus un corsage rose à fanfreluches et des chaussures blanches à très hauts talons. Sa poignée de main était molle, et elle lui dit : « Charmée d'vous rencontrer » dans un murmure timide, avant de regarder Roy avec dévotion.

« Il y a un camion de déménagement devant le cottage de ton horrible voisine, fit Roy.

– Quoi ! s'exclama Agatha en lançant un regard angoissé aux bouquets de fleurs. Je croyais qu'elle était partie !

– Cool, Raoul. C'est quelqu'un qui emménage, pas le contraire. Dis quelque chose, Tracy, elle ne va pas te manger !

– Il est drôlement beau, votre cottage », risqua

la jeune femme, avant de se tamponner le front avec un coin de mouchoir en dentelle.

« Il fait trop chaud pour être sur son trente et un », dit Agatha. En voyant Tracy tressaillir, elle ajouta avec une bienveillance nouvelle : « Vous êtes très élégante, très jolie, ce n'est pas ce que je veux dire. Mais mettez-vous à l'aise. Débarrassez-vous de vos chaussures et enlevez votre veste. »

Tracy regarda Roy nerveusement.

« Fais ce qu'elle dit », ordonna-t-il.

La jeune femme avait de longs pieds fins, qu'elle n'arrêta pas de remuer une fois ses chaussures enlevées. Pauvre petite. Il allait l'épouser et la transformer en une parfaite ménagère de l'Essex. Ils auraient deux enfants, Nicholas et Daphne, qu'ils mettraient dans de petites écoles privées, une maison dans une allée mignonnette, imaginée par un promoteur immobilier et baptisée impasse du Terreau, ou quelque chose dans ce goût-là, des sets de table de la Costa Brava, des rideaux ruchés, un jacuzzi, un téléviseur géant, l'ennui, la sortie du samedi soir dans un relais routier où ils mangeraient un poulet-frites arrosé de beaujolais nouveau et de la forêt noire en dessert. Oh oui, c'est dans l'Essex qu'ils iraient habiter, et pas dans les Cotswolds. Roy serait plus heureux parmi les gens de sa sorte. Il changerait, lui aussi, il se mettrait aux haltères et au squash, il se baladerait partout avec un téléphone portable vissé à l'oreille, dans lequel il parlerait très fort au restaurant.

« Allons boire un coup au Red Lion », proposa-t-elle quand Roy eut enfin fini de raconter le temps où il travaillait pour elle, brodant le moindre petit incident pour le bénéfice de Tracy. Après quelques hésitations, elle renonça à proposer à la jeune femme de lui prêter une robe ample : la petite amie y verrait une critique de sa tenue.

Au pub, Agatha présenta ses visiteurs à ses amis de fraîche date, et Tracy s'épanouit visiblement au milieu de ces compagnons peu exigeants qui ne lui demandaient rien de plus que de parler de la pluie et du beau temps.

Et certes, la chaleur était si terrible qu'elle en devenait passionnante. Dehors, il faisait un soleil de plomb. Un homme annonça que le thermomètre était monté à plus de cinquante degrés à Cheltenham.

De retour au cottage, Tracy donna un coup de main pour le déjeuner, perforant le linoléum de la cuisine avec ses talons jusqu'à ce qu'Agatha la supplie d'enlever ses chaussures. Après le repas, ils passèrent au jardin, où il y avait un peu d'ombre, et burent le café en écoutant d'une oreille distraite les allées et venues du nouveau voisin qui s'installait.

« Tu n'as même pas envie de jeter un coup d'œil par-dessus la haie, d'apporter un gâteau ou je ne sais quoi ? demanda Roy. Tu n'es pas curieuse ?

– Non. Je suis allée voir un agent immobilier : cette maison sera en vente dès demain.

– Vous vendez ? s'étonna Tracy, l'air ébahie. Pourquoi ?

– Je retourne à Londres. »

La jeune femme balaya du regard le jardin ensoleillé, puis leva les yeux vers les collines des Cotswolds chatoyant dans la brume de chaleur. Elle secoua la tête d'un air abasourdi. « Quitter tout ça ? J'ai jamais rien vu d'aussi magnifique dans tout' ma vie. » Elle regarda le cottage derrière elle et lutta pour exprimer sa pensée. « C'est si vieux, si… établi. Y a quelque chose de paisible dans tout ça, vous voyez c'que j'veux dire ? Enfin, j'suppose que pour vous, c'est pas pareil, Mrs. Raisin. Vous avez sans doute voyagé et vu plein d'endroits magnifiques. »

Oui, Carsely était un endroit magnifique, pensa Agatha avec réticence. Le village bénéficiait de la présence de nombreuses sources souterraines, si bien qu'en plein cœur de la sécheresse, il resplendissait telle une émeraude.

« Elle n'aime pas Carsely, fit Roy d'un ton jubilatoire, parce qu'on n'arrête pas d'essayer de la tuer. »

Tracy supplia qu'on lui dise tout, et donc Agatha raconta son histoire depuis le début, s'adressant d'abord à la jeune femme, puis à elle-même, car quelque chose continuait à la tarabuster.

Le soir, Roy les emmena dîner dans un restaurant prétentieux de Mircester. Tracy ne but que de l'eau minérale parce qu'elle prenait le volant au retour. Elle avait l'air à la fois intimidée par le restaurant et admirative de Roy, qui appelait les serveurs en claquant des doigts et se conduisait, du moins c'était l'avis d'Agatha, comme un mufle de première. *Oui*, se dit-elle, *Roy va épouser Tracy, elle se croira probablement heureuse, et lui, il s'avèrera être quelqu'un que je ne peux pas supporter. Si seulement je ne lui avais pas fait cette publicité !*

C'est avec un sentiment de soulagement qu'elle les regarda partir. Le moment viendrait rapidement où, quand Roy l'appellerait dans l'espoir d'une invitation, elle trouverait une excuse pour ne pas le recevoir.

Mais bien sûr, elle n'aurait pas besoin de se donner cette peine. Puisqu'elle serait retournée vivre à Londres.

11

Le lundi matin, Agatha se leva tard, regrettant de ne pas s'être levée plus tôt pour profiter un peu de la fraîcheur. Après avoir enfilé une robe ample en coton sur le minimum de sous-vêtements, elle descendit boire un mug de café dans le jardin.

Sa nuit avait été hantée par des rêves de Maria Borrow, Barbara James et Ella Cartwright, qui lui étaient apparues sous la forme des trois sorcières de *Macbeth*. « J'ai invoqué les esprits malins pour te tuer », disait Maria Borrow d'une voix rauque.

Elle poussa un soupir, termina son café puis se dégourdit les jambes en se rendant chez le boucher, qui se trouvait non loin du presbytère. Le panneau NEW DELHI avait été enlevé devant le cottage voisin. Il n'y avait aucun signe du nouveau propriétaire, mais Mrs. Mason et deux autres femmes attendaient devant la porte avec des gâteaux de bienvenue dans les mains. Elle continua son chemin en se faisant la réflexion que personne n'était venu lui rendre visite, à elle, quand elle était arrivée au village.

Au moment où elle s'apprêtait à entrer dans la boucherie, elle se raidit. Vera Cummings-Browne et Barbara James, accompagnée d'un scotch-terrier en laisse, étaient en train de discuter à quelques mètres de là. Elle entra tête baissée se mettre à l'abri dans la boutique et faillit percuter Mrs. Bloxby.

« Vous avez vu votre nouveau voisin ? demanda l'épouse du pasteur.

– Non, pas encore », répondit Agatha en gardant un œil sur la porte, au cas où Barbara surgirait pour se jeter sauvagement sur elle. « Qui est-il ?

– Un colonel à la retraite. Mr. James Lacey. Il ne se sert pas de son titre. Un homme charmant.

– Ça ne m'intéresse pas », fit-elle avec brusquerie.

Devant l'expression mi-étonnée, mi-peinée de Mrs. Bloxby, le rouge lui monta aux joues.

« Désolée, marmonna-t-elle. Je viens de voir Vera Cummings-Browne en compagnie de Barbara James, qui a essayé de m'attaquer l'autre jour.

– Elle a toujours eu un caractère épouvantable, remarqua Mrs. Bloxby avec placidité. Mrs. Cummings-Browne vient de rentrer de Toscane. Toute bronzée et l'air en pleine forme.

– J'ignorais qu'elle était partie. Je ne sais pas trop quoi acheter. Mes talents culinaires sont encore très limités.

– Prenez de ces côtelettes d'agneau, là. Mettez-les

sous le gril avec un peu de menthe. J'en ai de la fraîche au jardin. Venez prendre le café avec moi, je vous en donnerai un peu. Il suffit de faire cuire les côtelettes lentement d'un côté puis de l'autre, jusqu'à ce qu'elles brunissent. C'est simple comme bonjour. Et je vous donnerai aussi de ma sauce à la menthe. »

Agatha acheta docilement les côtelettes, mais marqua une hésitation sur le seuil de la boucherie. « Ça ne vous dérange pas de regarder si le champ est libre ? »

Mrs. Bloxby jeta un coup d'œil dehors. « Elles sont parties. »

Autour d'une tasse de café, à l'ombre d'un cyprès du jardin du presbytère, l'épouse du pasteur demanda : « Êtes-vous toujours déterminée à nous quitter ?

– Oui », répondit Agatha d'un air lugubre. Comme elle aurait aimé retrouver un peu de son ambition et de son énergie d'antan ! « Normalement, l'agence immobilière doit installer le panneau À VENDRE ce matin. »

Mrs. Bloxby la regarda par-dessus le bord de sa tasse. « C'est étrange, la façon dont les choses se goupillent. Je pensais que votre présence ici était un signe de la Providence. »

Agatha poussa un grommellement de surprise.

« D'abord, j'ai eu le sentiment que vous aviez été envoyée pour votre propre bien. Vous m'avez fait l'impression de quelqu'un qui n'avait jamais connu de véritable amour ni d'affection. Une immense solitude semblait peser sur vous. »

Agatha la fixa, profondément gênée.

« Ensuite, bien sûr, il y a la mort de Mr. Cummings-Browne. Mon mari, comme la police, soutient qu'il s'agit d'un accident. J'avais le sentiment que Dieu vous avait envoyée ici pour découvrir qui était le coupable.

– Donc vous pensez que c'est un meurtre !

– J'ai essayé de me persuader du contraire. C'est tellement plus facile de croire que c'est un accident et de retourner à nos petites routines. Pourtant il y a quelque chose, dans l'atmosphère, je ne sais pas, il y a quelque chose qui cloche. Le mal est présent dans notre village, je le sens. Et maintenant que vous allez partir, personne ne posera plus de questions, tout le monde s'en moquera, et le mal restera dans le village. Vous pouvez me traiter d'idiote et de superstitieuse, mais je crois que donner la mort est un péché grave qui doit être puni par la loi. » Elle eut un petit rire. « Alors je vais prier pour que, si meurtre il y a eu, le coupable soit démasqué.

– Mais vous n'avez rien de concret pour étayer vos dires ?

– Non. Ce n'est qu'une intuition. Enfin, vous partez, alors c'est fini. J'ai l'impression que Bill Wong a les mêmes doutes que moi.

– Mais c'est lui qui a insisté pour que j'oublie toute cette histoire !

– Parce qu'il vous aime bien, et il ne veut pas qu'on vous fasse du mal. »

Agatha tourna et retourna cette conversation dans sa tête. Quand elle revint chez elle, le panneau À VENDRE se dressait devant le cottage, ce qui lui procura le sentiment, éphémère, d'avoir déjà quitté le village.

Elle sortit un grand cahier, un stylo, puis elle s'assit à la table de la cuisine et entreprit de consigner tous les événements survenus depuis son arrivée dans le village. La longue et chaude journée s'écoula tandis qu'elle s'activait à écrire, revenant maintes et maintes fois sur ses notes, à la recherche d'un indice. À la fin, elle tapota sa feuille avec le stylo. Il y avait ce petit détail, oui, pour commencer : le corps avait été trouvé le dimanche. Et le mardi – ce devait être le mardi, puisque le mercredi, la police l'avait informée que Mrs. Cummings-Browne n'avait pas l'intention de poursuivre la Quicherie en justice –, la toute nouvelle veuve s'était rendue à Chelsea *en personne*. Agatha se cala sur sa chaise et mâchouilla son stylo. N'était-ce pas étrange, comme comportement ? Imaginez que votre mari vient d'être assassiné, vous êtes tellement effondrée de chagrin qu'on vous ramasse à la petite cuillère, tout le monde raconte que vous êtes anéantie… Comment trouvez-vous l'énergie nécessaire pour faire tout le chemin jusqu'à Londres ? Elle aurait tout aussi bien pu téléphoner. Pourquoi s'être déplacée ? Agatha lança un regard à la pendule. Qu'est-ce que Vera Cummings-Browne avait dit à Mr. Economides, exactement ? Elle marcha jusqu'au téléphone, décrocha le combiné, puis le reposa. Même si le traiteur grec lui avait avoué ce problème de permis de travail dans sa famille, il était resté sur ses gardes. La Quicherie ne fermait pas avant huit heures. Elle décida de filer à Londres en voiture pour le voir avant la fin de la journée.

Elle venait de fermer la porte à clé quand, en se retournant, elle découvrit toute une famille, composée d'un père à la mine de furet, d'une mère grassouillette et de deux ados boutonneux, qui l'observait.

« Nous sommes venus voir comment est la maison, expliqua l'homme.

– Pas possible. »

Agatha les dépassa, les bousculant au passage.

« C'est écrit À VENDRE, se plaignit le père.

– Elle est déjà vendue », mentit-elle.

Sur quoi elle arracha la pancarte du sol et la laissa retomber sur la pelouse. Puis elle monta en voiture et s'éloigna sous les yeux écarquillés des inconnus.

Oh, et puis merde ! pensa-t-elle. *Je ne voudrais pas infliger cette bande d'affreux au village, de toute façon !*

Elle arriva à Londres à temps, car la plupart des autres voitures allaient en sens inverse, puis elle se gara sans vergogne sur une double ligne jaune devant la Quicherie et entra dans la boutique. Mr. Economides débarrassait sa vitrine réfrigérée pour la nuit. Il la regarda, et la même méfiance que l'autre jour apparut dans ses yeux.

« Je veux vous parler, annonça-t-elle sans détour. Ne vous inquiétez pas, mentit-elle, j'ai des amis au ministère de l'Intérieur. Il ne vous arrivera rien de mal. »

Il ôta son tablier et fit le tour du comptoir, puis ils s'assirent tous les deux à l'une des petites tables. Il ne lui proposa pas de café. Ses yeux sombres la fixaient d'un air mélancolique.

« Bien, dites-moi exactement ce qui s'est passé entre Mrs. Cummings-Browne et vous quand elle est venue vous voir.

– Pourquoi ne pas oublier toute cette histoire ? implora-t-il. Tout s'est bien terminé. Pas de mauvaise publicité dans les journaux londoniens.

– Un homme a été empoisonné. Ne vous tracassez pas pour l'Immigration. Je vous laisserai en dehors de ça. Racontez-moi, c'est tout.

– Bon, d'accord. Elle est passée le matin. J'ai oublié quel jour. Mais c'était en milieu de matinée. Elle s'est mise à crier que j'avais empoisonné son mari et qu'elle allait me poursuivre en justice et me ruiner en dommages et intérêts. Elle m'a parlé de la quiche que vous aviez achetée. J'ai pleuré, j'ai clamé mon innocence. Je m'en suis remis à sa merci. Je lui ai avoué que la quiche ne venait pas de chez moi, mais du Devon. Je lui ai dit que mon cousin cultivait tous les légumes qu'il utilisait pour son commerce dans son propre jardin maraîcher. De la ciguë aquatique avait dû se mélanger aux épinards. Je lui ai parlé du gendre de mon cousin. Elle est devenue très silencieuse. Puis elle a dit qu'elle était à bout de nerfs. Qu'elle ne savait plus vraiment ce qu'elle disait. J'avais devant moi une femme différente, calme et triste. Aucune mesure ne serait prise contre moi ni mon cousin, m'a-t-elle assuré. Mais le lendemain, elle est revenue.

– Quoi ! ? »

Agatha se pencha en avant, les mains crispées d'excitation.

« Elle a dit que si jamais je racontais à qui que ce soit que la quiche venait du Devon, alors elle reviendrait sur sa décision, elle m'intenterait un procès, elle dénoncerait le gendre de mon cousin au ministère de l'Intérieur et le ferait expulser.

– Bonté divine ! s'exclama Agatha en le regardant, ahurie. Elle doit être folle. »

Deux clients entrèrent dans le magasin. Mr. Economides se leva.

« Vous ne direz rien ? Si je vous en ai parlé l'autre jour, c'est seulement parce que je croyais que cette affaire était terminée.

– Non, non », bafouilla Agatha.

Elle ressortit dans la chaleur et se remit en route, prenant machinalement la direction des Cotswolds, le cerveau en ébullition. Vera Cummings-Browne ne voulait pas que la police sache que la quiche venait du Devon. Pourquoi ?

Et alors cela fit tilt. Une phrase du livre sur les plantes toxiques resurgit dans sa mémoire : « On trouve la ciguë aquatique dans les régions marécageuses de Grande-Bretagne : Est-Anglie, Midlands de l'Ouest et sud de l'Écosse. » Pas dans le Devon.

Mais, une seconde ! Les policiers avaient été très minutieux. Ils avaient examiné sa cuisine et même les canalisations de sa maison à la recherche de traces de ciguë aquatique. Et puis ils avaient dit que Vera Cummings-Browne ne saurait probablement pas distinguer cette plante d'un palmier. Mais n'avait-elle pas pu consulter un livre, tout comme elle, Agatha, l'avait fait ? Si c'était le cas, elle savait non seulement à quoi ressemblait la plante et où se la procurer, mais aussi qu'elle ne poussait pas dans le Devon.

De retour chez elle, elle hésita à téléphoner à Bill Wong, puis préféra s'en abstenir. Il aurait réponse à tout : on n'avait trouvé aucune trace de ciguë aquatique chez Vera ; le décès de son mari l'avait fait disjoncter et c'est pour ça qu'elle était allée voir Economides.

Elle remit en place le panneau de l'agence immobilière et essaya de passer une bonne nuit, mais après des jours et des jours de canicule, la chaleur irradiait des vieux murs de pierre du cottage, transformé en une véritable fournaise.

À son réveil, malgré la fatigue et le manque

d'énergie, elle reprit consciencieusement ses notes et les compléta.

La ciguë aquatique. Et la bibliothèque du village, alors ? pensa-t-elle avec un sursaut. Saurait-on là-bas si Vera Cummings-Browne avait emprunté un livre sur les plantes toxiques ? Y avait-il un registre ? Mais oui, forcément ! Sinon, comment pourrait-on écrire aux usagers qui n'avaient pas rendu leurs livres ?

Tandis qu'elle marchait péniblement jusqu'à la bibliothèque, elle se fit la réflexion qu'il y avait du laisser-aller dans sa tenue vestimentaire. À Londres, elle avait pris pour modèle Margaret Thatcher, plutôt que Joan Collins ou quelque autre beauté britannique, optant pour des tailleurs et des robes à la coupe impeccable. Mais aujourd'hui, sa robe de coton imprimé flottait autour d'elle, et ses pieds nus étaient chaussés de sandales.

La bibliothèque était une construction basse en pierre. Au-dessus de l'entrée, une plaque expliquait qu'elle abritait autrefois l'hospice du village. Agatha ouvrit la porte et entra. Elle reconnut la femme derrière le bureau : Mrs. Josephs, l'une des membres de la Société des dames de Carsely.

Mrs. Josephs lui adressa un sourire éclatant. « Vous cherchez quelque chose en particulier, Mrs. Raisin ? Nous avons le dernier Dick Francis. »

Agatha se jeta à l'eau.

« J'ai été bouleversée par le décès de Mr. Cummings-Browne, dit-elle.

– Qui ne l'a pas été, murmura la bibliothécaire.

– Je ne voudrais surtout pas qu'une erreur de ce genre se reproduise. Auriez-vous un livre sur les plantes toxiques ?

– Voyons, laissez-moi regarder. » Mrs. Josephs sortit nerveusement une microfiche et l'inséra dans le lecteur. « Oui : *Plantes toxiques des îles britanniques*, de Jerome. Cote K-543. Ce sera sur votre gauche à côte de la fenêtre, Mrs. Raisin. »

Agatha parcourut les rayonnages jusqu'à ce qu'elle trouve l'ouvrage en question. Elle ouvrit la couverture et étudia les dates tamponnées en première page. Il avait été sorti pour la dernière fois dix jours avant l'empoisonnement. Et pourtant…

« Pourriez-vous me dire quelle a été la dernière personne à l'emprunter, Mrs. Josephs ?

– Pourquoi ? s'étonna la bibliothécaire, inquiète. J'espère que ce n'était pas Mrs. Boggle. Elle colle *toujours* les pages avec de la confiture.

– J'envisageais d'organiser une conférence sur les plantes toxiques de la région, improvisa Agatha. La personne qui l'a emprunté avant se montrera peut-être intéressée, elle aussi, ajouta-t-elle tout en examinant les illustrations.

– Ah, alors, laissez-moi regarder. Nous utilisons encore le bon vieux système par fiches. » Elle ouvrit de longs tiroirs, parcourut les fiches de prêt du catalogue, puis sortit celle du livre sur les plantes toxiques. « La dernière personne à l'avoir sorti est l'adhérent numéro 27. Nos membres ne sont pas nombreux. Je crains que notre village ne soit plus porté sur la *télévision*. Voyons un peu. Numéro 27. Eh bien, mais c'est Mrs. Cummings-Browne ! » Bouche bée, elle fixa Agatha à travers ses lunettes.

C'est à cet instant que la porte de la bibliothèque s'ouvrit pour laisser entrer Mrs. Cummings-Browne. Agatha s'empara du livre, le replaça dans les rayonnages et lança à Mrs. Josephs un éclatant : « Je vous dirai, pour le Dick Francis.

– Il vous faudra d'abord adhérer à la bibliothèque, Mrs. Raisin. Voulez-vous une carte ?

– Plus tard », marmonna-t-elle. Elle jeta un œil par-dessus son épaule. À une certaine distance, Vera Cummings-Browne passait en revue les livres qui venaient d'être rendus. « Pas un mot », siffla Agatha entre ses dents, puis elle sortit comme une flèche.

Elle connaissait donc bien la ciguë aquatique, pensa triomphalement Agatha. *Et elle savait certainement à quoi cette plante ressemblait.* Agatha revit clairement l'illustration en couleurs du livre. Puis s'arrêta net au beau milieu de la grand-rue, trop choquée pour remarquer qu'un bel homme d'âge mûr venait de sortir de la boucherie et la regardait d'un air intrigué.

Elle avait vu cette plante récemment, mais en noir et blanc cette fois. Comment ? Où ? Elle se remit en route, sans cesser de se creuser la cervelle.

Et puis, à l'instant où elle atteignait la grille de son jardin, elle se rappela. La séance diapo. Les diapositives de Mr. Jones. Mrs. Cummings-Browne se voyait récompenser pour la meilleure composition florale, un machin prétendument artistique mélangeant fleurs sauvages et cultivées avec – nom d'un salopard à sonnette ! – *un brin de ciguë aquatique en plein milieu* !

Le bel homme d'âge mûr passait à cet instant le portail de ce qui était encore très récemment le cottage de Mrs. Barr. C'était le nouvel occupant des lieux, James Lacey.

« Faut que je trouve Jones, dit tout haut Agatha. Faut que je trouve Jones. »

Complètement toquée, pensa James Lacey. *Pas sûr que ça me plaise, d'avoir une voisine pareille.*

Agatha entrait déjà chez Harvey.

« Où est-ce que je peux trouver Mr. Jones ? Celui qui prend des photos ?

– Deuxième cottage dans Mill Pond Edge, répondit la femme à la caisse. Fait bougrement chaud, hein, Mrs. Raisin ?

– On se fout de la météo ! répondit furieusement Agatha. C'est où, Mill Pond Edge ?

– Deuxième sur la droite en sortant du magasin. »

« Je sais bien qu'avec cette chaleur, on est tous abattus, dit la caissière de Harvey à Vera Cummings-Browne, un peu plus tard. Mais Mrs. Raisin n'avait pas besoin d'être aussi malpolie.

J'essayais seulement de lui expliquer où habite Mr. Jones. »

Agatha eut de la chance de trouver Mr. Jones chez lui, étant donné que, passionné de jardinage, il aimait passer le plus clair de ses journées à faire le tour des pépiniéristes du coin. Toutes ses photos étaient soigneusement classées ; aussi trouva-t-il sans aucune difficulté celle qu'elle lui demanda.

Elle examina avidement la composition florale.

« Ça vous dérange si je la garde quelques jours ?

– Non, pas du tout. »

Elle repartit aussi sec, sans lui recommander de ne surtout rien dire à Vera Cummings-Browne.

Elle se rendit au Red Lion, serrant fortement dans sa main une enveloppe de papier kraft contenant la photo ; les pensées bourdonnaient dans sa tête.

Elle commanda un double gin tonic.

« Quelqu'un m'a dit comme quoi il avait vu le policier, le Chinois, se diriger vers chez vous avec un panier », lui dit le patron.

Elle fronça les sourcils. Elle ne voulait rien dévoiler à Bill. Pas tout de suite. Pas tant qu'elle n'aurait pas compris le fin mot de l'histoire.

Bill Wong s'éloigna du cottage, déçu. Il lança un regard furieux à la pancarte À VENDRE. Elle commettait une erreur, il en était sûr. Un faible miaulement monta du panier. « Chut », fit-il d'une voix douce. Il avait apporté un chat à Agatha. La chatte de sa mère avait eu une portée, et comme il ne supportait pas que les pauvres petites bêtes soient noyées, il avait commencé à les infliger à ses amis sous forme de cadeau.

Il passait devant la maison voisine lorsqu'il aperçut James Lacey. « Bonjour », dit-il. Il jaugea le nouvel habitant du village d'un œil perspicace et se demanda ce qu'en pensait Agatha. Pas de doute, James Lacey était assez bel homme pour qu'aucune femme d'un certain âge ne lui résiste. Plus d'un mètre quatre-vingts, des traits prononcés, un regard bleu vif. Seulement un soupçon de gris dans d'épais cheveux noirs bien coupés. « Je cherchais votre voisine, Mrs. Raisin, expliqua Bill.

– Je crois que la chaleur lui est montée à la tête », répondit James Lacey d'une voix claire et distinguée. « Elle est passée à côté de moi en marmonnant : "Mr. Jones, Mr. Jones." Je ne sais pas qui est Mr. Jones, mais je le plains.

– Tant pis. Je lui apportais ce chat en cadeau, avec un bac à litière. Il est propre. Est-ce que vous auriez la gentillesse de le lui donner à son retour ? De la part de Bill Wong.

– D'accord. À quelle heure, vous le savez ?

– Elle ne devrait pas en avoir pour longtemps, sa voiture est là, dehors. »

Bill donna à James Lacey le chat dans son petit panier et s'en alla. *Jones*, se dit-il. *Qu'est-ce qu'elle mijote encore ?*

Il acheta une barre chocolatée chez Harvey et demanda à la caissière : « Qui est Mr. Jones ?

– Ah, non, pas vous aussi ! » répondit la femme avec humeur. « Mrs. Raisin est venue à la boutique pour me demander, et elle a été rudement malpolie, avec ça. Nous souffrons tous de la chaleur, mais ce n'est pas une raison pour se comporter de cette manière. »

Bill attendit patiemment la fin des lamentations pour que sa curiosité soit satisfaite au sujet de Mr. Jones. Il ne savait pas trop pourquoi il se donnait cette peine, si ce n'est qu'Agatha Raisin avait le chic pour semer la zizanie.

Agatha rentra chez elle très abattue. Elle croyait qu'elle avait résolu l'affaire, comme elle l'appelait désormais intérieurement, mais pendant qu'elle se trouvait au pub, voilà que cet énorme écueil s'était à nouveau dressé devant elle : il était absolument impossible que Vera Cummings-Browne ait préparé une quiche empoisonnée dans sa cuisine sans que l'équipe de la police scientifique en retrouve des traces.

En proie à une grande lassitude, elle entra dans sa maison. Il y faisait chaud. Mieux valait chasser toute cette histoire de son esprit et descendre à Moreton acheter un ventilateur.

Des coups retentirent à la porte. En lorgnant à travers le nouveau judas installé par l'entreprise de sécurité, elle se trouva face à une chemise d'homme à carreaux. Elle ouvrit la porte sans décrocher la chaîne.

« Mrs. Raisin, dit l'homme. Je suis votre nouveau voisin, James Lacey.

– Ah ! »

Agatha put alors admirer James Lacey dans toute sa splendeur, et elle en resta bouche bée.

« Un certain Mr. Wong est venu vous voir, mais vous étiez sortie.

– Qu'est-ce que la police peut bien me vouloir, cette fois ? fit-elle avec agacement.

– Je ne savais pas qu'il était de la police. Il était en civil. Il m'a demandé de vous donner ce chat.

– Ce chat ? répéta-t-elle, ahurie.

– Oui, ce chat », répondit James Lacey avec patience, tout en pensant : *elle est vraiment cinglée.*

Agatha décrocha la chaîne et ouvrit plus grande la porte. « Entrez », dit-elle, brusquement embarrassée par sa robe imprimée, trop ample, et ses jambes nues, non rasées.

Ils passèrent à la cuisine. Agatha s'agenouilla pour ouvrir le panier. Un petit chat tigré en sortit tranquillement, regarda autour de lui et bâilla. « C'est un bon p'tit matou, fit James Lacey en se dirigeant doucement vers la sortie. Bon, si vous voulez bien m'excuser, Mrs. Raisin…

– Vous ne voulez pas rester ? Prendre le café ?

– Non, il faut vraiment que j'y aille. Tiens ! Il y a quelqu'un à votre porte.

– Pourriez-vous attendre un instant, et surveiller le chaton le temps que je voie de qui il s'agit ? »

Elle quitta la cuisine sans lui laisser le temps de répondre. Elle ouvrit la porte. Et se retrouva face à une femme qui, malgré la chaleur, avait l'air aussi fraîche qu'une journée de printemps. Elle portait une robe de coton blanc avec une ceinture de cuir rouge autour de sa taille élancée. Ses jambes, bronzées, étaient épilées. Sa chevelure luxueusement teinte en blond resplendissait au soleil. La quarantaine, elle avait un visage intelligent et des yeux noisette. Exactement le genre de femme, se dit Agatha, qui ne manquerait pas d'accrocher le regard de son nouveau et séduisant voisin.

« Qu'est-ce qu'il y a ? demanda-t-elle.

– Je viens visiter la maison.

– Elle est vendue. Au revoir. »

Sur ce, elle claqua la porte et retourna à la cuisine. Elle se sentait plus mal fagotée que jamais.

« Si votre maison est vendue, remarqua James Lacey, vous devriez dire à l'agence immobilière d'installer une pancarte VENDU.

– Sa tête ne me revenait pas, marmonna Agatha.

– Vraiment ? Elle m'a paru très agréable, au contraire. »

Agatha regarda la porte grande ouverte de la cuisine, d'où l'on avait une vue parfaitement dégagée de l'entrée, et rougit.

« Maintenant, il faut vraiment m'excuser », fit

James et, avant qu'elle ait pu protester, il avait réussi à s'enfuir.

Le chat émit un petit bruit implorant. « Qu'est-ce que je vais faire de toi, hein ? demanda-t-elle, exaspérée. Où Bill Wong a-t-il la tête ? »

Elle versa un peu de lait dans une soucoupe et regarda l'animal le laper. Bon, elle allait devoir lui donner à manger jusqu'à ce qu'elle ait décidé comment s'en débarrasser. Elle ressortit dans la chaleur. Son voisin travaillait dans le jardinet devant chez lui. En la voyant arriver, il eut un sourire vague et battit en retraite dans son cottage.

Merde, pensa-t-elle avec colère. *Pas étonnant que toutes ces bonnes femmes soient venues ramper à sa porte avec des cadeaux de bienvenue.*

Chez Harvey, où la caissière lui lança un regard blessé, elle acheta de la nourriture pour chats, du lait et de la litière.

Elle rentra ensuite chez elle, donna à manger au chaton, puis alla s'installer dans le jardin avec une tasse de café. Envolées, toutes ses spéculations sur le meurtre : il n'y avait plus de place dans sa tête que pour son séduisant voisin. Si seulement elle avait été convenablement vêtue. Si seulement il ne l'avait pas entendue répondre avec tant de grossièreté à cette femme qui voulait voir la maison !

Le chaton se roulait dans le soleil. Elle le regarda d'un air morose. Elle aussi, elle aurait pu apporter un gâteau. En fait, il était encore temps. Elle ramassa le chat en vitesse, le porta dans la maison puis reprit le chemin de l'épicerie, pour s'apercevoir en arrivant qu'elle fermait plus tôt ce jour-là.

Elle pouvait filer acheter un gâteau à Moreton, mais il était de mise d'apporter une pâtisserie maison. Alors elle se souvint du congélateur de l'école. C'était là que les dames de Carsely entreposaient leurs préparations pour les fêtes à venir. Il n'y avait certainement pas de mal à *emprunter* l'une d'elles. Ensuite, elle pourrait rentrer chez elle, enfiler quelque chose de vraiment joli et apporter le gâteau à son voisin.

La salle polyvalente de l'école était vide, par bonheur. Elle le traversa puis entra dans la cuisine et souleva avec précaution le couvercle du congélateur. Il y avait là toutes sortes de bonnes choses : des tartes, des gâteaux des anges, des gâteaux au chocolat, des génoises et même – elle eut un frisson – des quiches.

Elle sortit un gros gâteau au chocolat. Elle avait le sentiment, tout à fait justifié, d'être la dernière des voleuses, lançait des regards alentour, s'attendait à être surprise d'un instant à l'autre. Puis elle referma doucement le congélateur et glissa son butin dans un sac plastique qu'elle avait apporté à cet effet. Direction son cottage.

Elle prit une douche, se lava les cheveux, les sécha et les brossa jusqu'à les faire briller. Elle enfila une robe de lin rouge agrémentée d'un col blanc et des sandales à talons hauts brun clair. Puis elle redonna du lait au chaton et décongela le gâteau au micro-ondes après l'avoir sorti de son emballage en cellophane. Enfin, elle le déposa sur un plat et marcha d'un pas énergique jusqu'au cottage de James Lacey.

« Oh ! Mrs. Raisin », dit-il en acceptant le gâteau avec réticence. « Comme c'est gentil à vous. Puis-je vous inviter à entrer ? À moins que, ajouta-t-il d'un air plein d'espoir, vous n'ayez trop à faire ?

– Mais non, pas du tout », répondit-elle gaiement.

Il la précéda dans le séjour, où elle jeta des regards curieux à droite et à gauche. Il y avait des livres partout, certains déjà alignés sur des étagères, d'autres encore dans des cartons attendant d'être rangés.

« On se croirait dans une bibliothèque, dit-elle. Je pensais que vous étiez dans l'armée.

– Je l'étais. Je vais profiter de ma retraite pour me poser et écrire sur l'histoire militaire. » Il indiqua un ordinateur posé sur un bureau, dans un coin de la pièce. « Si vous voulez bien m'excuser un instant, je vais préparer du café pour accompagner ce délicieux gâteau. Décidément, vous autres dames de Carsely êtes toutes des championnes de la pâtisserie. »

Agatha s'installa avec précaution dans un vieux fauteuil en cuir délabré, remontant légèrement sa robe afin de mettre en valeur ses jambes.

Cela faisait des années qu'Agatha Raisin ne s'était pas intéressée à un homme. À dire vrai, jusqu'à l'instant où elle avait posé les yeux sur James Lacey, elle aurait juré que ses hormones avaient abandonné la partie et qu'elles étaient mortes. Elle était tout excitée, telle une collégienne à son premier rendez-vous.

Elle espérait que le gâteau serait bon. Quelle veine, de s'être rappelé la cuisine de l'école !

C'est alors qu'elle se figea, les mains cramponnées aux bras de son fauteuil. La cuisine. Y avait-il une cuisinière dans cette cuisine ? Il y avait un micro-ondes, oui, puisque c'était là que les dames de Carsely décongelaient les pâtisseries quand elles installaient le salon de thé lors de leurs interminables actions de collecte.

Il fallait qu'elle y retourne. Elle bondit de son fauteuil et franchit comme un ouragan la porte du cottage au moment où James Lacey revenait au séjour avec une cafetière et deux mugs sur un plateau.

Il posa le tout avec précaution, marcha jusqu'à la porte et regarda alentour.

Agatha Raisin, sa robe tirebouchonnant sur les jambes, fonçait dans Lilac Lane comme si elle avait tous les démons de l'Enfer à ses trousses.

C'est peut-être la consanguinité, pensa-t-il. Puis il s'assit et coupa une part de gâteau.

Agatha se précipita dans la cuisine de l'école, regarda fiévreusement autour d'elle. Et vit là, sous ses yeux, ce qu'elle avait espéré trouver : une grande gazinière. Elle ouvrit les placards à côté de l'évier. Ils étaient remplis de tasses et de soucoupes, de saladiers, de tourtières, de poêles et de casseroles.

Elle s'assit brusquement. Voilà comment Vera avait pu procéder. Voilà comment elle avait *dû* procéder.

Elle fouilla dans sa mémoire. Le jour de la vente aux enchères, par exemple, Mrs. Mason était restée ici toute la journée, à préparer une nouvelle fournée de gâteaux. On faisait donc vraiment la cuisine ici. Mais les gens ne s'en seraient-ils pas souvenus, si Vera Cummings-Browne était venue ici le jour du concours de quiches, pour préparer une quiche, justement ?

Oui, mais elle n'était pas forcément là ce jour-là, se dit Agatha. Tout ce qu'elle avait eu à faire, c'était préparer la quiche à l'avance, n'importe quand, puis la mettre au congélateur et garder un œil dessus pour s'assurer que personne ne la prenait avant le jour où elle en aurait besoin. Le reste de la quiche d'Agatha était certainement parti à la poubelle avec les autres déchets du concours. Il avait alors suffi à Vera de sortir sa propre quiche empoisonnée du congélateur, de la rapporter chez elle, de la passer au micro-ondes et d'en découper une part – la soi-disant part prélevée pour le concours – pour aller la jeter quelque part. Agatha était prête à parier que les gars de la police scientifique n'avaient pas passé la garde-robe de la veuve au peigne fin à la recherche de miettes empoisonnées.

Comment le prouver ?

Dissimuler un micro sur moi, aller la trouver, pensa Agatha, *et tout lui déballer. Lui tendre un piège pour obtenir ses aveux.*

12

Mr. James Lacey regarda nerveusement par sa fenêtre. Voilà cette Agatha Raisin qui revenait à toute vitesse. Ses lèvres remuaient en silence. Il recula derrière les rideaux, mais, à son grand soulagement, elle poursuivit sa route et il ne tarda pas à entendre sa porte claquer.

Il s'attendait à ce qu'elle revienne frapper chez lui, mais la journée s'écoula sans aucun signe d'elle. En début de soirée, il entendit démarrer sa voiture et la vit bientôt passer devant chez lui. Sans un regard ni un geste pour lui.

Il continua à travailler sans s'interrompre, se redressant seulement lorsqu'il entendit quelqu'un marcher à fond de train dans la rue. Il regarda par-dessus la haie : c'était Agatha qui arrivait, à pied cette fois. Il se baissa vivement. Elle passa son chemin et, une fois de plus, il entendit claquer la porte de son cottage.

Une heure plus tard, au moment où il s'apprêtait à rentrer pour la nuit, une voiture de police arriva en trombe, s'arrêta devant la maison de sa voisine, puis trois hommes en descendirent, dont l'un, reconnut-il, était Bill Wong. Ils tambourinèrent à la porte, mais, bizarrement, la mystérieuse Mrs. Raisin ne vint pas ouvrir. Bill Wong déclara : « Sa voiture n'est pas là. Elle est peut-être partie à Londres. »

Voilà qui était bien étrange. Il se demanda si Agatha était recherchée pour un crime qu'elle aurait commis, ou si on avait tout bonnement découvert sa disparition dans un asile d'aliénés.

Chez elle, Agatha resta accroupie jusqu'à ce que la voiture de police soit repartie. Elle avait délibérément caché son propre véhicule à l'écart d'une petite route, en haut de la colline dominant Carsely, au cas où Bill Wong lui rendrait visite. Elle n'avait aucune intention de le voir tant qu'elle ne pourrait pas lui apporter la preuve irréfutable que Vera Cummings-Browne était une meurtrière. Elle fut légèrement déconcertée, en regardant brièvement par la fenêtre de sa chambre, de voir qu'ils étaient trois, mais supposa que c'était parce qu'on avait retrouvé John Cartwright. Tout ça pouvait attendre. Agatha Raisin, détective, allait résoudre Le Grand Mystère de la Quiche Fatale sans l'aide de personne.

Le lendemain matin, James Lacey se persuada que son jardin de devant réclamait plus de soins, bien qu'il en eût déjà arraché la moindre mauvaise herbe. En y regardant bien, cependant, il trouva que les bordures de sa petite pelouse avaient besoin d'être taillées et sortit les outils nécessaires, tout en gardant un œil intrigué sur le cottage voisin.

Il fut bientôt récompensé. Agatha sortit et s'engagea dans la ruelle. Cette fois, il se pencha pardessus son portail.

« Bonjour, Mrs. Raisin », cria-t-il.

Agatha fixa son regard sur lui, le gratifia d'un bref « bonjour » et poursuivit sa route. L'amour pouvait attendre, pensa-t-elle.

Elle récupéra sa voiture et roula jusqu'à Oxford en passant par Moreton-in-Marsh, Chipping Norton et Woodstock, dans l'éclat aveuglant d'un soleil d'airain. Elle se gara sur St. Giles, puis gagna à pied le centre commercial Westgate en empruntant Cornmarket Street, jusqu'à ce qu'elle trouve le magasin qu'elle voulait. Elle y acheta un petit mais néanmoins coûteux magnétophone qu'elle pouvait porter sanglé contre son corps et qui se mettait en marche au moyen d'interrupteurs dissimulés dans ses poches. Ensuite elle fit l'acquisition d'une ample veste d'homme pourvue de poches intérieures.

« Allez, on y va, marmonna-t-elle tandis qu'elle reprenait la route de Carsely. J'espère que cette salope n'est pas repartie en Toscane ! »

En arrivant au sommet d'une côte, après Chipping Norton, elle aperçut un amoncellement de nuages noirs à l'horizon. Elle décida donc de rentrer directement chez elle en voiture, quitte à courir le risque de recevoir la visite de la police.

Quand elle pénétra dans son cottage, le chaton l'accueillit par des gambades, et elle se surprit à retarder ses préparatifs pour lui donner du lait et de la nourriture, avant de le laisser sortir s'ébattre au soleil dans le jardin. Elle sangla le magnétophone et disposa les interrupteurs dans ses poches, puis testa la machine pour s'assurer qu'elle fonctionnait correctement. C'était le cas.

Et maintenant, Vera Cummings-Browne, à nous deux ! se dit-elle.

Quelle déception de voir ses coups frappés à la porte de Vera rester sans réponse ! Elle passa chez Harvey demander si quelqu'un l'avait vue, à quoi une cliente de l'épicerie répondit que Mrs. Cummings-Browne avait annoncé qu'elle partait faire des courses en dehors du village. Agatha poussa un petit grognement. Elle n'avait plus qu'à attendre.

Au commissariat de police de Mircester, l'inspecteur-chef Wilkes s'arrêta devant le bureau de Bill Wong. « Vous avez appelé votre amie, Mrs. Raisin, pour lui dire que nous avions arrêté John Cartwright ?

– Non, j'ai oublié, répondit Bill. J'étais plus intéressé par ceci. »

Il tendit une photo en noir et blanc de Vera Cummings-Browne recevant le premier prix pour sa composition florale.

« Qu'est-ce que c'est ?

– C'est ce que Mrs. Raisin cherchait hier. J'ai appris qu'elle avait rendu visite à un certain Mr. Jones, alors je me suis dit que j'allais moi aussi lui rendre visite pour voir si elle n'avait pas levé un lièvre. Elle lui avait emprunté la photo, mais il m'a donné le négatif. Je viens de le faire développer. Et ça... » – Bill planta un index potelé au milieu du bouquet – « ... ça ressemble comme deux gouttes d'eau à de la ciguë aquatique, la plante dont Mrs. Cummings-Browne a prétendu ne rien connaître. Mrs. Raisin a mis le doigt sur quelque chose. Il vaudrait peut-être mieux que j'aille là-bas. »

Combien de fois, se demandait Agatha, avait-elle péniblement marché jusqu'au cottage de Vera, dans la chaleur suffocante, pour trouver la porte close et la maison silencieuse ? Elle transpirait sous sa veste.

Et puis, enfin, elle vit la Range Rover de la veuve garée sur les pavés devant chez elle.

Toute palpitante d'excitation, elle toqua à la porte.

Un long silence suivit, interrompu par un roulement de tonnerre dans le ciel. Agatha frappa encore. Le rideau d'une fenêtre latérale frémit, puis la porte s'ouvrit.

« Oh ! Mrs. Raisin, fit mollement Mrs. Cummings-Browne. Je m'apprêtais à sortir.

– Je veux vous parler, répondit Agatha d'un ton agressif.

– Eh bien, attendez un instant que j'aille ranger la voiture. Je crois qu'il va enfin se mettre à pleuvoir. »

Agatha fut tout à coup assaillie par le doute. Vera paraissait parfaitement calme. Mais d'un autre côté, comment aurait-elle pu connaître la raison de sa visite ?

Afin de ne courir aucun risque, Agatha la suivit dehors et la regarda ranger sa voiture dans un garage situé au bout de la rangée de cottages.

Vera revint d'un pas vif. « J'ai tout juste le temps pour une tasse de thé, Mrs. Raisin, mais ensuite je dois vraiment filer. J'organise un concours de compositions florales à Ancombe, et il faut bien que quelqu'un montre à ces villageoises stupides comment procéder. »

Elle s'absenta dans la cuisine d'un air affairé pour préparer le thé. « Asseyez-vous dans le salon, Mrs. Raisin. Je n'en ai pas pour longtemps. »

Agatha s'assit dans la petite pièce qui constituait le séjour et regarda autour d'elle. C'était ici que ça s'était passé. Un éclair illumina la pièce sombre, puis il y eut un terrible coup de tonnerre.

« Comme il fait noir ici ! » s'exclama Vera, qui entrait avec un service à thé sur un plateau. Elle déposa le tout sur une table basse. « Lait et sucre, Mrs. Raisin ?

– Aucun des deux, bougonna Agatha. Juste du

thé. » Maintenant que le moment était venu, elle se sentait presque trop gênée pour se lancer. Il y avait quelque chose de si *normal* chez Vera – depuis ses cheveux bien coiffés jusqu'à sa robe en liberty – quand elle lui servit le thé.

« Alors, Mrs. Raisin, fit joyeusement la veuve, qu'est-ce qui vous amène ? Une nouvelle vente aux enchères ? Vous savez quoi ? Il commence à faire véritablement froid. Le feu est préparé. Je n'ai plus qu'à l'allumer. À vrai dire, ça fait des semaines que le feu est prêt. Quel temps terrible nous avons eu récemment, vous ne trouvez pas ? Enfin, il a tourné, Dieu merci. Écoutez-moi un peu cet orage. »

Agatha but nerveusement une gorgée de thé ; elle aurait aimé que Vera Cummings-Browne arrête de s'agiter pour pouvoir en finir une bonne fois avec cette fâcheuse histoire.

Des filets de sueur dégoulinaient sous ses vêtements. Comment diable Vera Cummings-Browne pouvait-elle trouver qu'il faisait froid ? Le feu crépita dans la cheminée.

Vera s'assit enfin, croisa les jambes et fixa Agatha avec une curiosité enjouée.

« Mrs. Cummings-Browne, commença Agatha, je sais que vous avez assassiné votre mari.

– Ah, oui, vraiment ? fit l'autre d'un air amusé. Et comment suis-je censée m'y être prise ?

– Vous l'aviez sans doute planifié depuis un certain temps, répondit Agatha avec lourdeur. Vous aviez déjà préparé une quiche empoisonnée, et vous l'aviez mise au congélateur de l'école avec les autres victuailles servies par les dames de Carsely dans les occasions où elles ouvrent le salon de thé. Vous attendiez la bonne occasion pour la sortir. Et c'est moi qui vous l'ai fournie. Car naturellement, vous ne vouliez pas que votre mari meure après avoir mangé une de vos quiches. Alors, quand j'ai annoncé que je laissais la mienne, vous avez saisi votre chance. Vous avez jeté ma quiche avec tous les déchets qui restaient après le concours. Vous avez rapporté votre propre quiche chez vous, vous l'avez décongelée, et vous avez découpé trois parts : une dont vous vous êtes débarrassée, et deux parts que vous avez laissées à votre mari pour le souper. Je ne sais pas si vous avez vérifié qu'il était bien mort à votre retour. Ensuite, vous avez appris qu'en réalité, j'avais acheté cette quiche à Londres. Vous êtes une femme cupide, je le sais pour m'être fait avoir en vous invitant à dîner à grands frais dans un restaurant miteux dont vous possédez des parts. Vous avez vu là une occasion d'extorquer de l'argent à ce pauvre Mr. Economides, alors vous avez foncé à Londres pour lui annoncer que vous portiez plainte contre lui. Qui sait ? Vous espériez sans doute qu'il chercherait un règlement à l'amiable. Mais il vous a avoué que la quiche provenait de la boutique de son cousin du Devon. Or son cousin cultivait ses propres légumes, et il ne pousse pas de ciguë aquatique dans ce comté. Vous avez donc dit à la police que vous aviez décidé de lui pardonner et de ne pas engager de poursuites contre lui. Vous avez affirmé que vous ne saviez pas à quoi ressemblait la ciguë aquatique. Mais vous aviez emprunté un livre sur les plantes toxiques à la bibliothèque et, qui plus est, j'ai découvert, sur une photo que Mr. Jones m'a donnée, que vous aviez déjà utilisé la ciguë aquatique dans l'une de vos compositions florales. Voilà comment vous vous y êtes prise ! »

Agatha vida sa tasse de thé d'un air triomphal et défia Vera du regard.

À son étonnement, la seule réaction de son interlocutrice consista à se lever pour ajouter du charbon sur les bûches déjà flambantes de la cheminée.

Puis elle se rassit. Et fixa Agatha.

« En fait, Mrs. Raisin, vous avez parfaitement raison. » Elle leva la voix pour couvrir le bruit du tonnerre : « Vous n'avez pas pu vous empêcher de tricher à ce concours, hein, sale idiote que vous êtes ! Alors, je me suis dit que je n'avais qu'à en tirer un gain financier, et, oui, j'espérais que le Grec proposerait un accord à l'amiable. Et voilà qu'il lâche cette histoire sur le Devon. Mais au moins, j'avais réussi à lui faire tellement peur qu'il n'a même pas voulu examiner sa soi-disant quiche de près. J'ai tout de même passé un mauvais quart d'heure à me dire qu'il voudrait le faire et qu'il verrait alors que ce n'était pas la sienne. Finalement, tous les dangers avaient l'air écartés. J'étais fatiguée des foutues frasques de Reg, mais j'avais fermé les yeux jusqu'à ce que cette Maria Borrow entre en scène. Elle s'est ramenée ici un jour et m'a annoncé que Reg allait l'épouser. Elle ! Cette pitoyable vieille toquée ! C'était la honte ultime ! Je savais qu'il n'avait pas l'intention de divorcer, mais ce vieux crapaud de Borrow finirait tôt ou tard par le répéter à tout le monde, et ça, je ne l'aurais pas toléré ! J'ai cru que ça n'avait pas marché, vous savez ? Ce soir-là, à mon retour, j'ai vu les lumières et la télé allumées, mais aucune trace de Reg. J'ai été un peu soulagée. Il était sorti en oubliant de tout éteindre. Alors je suis montée me coucher. Quand ils m'ont dit qu'il était mort, le matin, je n'arrivais pas à croire que c'était à cause de moi. J'avais l'habitude de rêver que je me débarrassais de lui : j'ai presque cru que la préparation de cette quiche empoisonnée et sa substitution à la vôtre étaient le fruit de mon imagination, et qu'on allait m'apprendre qu'il avait eu une attaque. Qu'est-ce qui ne va pas, Mrs. Raisin ? Vous avez sommeil ? »

Agatha sentait sa tête lui tourner. « Le thé, articula-t-elle d'une voix rauque.

– Oui, le thé, Mrs. Raisin. Vous vous croyez sacrément maligne, hein ? Pourtant, il faut être d'une imbécillité crasse pour venir accuser une empoisonneuse chez elle et boire son thé !

– De la ciguë aquatique, fit Agatha, le souffle court.

– Oh ! non, ma chère. Juste des somnifères. J'ai appris par Jones ce que vous lui aviez demandé, et aussi par cette femme, à la bibliothèque. Je vous ai suivie à Oxford. J'avais vu votre voiture, hier, garée sur un petit chemin, là-haut. Je vous attendais quand vous vous êtes mise en route. Alors moi aussi, je suis allée à Oxford, chez un charlatan dont j'avais entendu parler, un médecin qui a un cabinet privé et prescrit toutes sortes de médicaments à n'importe qui. Je lui ai dit que je m'appelais Agatha Raisin et que je n'arrivais pas à dormir. Voici les comprimés. » De la poche de sa robe, Vera sortit un flacon de médicaments. « Et il y a votre nom écrit dessus. »

Elle se leva.

« Il ne me reste plus qu'à éparpiller quelques-uns de ces prospectus pour le concours de compositions florales par terre et à m'arranger pour qu'un morceau de charbon ardent roule dessus. Je dirai à tout le monde que je vous ai proposé de vous mettre à l'aise en attendant mon retour. Un si triste accident. Tout est sec comme de l'amadou, avec cette chaleur. Ça vous fera un beau petit bûcher funéraire. Je vais juste laisser tomber le reste de comprimés dans votre sac à main et le poser à côté de la fenêtre de la cuisine en espérant qu'il échappe à l'incendie. »

Agatha avait l'impression de vivre un cauchemar en Enfer. Elle ne pouvait plus bouger. Elle pouvait voir... à peine. Vera éparpilla les prospectus, les contempla en fronçant les sourcils, puis alla chercher une bouteille d'huile dans la cuisine. Elle en versa un peu sur le sol et retourna la ranger. « C'est une chance que mon cottage soit très bien assuré », fit-elle remarquer.

Elle ramassa un morceau de braise à l'aide de la pince en laiton, le laissa tomber par terre, puis le regarda patiemment rougeoyer. Avec un claquement de langue agacé, elle gratta une allumette et l'envoya sur les prospectus, qui s'enflammèrent d'un coup. Elle se dirigea petit à petit vers la porte. À côté de la cheminée, une pile de magazines rangés dans un porte-revues prirent brusquement feu. Ensuite Vera ferma les fenêtres du séjour. Enfin, arborant un petit sourire, elle dit : « Au revoir, Mrs. Raisin », et sortit de la maison. Elle marcha jusqu'à son garage, jetant un regard en arrière. Elle avait pris la précaution de fermer les rideaux. Mais il lui fallait tout de même ficher le camp en vitesse.

Au prix d'un effort surhumain, Agatha s'enfonça un doigt dans la gorge et vomit violemment. Elle tomba du fauteuil sur la moquette en flammes. Tout en gémissant et en sanglotant, elle s'éloigna en rampant du feu, se traîna jusqu'à la cuisine. Vera avait fermé la porte d'entrée à clé. Inutile de tenter sa chance de ce côté-là. D'un coup de pied sans force, elle ferma la porte de la cuisine derrière elle. Un bruit assourdissant emplissait ses oreilles. Dehors, le tonnerre grondait, dedans, le feu rugissait.

Ses mains affaiblies remontèrent à grand-peine

jusqu'au bord de l'évier, s'y accrochèrent. Dans les éviers, il y avait de l'eau, et derrière cet évier-là, il y avait la fenêtre de la cuisine, que cette vieille harpie avait peut-être oublié de fermer.

Mais bien qu'elle eût vomi, Agatha avait ingurgité une grande quantité de somnifères, ou de potion, enfin, la substance que Vera avait mélangée à son thé. Les ténèbres l'engloutirent, elle fit un ultime effort pour se relever, regarda fixement par la fenêtre tandis que sa bouche articulait sans bruit les mots « au secours », puis elle retomba en arrière sur le sol de la cuisine, inconsciente.

« Je ne vois pas pourquoi nous faisons des heures supplémentaires pour cette Agatha Raisin, Bill, grommela l'inspecteur-chef. Le fait qu'il y ait eu de la ciguë aquatique dans le bouquet de Mrs. Cummings-Browne peut très bien être une coïncidence.

– J'ai toujours eu la certitude qu'elle était coupable, répondit Bill. J'ai dit à Mrs. Raisin de s'occuper de ses oignons parce que je ne voulais pas qu'on lui fasse de mal. Nous devons interroger Vera Cummings-Browne à propos de cette photo. Quel orage ! »

Ils roulaient à une allure tranquille dans la grand-rue de Carsely. Bill scrutait les alentours à travers le pare-brise. Un éclair illumina la rue, illumina la Range Rover qui approchait, illumina le visage stupéfait de Vera Cummings-Browne qui conduisait. Presque sans réfléchir, Bill donna un brusque coup de volant et barra le passage.

« Qu'est-ce qui vous prend, bordel ? » hurla Wilkes.

D'un bond, Vera descendit de voiture et partit à toutes jambes par l'une des rues secondaires.

« C'est Mrs. Cummings-Browne ! Rattrapez-la ! » cria Bill. Wilkes et le sergent Friend sortirent précipitamment de voiture, tandis que Bill courait sous la pluie battante en direction du cottage de Vera, jurant dans sa barbe lorsqu'il distingua le rougeoiement intense d'un incendie derrière les rideaux du séjour.

La fenêtre de la cuisine se situait à gauche de l'entrée. Il fonça vers elle dans l'idée de pénétrer dans la maison par effraction, juste à temps pour voir la figure blafarde et le regard fixe d'Agatha Raisin s'élever au-dessus de l'évier avant de disparaître à nouveau.

Devant le cottage, une étroite plate-bande de fleurs était bordée de morceaux de marbre arrondis. Il en saisit un et le lança droit vers le carreau de la cuisine, se faisant la réflexion insensée qu'il n'y avait qu'au cinéma que les fenêtres volent en éclats, car son projectile traversa tout bonnement la vitre en laissant un trou aux contours déchiquetés derrière lui.

Il en prit un autre et cogna sauvagement sur le verre jusqu'à ce qu'il ait ouvert un trou assez grand pour pouvoir se faufiler à l'intérieur.

Agatha était étendue par terre. Il essaya de la ramasser. D'abord, elle lui parut trop lourde. Un épouvantable rugissement de flammes lui parvenait de la pièce voisine. Il réussit à la remettre debout et lui fourra la tête dans l'évier. Ensuite, il l'empoigna par les chevilles et la souleva de façon à lui faire passer les pieds par-dessus la tête, puis dehors. Alors il agrippa une touffe de ses cheveux et, haletant, poussant, réussit à éjecter tout son corps à travers la vitre brisée pour la laisser retomber sur les pavés de la chaussée, avant de plonger à son tour dans l'ouverture à l'instant où la porte de la cuisine s'effondrait et que des langues de feu s'élançaient furieusement à travers la pièce.

Il resta un instant étendu sur Agatha tandis que la pluie s'abattait violemment sur eux. Des portes s'ouvraient, des gens accouraient. Il entendit une femme crier : « J'ai appelé les pompiers. » Ses mains saignaient, et la figure d'Agatha présentait des coupures aux endroits qui avaient frotté contre le verre brisé. Mais elle respirait profondément. Elle était vivante.

Agatha reprit connaissance à l'hôpital et regarda autour d'elle, sonnée. Il y avait des fleurs partout. Ses yeux se fixèrent sur les traits asiatiques de Bill Wong, qui attendait patiemment, assis à son chevet.

Alors seulement l'horreur de l'incendie lui revint en mémoire.

« Que s'est-il passé ? » demanda-t-elle d'une voix faible.

De l'autre côté du lit monta la voix sévère de l'inspecteur-chef Wilkes : « Vous avez failli vous faire carboniser, voilà ce qui s'est passé, et vous l'auriez été si Bill ne vous avait pas sauvé la vie.

– Il faut que vous maigrissiez, Mrs. Raisin, fit Bill avec un large sourire. Vous êtes lourde. Enfin, vous serez contente d'apprendre que Vera Cummings-Browne a été arrêtée. Quant à savoir si elle passera en jugement, c'est une autre histoire. Elle a complètement pété les plombs. Mais ce que vous avez fait était stupide et dangereux, Mrs. Raisin. D'après ce que j'ai compris, vous êtes allée l'accuser d'assassinat, puis vous avez tranquillement bu son thé. »

Agatha se redressa à grand-peine sur les oreillers.

« C'est grâce à moi que vous l'avez eue. J'imagine que vous avez trouvé l'enregistrement de ses aveux sur moi.

– Nous avons trouvé une bande vierge sur vous ! Vous aviez oublié d'enclencher cette foutue machine. »

Elle poussa un petit gémissement.

« Mais alors, comment avez-vous obtenu ses aveux ?

– Voilà comment ça s'est passé. Je me demandais ce que vous aviez derrière la tête en allant voir ce Mr. Jones. J'ai appris que vous lui aviez emprunté une photo, il m'a donné le négatif, je l'ai fait développer et j'ai découvert la ciguë aquatique dessus. Nous nous dirigions vers le cottage de Mrs. Cummings-Browne pour lui poser quelques questions quand nous avons croisé sa voiture. J'ai barré la route. Elle a essayé de se sauver, et quand Mr. Wilkes l'a rattrapée, elle a craqué : elle a tout avoué, et elle a ajouté que tout ça valait la peine si vous mouriez dans l'incendie. J'ai réussi à vous sortir de là.

– Qu'est-ce qui vous a mise sur sa piste, pour commencer ? demanda Wilkes avec irritation. Certainement pas ce brin de ciguë sur la photo, tout de même ! »

Agatha réfléchit à toute vitesse. Elle n'avait pas enclenché le magnétophone. La police n'avait pas besoin de savoir que sa quiche venait du Devon, ni que Mr. Economides avait un cousin qui…, etc. Alors au lieu de ça, elle leur parla de la cuisine de l'école et du livre de bibliothèque.

« Vous auriez dû immédiatement nous faire part de ces informations, répondit Wilkes, toujours aussi irrité. Bill s'est tailladé les mains en vous portant secours, et vous avez failli être tuée. Pour la dernière fois, laissez la police faire son travail.

– La prochaine fois, j'agirai de façon plus professionnelle, rétorqua-t-elle, vexée.

– La prochaine fois ? rugit Wilkes. Il n'y aura pas de prochaine fois !

– Ce que je trouve curieux, poursuivit-elle, c'est que je n'aie pas remarqué le goût des somnifères.

Je veux dire, si elle a réduit tous ces comprimés en poudre, il aurait dû y avoir des petits grains dans le thé.

– Elle s'est procuré des capsules en gélatine de Dormaron, un somnifère très puissant, auprès d'un charlatan d'Oxford qu'on est train d'interroger. Ça n'a aucun goût. Elle a simplement ouvert les capsules à l'aide d'un couteau et versé le contenu liquide dans votre thé, expliqua Wilkes. Je reviendrai vous interroger quand vous serez rentrée chez vous, Mrs. Raisin, mais ne vous avisez plus jamais de jouer les détectives. Oh ! tant que j'y pense, nous avons mis la main sur John Cartwright. Il travaillait sur un chantier de construction à Londres. »

Sur quoi, il quitta la chambre d'un pas lourd.

« Il vaudrait mieux que j'y aille aussi », fit Bill. Pour la première fois, Agatha remarqua ses mains couvertes de bandages.

« Merci de m'avoir sauvé la vie, dit-elle. Je suis désolée, pour vos mains.

– Et moi, pour votre figure. » Agatha porta les mains à son visage et sentit la présence de bouts de sparadrap. « Vous avez quelques points de suture sur une estafilade à la joue. Mais le seul moyen que j'avais de vous tirer de là, c'était de vous pousser comme une brute à travers la vitre. Et j'ai bien peur de vous avoir arraché une poignée de cheveux, aussi.

– J'ai renoncé à me soucier de mon apparence. Oh, mon petit chat ! Depuis quand suis-je ici ?

– Hier seulement. Mais je suis allé voir votre voisin, Mr. Lacey, et il a proposé de garder le chat jusqu'à votre retour.

– Comme c'est gentil. Mr. Lacey ? Est-ce qu'il sait ce qui est arrivé ?

– Je n'ai pas eu le temps de le lui expliquer. Je me suis contenté de lui donner le chat et j'ai dit que vous aviez eu un accident. »

Les mains d'Agatha se portèrent de nouveau vivement à son visage.

« Je suis affreuse à voir ? Vous m'avez arraché beaucoup de cheveux ? Il y a un miroir quelque part ?

– Je croyais que vous vous moquiez de votre apparence ?

– Et toutes ces fleurs ? Qui les a envoyées ?

– Le gros bouquet vient de la Société des dames de Carsely. Le petit bouquet de roses, c'est Doris et Bert Simpson, le glaïeul élégant, Mrs. Bloxby, l'énorme bouquet a été envoyé par le patron et les habitués du Red Lion. Et celui-là, tout en tiges, c'est le mien.

– Merci beaucoup, Bill. Euh… et il y a quelque chose de la part de Mr. Lacey ?

– Voyons, pourquoi y aurait-il quelque chose ? Vous connaissez à peine cet homme.

– Mon sac à main est là ? Je dois avoir une tête à faire peur. Il me faut de la poudre, du rouge à lèvres et un peigne. Et puis j'ai un flacon de parfum français dedans.

– Du calme. On vous renvoie chez vous demain. Vous pourrez vous peinturlurer la figure tout votre soûl. Et n'oubliez pas mon invitation à dîner.

– Euh, quoi ? Ah, oui. Bien sûr que vous devez venir. La semaine prochaine. Je pourrais peut-être vous aider pour certaines enquêtes ?

– Non, répondit-il avec fermeté. Ne vous avisez plus d'essayer de résoudre une affaire criminelle. » Il se radoucit. « Même si vous m'avez rendu un fier service.

– Comment ça ?

– Je reconnais que je m'étais mis à vous suivre pendant mon temps libre, et j'avais demandé au policier du coin de me rapporter le moindre incident. Comme vous, je n'ai jamais tout à fait cru à la thèse de l'accident. Mais c'est à moi que Wilkes attribue plus ou moins la résolution de cette affaire, parce qu'il préférerait mourir que d'admettre qu'un simple citoyen puisse être d'une aide quelconque à la police. Alors, ce dîner ?

– Mercredi prochain ? Disons, sept heures ?

– Parfait. Rendormez-vous. À mercredi.

– Est-ce que je suis à Moreton-in-Marsh ?

– Non, au centre hospitalier de Mircester. »

Après le départ de Bill, Agatha fouilla dans le casier situé à côté de son lit et y trouva son sac à main. On en avait retiré les somnifères, remarqua-t-elle. Elle ouvrit son poudrier, contempla son reflet dans le miroir d'un air éberlué et laissa échapper un cri atterré. Elle était cabossée de partout.

« Hé ! »

Elle se tourna vers le lit voisin. Il était occupé par une vieille femme qui présentait une ressemblance frappante avec Mrs. Boggle. « C'est quoi qu'vous avez fait ? demanda-t-elle avidement. Pourquoi qu'y a tous ces poulets ?

– J'ai résolu un crime pour eux, répondit pompeusement Agatha.

– C'te blague ! s'exclama l'abominable vieille. Celle qu'elle était avant vous dans ce lit, elle se prenait pour Mary Stuart.

– La ferme ! » fit Agatha d'un ton rageur, tout en se regardant dans le miroir et en se demandant si, finalement, les bouts de sparadrap ne lui donnaient pas un air héroïque.

La journée passa. Les soap-operas défilèrent sur le mauvais écran de télé placé au pied des lits. Personne d'autre ne lui rendit visite. Pas même Mrs. Bloxby.

Eh bien, c'est tout, pensa-t-elle lugubrement. *Pourquoi ont-ils pris la peine d'envoyer des fleurs ? Ils ont sans doute cru que j'étais morte.*

13

Le lendemain, on annonça à Agatha qu'une ambulance quitterait l'hôpital à midi pour la ramener chez elle. Elle en fut plutôt satisfaite. Son retour à Carsely en ambulance obligerait le village à s'intéresser à elle.

Elle décrocha les cartes de vœux des bouquets qui entouraient son lit ; elle voulait les garder comme souvenirs de sa vie dans les Cotswolds. Quelle drôle d'idée d'avoir proposé son aide à Bill Wong pour certaines enquêtes, comme si elle avait eu l'intention de rester ! Elle demanda à une infirmière d'emporter les fleurs au service de pédiatrie, puis s'habilla et descendit attendre l'ambulance. Dans le hall, une boutique vendait des journaux. Elle acheta une liasse de quotidiens du coin, mais ne trouva rien sur l'arrestation de Vera Cummings-Browne. Peut-être la nouvelle était-elle parvenue trop tard aux oreilles des journalistes.

Elle découvrit avec consternation que l'« ambulance » n'était en fait qu'un minibus raccompagnant dans leurs divers villages des patients du service de gériatrie. *Pourquoi est-ce que j'éprouve tant d'impatience et de cruauté à la vue de vieux rhumatisants ?* se demanda-t-elle en les regardant monter d'un pas chancelant et trébuchant. *Ce sera malheureusement bientôt mon tour, d'être vieille.* Elle s'obligea à se lever pour aider un vieillard à embarquer. L'homme lui lança un regard lubrique. « Bas les pattes ! Je connais les femmes comme vous. »

Les autres passagers, ou plutôt passagères, hurlèrent de rire et s'écrièrent : « T'es impayable, Arnie ! » et autres cocasseries du même genre. Tout le monde se connaissait manifestement très bien.

La journée était fraîche et paisible ; de grands nuages cotonneux flottaient dans le ciel bleu clair. La vieille voisine d'Agatha attira son attention en lui plantant douloureusement sa canne dans les orteils. « Qu'est-ce qui vous est arrivé, alors ? demanda-t-elle en fixant d'un œil interrogateur sa figure couverte de sparadraps. Y vous a mis une raclée, hein ?

– Non, répondit Agatha sur un ton glacial. J'ai résolu une affaire de meurtre pour la police.

– C'est la boisson, poursuivit la vieille. Mon homme à moi, y m'tombait d'ssus quand y rentrait du pub, quèqu'chose de bien. Il est mort maintenant. Y a un truc qu'y faut leur accorder, aux hommes, c'est qu'y meurent avant nous.

– À part moi ! s'écria Arnie. Soixante-dix-huit ans, et toujours bon pied bon œil ! »

Nouveaux gloussements. La déclaration d'Agatha sur son rôle dans une affaire criminelle était tombée à plat. Le minibus s'arrêta paresseusement dans un petit hameau. On aida sa voisine à descendre. La vieille femme la regarda et lui lança en guise d'adieu : « N'allez pas inventer des bobards pour le protéger. C'est c'que je faisais, moi. De nos jours, c'est plus pareil. S'il vous cogne, dites-le à la police. »

Un murmure approbateur monta des autres passagères.

Le minibus repartit. Elle eut finalement droit à un tour exhaustif des villages de la région tandis qu'on déposait un vieillard après l'autre.

À la fin, elle se retrouva seule dans le bus. Elle se sentait sale et lasse au moment où le véhicule descendait doucement vers Carsely.

« Où est-ce qu'on va ? cria le chauffeur.

– Première à gauche. Troisième cottage sur la gauche.

– Il se passe quelque chose. Une grosse fête pour votre retour. Vous revenez d'la guerre ou quoi ? »

L'ambulance s'arrêta devant le cottage d'Agatha. Une immense acclamation retentit. L'orchestre commença à jouer *Hello Dolly*. Ils étaient tous là, tout le village, et une banderole accrochée de travers au-dessus de sa porte proclamait : BIENVENUE CHEZ VOUS.

Mrs. Bloxby fut la première à la prendre dans

ses bras. Puis ce fut le tour de tous les membres de la Société des dames de Carsely. Puis celui du patron, Joe Fletcher, et des habitués du Red Lion.

Les photographes locaux prenaient cliché sur cliché, les reporters se tenaient prêts.

« Tout le monde à l'intérieur, cria Agatha, je vais tout vous raconter. »

Son séjour ne tarda pas à être bondé, l'excédent de visiteurs se déversant dans la salle à manger et la cuisine, tandis qu'elle racontait à un auditoire captivé comment elle avait résolu l'Affaire de la Quiche Fatale. Avec de considérables enjolivements. Mais elle parvint à rendre avec toute la splendeur du technicolor la façon dont le courageux Bill Wong l'avait traînée hors de la maison livrée aux flammes, « avec ses vêtements en feu et ses mains en lambeaux ».

« Ce courage, conclut-elle, illustre bien la qualité des hommes qui composent les forces de police de notre pays. »

Quelques journalistes gribouillaient activement ; les plus modernes utilisaient un magnétophone. Agatha allait bientôt faire les gros titres de la presse nationale. Ou du moins, Bill Wong. Deux vilaines affaires de policiers corrompus avaient éclaté récemment, mais les journaux savaient bien que les Britanniques n'aimaient rien plus que lire l'histoire d'un héroïque *bobby*.

Devant le cottage voisin, James Lacey restait planté dans son jardinet, dévoré par la curiosité.

L'autre jour, la visite d'Agatha avait fait déborder le vase. Il était allé au presbytère et il avait sévèrement dit à Mrs. Bloxby que, même s'il était reconnaissant de l'accueil qu'il avait reçu au village, il voulait désormais qu'on le laisse tranquille. Il appréciait la solitude. Il s'était installé à la campagne pour trouver le calme et la paix. Et Mrs. Bloxby avait bien travaillé. Aussi, bien qu'il eût observé les préparatifs pour le retour d'Agatha, il ne savait pas ce qu'elle avait fait, ni même de quoi il retournait. Il aurait voulu demander à quelqu'un, mais il n'osait pas, car il avait déclaré qu'il voulait rester seul, et il avait même ajouté, se rappelait-il, que rien de ce qui touchait à la vie du village et à tous ses habitants, sans exception, ne l'intéressait.

Un à un, les membres du fan club d'Agatha repartaient. Doris Simpson fut l'une des dernières à rester. Elle tendit à Agatha un gros paquet marron.

« Mais enfin, qu'est-ce que c'est, Doris ?

– Bert et moi, on a parlé du nain que vous nous avez donné, répondit la femme de ménage d'un ton ferme. C'est cher, ces machins-là, et nous, ça nous intéresse pas beaucoup pour notre jardin, mais on sait qu'il a dû vous plaire puisque vous l'avez acheté. Alors on a décidé de vous le rendre.

– Mais je ne peux pas l'accepter, c'est impossible.

– Vous devez. Ça nous embête beaucoup. »

Agatha, qui avait depuis longtemps commencé à soupçonner que sa femme de ménage était douée d'une volonté de fer, répondit faiblement : « Merci.

– Autre chose pour votre service ? » cria Joe Fletcher depuis l'embrasure de la porte.

Alors, Agatha prit une décision soudaine.

« Oui, enlevez-donc la pancarte À VENDRE. »

Elle se retrouva enfin seule. Elle s'assit, brusquement toute tremblante. L'horreur de ce qui lui était arrivé chez Vera lui apparaissait dans toute sa mesure. Elle monta, prit un bain chaud, puis enfila une chemise de nuit et une vieille robe de chambre bleue en laine miteuse. Elle se regarda dans le miroir de la salle de bains. Elle avait une plaque de peau rougie et chauve à l'avant du crâne, à l'endroit où Bill lui avait arraché les cheveux. Elle alluma le chauffage, jeta quelques bûches dans la cheminée, gratta une allumette, puis elle eut un frisson et souffla sur la flamme pour l'éteindre. Ce n'était pas demain la veille qu'elle pourrait de nouveau supporter la vue du feu.

On frappa timidement à la porte. Encore toute tremblante, serrant sa robe de chambre autour d'elle, elle alla ouvrir. James Lacey se tenait devant elle, avec dans une main le panier contenant son chaton, et dans l'autre le bac à litière.

« Bill Wong m'avait demandé de m'occuper de votre chat », dit-il. Il lui lança un regard dubitatif. « Mais je peux le garder un jour de plus si vous n'êtes pas encore en état.

– Non, non, bredouilla-t-elle. Entrez. Je me demande bien comment Bill a récupéré le chat.

Oh, bien sûr, il a dû prendre les clés dans mon sac à l'hôpital. C'est très gentil à vous. »

Elle aperçut son reflet dans le miroir de l'entrée. Elle était affreuse à voir, et en plus, elle n'était pas du tout maquillée !

Elle porta le chat dans le séjour, se baissa et le fit sortir du panier, puis emporta le bac à litière dans la cuisine. À son retour, James s'était assis dans un fauteuil et observait d'un air songeur le grand nain de jardin que Doris avait rendu à Agatha. Il se dressait sur la table basse, l'œil abominablement lubrique ; on aurait dit le vieil Arnie du minibus.

« Ça vous ferait plaisir, un nain de jardin ? demanda-t-elle.

– Non, merci. C'est une décoration inhabituelle pour un intérieur.

– Il n'est pas vraiment à moi. En fait… »

On tambourina à la porte. Agatha jura tout bas et alla ouvrir. C'était la chaîne de télévision des Midlands et la BBC. « Vous ne pourriez pas revenir plus tard ? » implora-t-elle en lançant un regard plein de regret vers le séjour. Mais à cet instant, elle vit arriver la voiture de police. L'inspecteur-chef Wilkes était venu, comme promis.

Les reporters eurent droit à une version de l'histoire encore plus enjolivée que les gens du village. Interrogé, l'inspecteur-chef Wilkes déclara que les simples citoyens devaient laisser les questions de police aux policiers, car Mrs. Raisin avait échappé de peu à la mort et il avait failli perdre un de ses meilleurs éléments. Agatha supposa, perspicace, qu'au moment de passer sur les écrans, ses propos seraient réduits au simple fait qu'il avait failli perdre un de ses meilleurs hommes. Tout le monde avait besoin d'un héros, et cette fois, ce serait le tour de Bill Wong. Au milieu de toute cette agitation, James Lacey s'éclipsa. Puis les équipes de télé foncèrent à Mircester pour interviewer Bill Wong, une policière équipée d'un magnétophone descendit de la voiture de police et vint rejoindre Wilkes qui fit subir à Agatha un interrogatoire exhaustif.

Ils partirent enfin, mais le téléphone se mit à sonner sans discontinuer, car les quotidiens nationaux voulaient compléter les éléments rapportés par les journalistes locaux. À onze heures, le téléphone se tut. Agatha donna à manger au chat puis l'emmena dans sa chambre. Il se coucha sur ses pieds, ronronnant doucement. *Il vaudrait mieux que je lui trouve un nom*, pensa-t-elle dans un demi-sommeil.

La sonnerie du téléphone retentit en bas. « Quoi encore ? » grommela-t-elle, enlevant avec précaution le chat de ses pieds et regrettant de ne pas avoir jugé utile de faire installer un poste dans sa chambre. Elle descendit et décrocha le combiné.

« Aggie ! fit Roy d'une voix aiguë, tout excité. J'ai cru que je n'arriverais jamais à t'avoir. Je t'ai vue à la télé.

– Ah ! ça », répondit-elle. Elle frissonna. « Est-ce que je peux te rappeler demain, Roy ?

– Écoute, mon chou, on dirait que ton patelin est plus porteur côté publicité que toutes les rues de Londres réunies. Alors voilà le topo. Peut-être que la télé va revenir te voir. Je vais descendre à Carsely vite fait, et tu leur diras que je t'ai aidée à résoudre le mystère. J'ai appelé Mr. Wilson chez lui, il trouve que c'est une idée géniale.

– Roy, demain, cette histoire sera enterrée. Tu le sais, je le sais. Laisse-moi retourner me coucher. Je ne serai pas en état de recevoir des visites avant un moment.

– Enfin, pour être franc, j'ai trouvé que tu aurais pu parler de moi, quand même ! Qui c'est qui t'a accompagnée à Ancombe ? J'ai téléphoné à tous les journaux, leurs rédactions de nuit ne veulent rien entendre : on me dit que si tu veux ajouter un commentaire sur moi, c'est très bien, mais venant de moi, ça ne les intéresse pas. Alors sois mignonne et appelle-les, tu seras gentille.

– Je vais me coucher, Roy, et c'est tout. Point.

– Tu nous la jouerais pas un peu salope égoïste, à vouloir monopoliser toute l'attention ?

– Bonne nuit, Roy. »

Elle raccrocha le combiné, s'apprêta à s'éloigner, puis se ravisa et le décrocha à nouveau.

« Eh bien, moi, j'ai envie de rencontrer cette Mrs. Raisin », dit la sœur de James Lacey, Mrs. Harriet Camberwell, une semaine plus tard. « Je sais que tu veux qu'on te laisse tranquille. Mais je meurs de curiosité. On a fait grand cas de ce policier, Wong, mais c'est elle qui a résolu l'affaire, non ?

– Oui, j'imagine que c'est elle, Harriet. Mais elle est vraiment bizarre. Tu sais qu'elle a un nain de jardin sur sa table basse, comme décoration ? Elle marche dans la rue en marmonnant et en parlant toute seule.

– Comme c'est mignon. Il faut absolument que je la voie. Va vite lui demander de passer prendre le thé avec nous.

– Si je le fais, tu me promets de retourner auprès de ton mari et de me laisser tranquille ?

– Bien sûr. Allez, va la chercher pendant que je prépare le thé et quelques sandwichs. »

Agatha n'était pas encore remise du choc de l'incendie où elle avait failli mourir. Elle n'avait pas cherché à voir James, préférant attendre que ses coupures cicatrisent et que ses cheveux repoussent. Alors, se disait-elle, elle établirait un plan de campagne.

À la fournaise des jours précédant l'orage avait succédé une chaleur agréable. Elle avait ouvert portes et fenêtres et, allongée à même le sol de la cuisine dans sa vieille robe d'été en coton, elle envoyait des boules de papier aluminium en l'air pour amuser le chaton lorsque James entra.

« J'aurais dû frapper, dit-il, gêné, mais la porte était ouverte. » Agatha se releva précipitamment.

« Je me demandais si vous voudriez venir prendre une tasse de thé.

– Il faut que je me change, répondit-elle, prise de frénésie.

– J'ai manifestement mal choisi mon moment. Une autre fois, peut-être.

– Non ! Je viens tout de suite », répondit-elle, craignant qu'il ne s'échappe.

Ils regagnèrent ensemble le cottage de James. À peine fut-elle assise, à peine eut-elle commencé à admirer le profil élégant de son hôte, tourné vers la porte de la cuisine, qu'une femme non moins élégante entra, un plateau dans les mains.

« Mrs. Raisin, Mrs. Camberwell. Harriet chérie, je te présente Mrs. Raisin. Harriet meurt d'envie d'entendre toutes vos aventures, Mrs. Raisin. »

Agatha se sentit petite et miteuse. Mais il faut dire que les femmes comme Harriet Camberwell lui faisaient toujours cet effet. C'était une femme très grande, presque aussi grande que James, mince, sans poitrine, aux épaules carrées de cavalière, au visage intelligent trahissant une origine sociale bourgeoise, au regard calme et amusé. Elle faisait manifestement appel aux services d'un salon de coiffure chic et portait une robe de coton ajustée.

Agatha commença son récit. Les gens du village auraient été stupéfaits d'entendre cette morne version de ses aventures. Elle resta juste assez longtemps pour relater brièvement son histoire, boire une tasse de thé, manger un sandwich, et ensuite elle prit fermement congé.

Au moins, elle recevait Bill Wong à dîner ce soir-là. *Estime-toi heureuse, ne boude pas les petits plaisirs, Agatha*, se dit-elle sévèrement. Mais à force de penser à James Lacey, ses journées avaient repris de la vie et de la couleur. Enfin, ce n'était pas parce qu'elle avait seulement Bill à dîner, ce soir, qu'elle était obligée d'être laide à faire peur.

Elle se changea donc, se coiffa, se maquilla et enfila la robe qu'elle avait portée lors de la vente aux enchères. Le menu – Mrs. Bloxby avait fait office de professeur, cette fois – serait simple : steak grillé, pommes de terre au four, asperges fraîches, salade de fruits de saison et crème. Et du champagne frappé pour marquer le coup, car Bill Wong avait été promu au grade de sergent.

C'est un nouveau Bill, plus mince, qui franchit la porte à sept heures du soir. Il s'était rigoureusement attaché à retrouver la ligne depuis qu'il avait vu sa figure joufflue à la télé.

Il parla de choses et d'autres, non sans remarquer que les yeux d'ours d'Agatha étaient plutôt tristes et qu'elle manquait singulièrement d'entrain. La tentative de meurtre dont elle avait été victime l'avait sans doute davantage touchée qu'il ne l'aurait cru.

Comme elle ne participait guère à la conversation, il se creusa la cervelle pour trouver un autre sujet susceptible de l'amuser. « Ah, au fait, lança-t-il alors qu'elle glissait les steaks sous le gril, votre voisin a renoncé à briser les cœurs du village. Il a dit à Mrs. Bloxby qu'il voulait qu'on le laisse tranquille, et il n'a pas mâché ses mots. Et voilà que, au moment où les dames de Carsely se retirent, il reçoit la visite d'une femme élégante qu'il présente à tous les clients de l'épicerie comme Mrs. Camberwell. Il l'appelle "chérie". Ils forment un joli couple, tous les deux. Quelqu'un a entendu Mrs. Mason déclarer, de fort mauvaise humeur, qu'elle l'avait toujours trouvé bizarre de toute façon, et qu'elle ne lui avait apporté un gâteau que pour se montrer aimable. Et devinez quoi ?

– Quoi ? demanda Agatha avec irritation.

– Votre vieille persécutrice, Mrs. Boggle, est allée lui demander de but en blanc, au beau milieu de l'épicerie, s'il avait l'intention d'épouser Mrs. Camberwell, que tout le monde croit veuve. Et lui, étonné, qu'est-ce qu'il lui répond ? "Pourquoi diable est-ce que j'épouserais ma propre sœur ?" Alors d'après ce que je comprends, les dames de Carsely sont en train de se dire que, même si elles ne peuvent pas vraiment lui rendre visite après les propos qu'il a tenus à Mrs. Bloxby, elles peuvent peut-être organiser une petite fête ou un petit dîner, et l'attirer de cette manière dans l'une de leurs maisons. »

Bill rit de bon cœur.

Agatha fit volte-face, le visage brusquement rayonnant.

« Nous n'avons pas encore débouché le champagne. Or nous avons quelque chose à fêter !

– Quoi donc ? demanda Bill avec une méfiance soudaine.

– Eh bien, votre promotion. Le dîner sera bientôt prêt. »

Il déboucha la bouteille et leur servit une coupe à chacun.

« Est-ce que vous voulez que je fasse autre chose pour vous, Mrs. Raisin, avant le dîner ? Mettre la table, par exemple ?

– Non, c'est fait. Mais vous pourriez commencer par m'appeler Agatha. Et puis il y a autre chose, oui. Dans le jardin de devant, vous trouverez une pancarte et un marteau. Est-ce que vous pourriez planter la pancarte dans le sol ?

– Bien sûr. Vous ne remettez pas la maison en vente, quand même ?

– Non, je lui donne un nom. J'en ai assez que tout le monde continue à l'appeler "le cottage de Budgen". Ce cottage est à moi. »

Bill sortit dans le jardin, ramassa l'écriteau, enfonça son piquet dans le sol à l'aide du marteau, puis recula pour admirer le résultat.

En lettres marron sur fond blanc, la pancarte proclamait avec assurance : COTTAGE RAISIN.

Bill eut un large sourire. Agatha était à Carsely pour longtemps.

AGATHA RAISIN ENQUÊTE
AUX ÉDITIONS ALBIN MICHEL

REMÈDE DE CHEVAL

Composition Nord Compo
Impression CPI Bussière en avril 2022
Éditions Albin Michel
22, rue Huyghens, 75014 Paris
www.albin-michel.fr
ISBN : 978-2-226-47536-7
N° d'édition : 21583/01 – N° d'impression : 2064365
Dépôt légal : juin 2016
Imprimé en France